WANG ZIFU WORKS

中国专业作家作品典藏文库
王梓夫卷

男人的救赎

王梓夫 著

中国文史出版社

目录

· 音乐剧 ·

喊亮大运河

时间：清乾隆五十年

地点：京杭大运河北端

人物：赵天亮　男　22 岁

云　燕　女　20 岁

刺　梅　女　18 岁

诺　安　男　28 岁

藕　花　女　17 岁

康亲王　男　50 岁

群众若干人

序　　幕

〔早晨，天光大开，朝霞万丈。

〔京杭大运河，千帆蔽日，万艘朝宗，波澜壮阔。

〔藕花划着船，红衫花裤蓝头巾，大运河的渔家女。

〔赵天亮穿着白汗褟儿、青裤子，腰上扎着白褡裢。青头皮，长辫子，青春年少，英气袭人。〕

赵 天 亮　（唱）太阳出来了哟啊，

藕　　花　（和）红哟啊，

二人合唱　红遍了大运河哟啊。

赵 天 亮　（唱）号子喊起来哟啊，

藕　　花　（唱）亮哟啊，

二人合唱　喊亮了大运河哟啊。

〔顿时，石破天惊般地，运河号子从四面八方喊了起来，把整条大运河喊亮了。〕

起锚号子　喂哎吼哎嗨，嗨哟来哎……

立桅号子　喂上来喂呀嗬嗬呀嗬嗬……

跑篷号子　喂哟来呀喔哎嗨哟来哎嗨哟……

摇橹号子　哎哦嘿哟啦啦晃起来嘿……

〔赵天亮和藕花的船渐渐远去。

〔号子声渐弱。〕

第 一 场

〔运河漕运码头。

〔大运河上舳舻千里。

〔燃灯塔，通州古城的标志。〕

〔群舞《运河号子》：

远看通州城呀，

好大一条船呀。

高高燃灯塔呀，

是那大桅杆呀……〕

〔赵天亮来到运河岸边，边走边舞边唱……

〔天空中传来几声雁鸣。

〔一只中了箭的大雁落在了赵天亮的脚下。

〔赵天亮捡起大雁，拔下羽箭，看着箭杆上的字：云燕……

〔一个厉害的小丫头儿跑过来，她叫刺梅。〕

刺　梅　把大雁还给我。

赵天亮　你是云燕？

刺　梅　你管得着吗？

赵天亮　云燕大雁都是禽类，何必相煎太急？

刺　梅　不许你出口伤人。

赵天亮　我只说禽类，又没说禽兽。

〔一个好听的声音：禽类禽兽，你还想说什么恶毒的话呀？

〔云燕来到赵天亮的面前，一身侠气，英姿飒爽，冷艳逼人。

〔赵天亮顿时愣住了。

〔云燕也愕然地看着赵天亮。〕

赵天亮　（唱）莫非前世见惊鸿？

云　燕　（唱）似曾相识在梦中。

赵天亮　（唱）绝代佳人侠女装扮，更加摄人心魄；

云　燕　（唱）惊魂的浩唱出自健硕的胸膛，令人荡气回肠。

〔刺梅顺手抢过赵天亮手里的羽箭。〕

赵天亮　小姐好箭法！

云　燕　公子好嗓子！

〔赵天亮一愣，哈哈笑起来：小姐叫我公子？我就是喊运河号子混饭吃的运河汉子。〕

云　燕　号子能喊得惊天动地，就不光是混饭吃了。

〔藕花跑过来：天亮哥，我新采的菱角。

〔云燕看了看藕花，不无醋意地走了。〕

藕　花　她是谁？

赵天亮　不认识。

藕　花　你们刚才说什么？

赵天亮　没说什么。

〔藕花疑惑地看着赵天亮：你脸红了？

〔押运官上前施礼：赵领号吉祥。〕

赵天亮　请问老大，贵帮什么旗号？

押运官　白旗红镶边，黑红月亮，黑飘带。

赵天亮　吃的什么水？烧的什么柴？

押运官　吃的是梢后翻花水，烧的是昆山柴。

赵天亮　何处装粮？何处交粮？

押运官　浙江杭州府装粮，直隶通州坝交粮。

赵天亮　这么说你们是兴武六了？

押运官　兴武六满运船六十九只，三天前抵通，漂泊在浮桥外，急待土坝靠岸。

〔赵天亮沉吟了一下，喊道：杏黄旗打起来，天庚正供哟……

〔一呼百应，兴武六应和着：天庚正供哟……〕

赵天亮　（喊）大河三千里哟，

众　大河三千里哟！

赵天亮　漕船九千九哟，

众　漕船九千九哟！

赵天亮　十万运丁苦哟，

众　十万运丁苦哟！

赵天亮　十万运丁难哟，

众　十万运丁难哟！

赵天亮　哎嗨哟呀喂哟……

〔一条条满载漕粮的漕船向土坝停靠。

〔几个坐粮厅的衙役跑过来：停……停……〕

赵天亮　各位爷……

衙　役　这是哪帮的?

赵天亮　兴武六。

衙　役　谁让他们靠岸的?

赵天亮　他们已经在河面上漂泊三天了，再不靠岸就违限了。

衙　役　他们违不违限关你屁事?

赵天亮　这土坝前面不是没有船吗?

衙　役　这泊位是给嘉兴卫留的。

赵天亮　嘉兴卫不是还没有抵通吗?

衙　役　少废话，让他们马上滚蛋……

赵天亮　为什么?

衙　役　他们交泊船钱了吗?

〔《运丁难》(独唱):

运丁苦，运丁难，

运丁头上三座山。

天上的风雨河里的浪，

七十三道鬼门关。

从杭州到通州，

白花花的银子铺路，

黑黢黢的河上行船。

通关钱，过闸钱，

放水钱，催船钱，

验米钱，报单钱，

茶果钱，落地钱……

大官张大口，

小官张黑口，

衙役巡办张脏口，

数不清的衙门数不清的官，
磕不完的头送不完的钱。
一个运丁九个官，
三个衙门一条船。
你们只知道高唱太平盛世歌，
谁知道运丁有多难?〕

〔赵天亮愤怒地喊起来：杏黄旗打起来，天庾正供哟……
〔一呼百应，兴武六应和着：天庾正供哟……〕

赵天亮　土坝泊船哟，喂呀咳嗨……

兴武六　土坝泊船哟，喂呀咳嗨……

衙　役　把他给我抓起来！

〔衙役门一齐扑向赵天亮。

〔赵天亮与衙役们搏斗着。

〔藕花呼救着：来人呀，快来人呀，衙役抓人啦……

〔云燕从远处跑过来，向衙役们拳打脚踢，几个衙役倒下了，又爬起来。云燕又把他们打趴下，一片鬼哭狼嚎。

〔衙役头儿抽出刀，冲向云燕：你是谁？你敢打坐粮厅的衙役?〕

云　燕　打的就是你们这些狗衙役！

衙役头儿　你这是寻衅滋事，破坏漕运！

〔云燕一脚把衙役头儿踢倒在地。

〔一队虎狼衙役跑过来。〕

衙役头儿　抓住她，把她抓起来……

〔坐粮厅厅丞走过来，看见了云燕，立刻大声叫喊着：住手，都给我住手！

〔云燕停下来。

〔坐粮厅厅丞慌忙上前，向云燕行礼：哎呀，云燕格格，误会误会……〕

衙役头儿　大人，这个女子猖狂得很，打了我们好几个弟兄……

坐粮厅厅丞　混账，你们知道教训你们的是谁吗？

衙役头儿　大人……

坐粮厅厅丞　这是仓场总督康亲王的大小姐云燕格格。

〔衙役们扑通跪下来，哀求着：格格饶命，格格饶命……

〔赵天亮来到云燕面前，不知道该说什么。〕

坐粮厅厅丞　云燕格格，请您屈驾到坐粮厅，卑职备薄酒给您赔礼道歉。

云　燕　好好管管你这些狗衙役吧。

赵天亮　厅丞大人，那兴武六的漕船怎么办？

〔厅丞看了看云燕：哦，让他们先靠岸吧。〕

赵天亮　（喊着）杏黄旗打起来，天庾正供哟……

兴武六　（应和）天庾正供哟……

〔云燕带着刺梅离去了。〕

赵天亮　（从后面追上来）云燕格格，请留步。

〔云燕转身。〕

赵天亮　（上前施礼）多谢格格搭救之恩，容当后报。

云　燕　（调皮地）哟，还有后报？你打算怎么报？

赵天亮　滴水之恩当涌泉相报。

云　燕　我问你怎么个报法？

赵天亮　（灵机一动）我给格格唱个运河号子吧。

云　燕　唱哪个？

赵天亮　唱闲号子，格格想必没听过。

云　燕　还有闲号子？唱来听听。

赵天亮　不过……号子嘛，需要有唱有和。

云　燕　没关系，你唱，我跟刺梅给你和。

赵天亮　好嘞。嗨……年轻的小伙哎……

云燕、刺梅　年轻的小伙哎……

赵　天　亮　打起精神来哟……

云燕、刺梅　打起精神来哟……

赵　天　亮　来了心上人哎……

云燕、刺梅　来了心上人哎……

赵　天　亮　心上人在哪儿哟?

云燕、刺梅　心上人在哪儿哟?

赵　天　亮　就在你眼前站哟。

云　　　燕　你……讨厌。

〔刺梅扑哧笑了。〕

第二场

〔康亲王庄园，绿树繁花。

〔绿荫掩映下的草屋瓦舍。

〔酿酒作坊。

〔一群少年踩着酒曲。

〔赤裸着油光健美的身子，脱下来的裤子围在腰际。〕

〔《踩曲舞》:

喂嗨嗨哟呀啦呼嘿……

加油加油多加油，

加上劲子踩到头。

大伙儿回头看，

这头儿低，那头儿高，

人往高处走，

水往低处流，

干活千万别偷油……〕

〔庄园的练武场。

〔云燕和诺安在比武。云燕使的是龙泉宝剑，诺安用的是三节鞭。云燕的宝剑舞得寒光耀眼，诺安的三节鞭甩得眼花缭乱。两个年轻人生龙活虎，闪展腾挪，煞是好看。

〔云燕突然住手，跳出来。〕

诺　安　来呀。

云　燕　不玩了。

诺　安　累了？

云　燕　没意思。

诺　安　那咱玩什么？

云　燕　我问你，一大早你就跑到我家的园子里来，就是跟我比武的吗？

诺　安　哦……不是。

云　燕　那是什么？

诺　安　啊……家父让我来问问你……

云　燕　问什么？

诺　安　就是……就是……

云　燕　就是什么？

诺　安　我……你……我和你……

云　燕　你说不说？不说我走了，我可没工夫跟你磨叽。

诺　安　云燕，你别走……

云　燕　你倒是快说呀。

诺　安　（唱）云燕妹越逼问我越是口难张。

云　燕　（唱）见不得男人吞吞吐吐的窝囊样儿。

诺　安　（唱）我与她自幼一起两小无猜。

云　燕　（唱）我对他到底是亲是敬还是爱？

诺　安　（唱）既然是父母之命媒妁之言为何还要我表白？

云　燕　（唱）逼他说却又怕他说出来。

诺　安　云燕妹妹。

云　燕　你想说什么？

诺　安　（唱）我也曾跃马横刀征战沙场。

云　燕　那又怎样？

诺　安　（唱）我也曾朝议上慷慨激昂。

云　燕　听说过。

诺　安　（唱）征战沙场慷慨激昂我心胸荡漾，

大清江山盛世年华我赤胆忠肠。

大丈夫气吞山河志在千里，

不屑于卿卿我我儿女情长。

云　燕　（唱）男人的心在马上可以驰骋千里，

女人的心却永远拴在男人的身上。

男人只知道征伐天下建功立业，

可知道男人才是女人的全部江山。

诺　安　云燕妹。

云　燕　请讲。

诺　安　（唱）

五十年盛世朝廷大典，

乾隆帝要举办千叟宴。

景德镇烧制瓷器十万件，

任命我大运河押运官船。

云　燕　祝贺你担此大任。

诺　安　（唱）朝廷重任我必当竭尽心力，

临行前……临行前我……我……

云　燕　（唱）谈朝政谈战场他滔滔不断，

为什么谈私情却口不能言？

护　卫：诺安将军，户部传过话来，让您马上去商量千叟宴之事。

云　燕　快去吧，朝廷的大事要紧。

诺　安　可是我……还有事要说。

云　燕　那就快说吧。

诺　安　我又说不出口。

云　燕　那就别说。

诺　安　我又想说。

云　燕　还是别难为自己了，快去忙公事吧。

诺　安　你懂了？

云　燕　我懂什么？

诺　安　懂我要说的话？

云　燕　你不是什么都没说吗？

诺　安　我……

云　燕　快走吧。

〔诺安犹犹豫豫地走了。〕

〔庄园后面传来踩曲的号子声：哎嗨哎嗨哟嗨哦……

〔刺梅跑过来：小姐小姐……〕

云　燕　是什么人在喊号子？

刺　梅　是酒作坊在踩曲。

云　燕　踩曲还唱号子？

刺　梅　可好玩了，一水的半大小子，又喊又唱又踩曲又跳舞。

云　燕　走，带我去看看。

刺　梅　小姐，您不能去。

云　燕　怎么，他们还能吃人？

刺　梅　差不多。

云　燕　什么差不多？

刺　梅　他们……他们都没穿衣服。

云　燕　那你还看？

刺　梅　我……我是偷着看的。

〔酒作坊，几间敞亮的平房，木架子，大缸盆。

〔地上是一排酒曲木模。

〔十来个十来岁的小男孩，排成一队。

〔师傅把和好的酒曲倒进模子里。

〔第一个小男孩跳上去，有节奏地踩几下，迅速推给第二个小男孩；第二个小男孩同样动作，推给第三个小男孩……〕

〔《踩曲歌》：

初八十八二十八，

大小姐二小姐住娘家。

爹爹出来扛包袱，

妈妈出来抱被窝儿。

哥哥出来瞅一瞅，

嫂子出来扭一扭。

有爹有妈来两趟，

没爹没妈不回头。

嘎吱嘎吱两溜沟，

两溜沟过踩到头。

这边有多平来这边有多洼，

哎，你猫腰，我猫腰，

猫猫腰，拉拽着……〕

〔云燕来到酒坊，刺梅紧跟在她后面。

〔云燕将耳朵贴在窗户上听了一会儿，拔出头上的银簪在窗户纸上戳了两个洞，云燕和刺梅扒着窗台看着。

〔赵天亮搬着踩好的曲模出来，要把曲模放在院子里晾晒。

〔两个女孩儿听到门响，扭过头儿来：啊……

〔赵天亮一惊，手里的曲模摔在地上。

〔云燕羞得捂住了双眼，却忘了逃跑。

〔赵天亮手足无措。

〔管家带着康亲王过来。

〔康亲王满脸怒气。

〔康亲王怒吼着：云燕！

〔云燕慌不择路，急忙躲到赵天亮的身后。

〔赵天亮慌忙跪下。

〔云燕手里还举着那根银簪，不知所措，趁康亲王转向刺梅的时候，顺手将银簪插在赵天亮的头上。

〔康亲王怒斥着刺梅：你们到这儿来干吗？〕

刺　梅　老爷，我们从这儿路过……

康亲王　你们扒着窗户看什么？

云　燕　阿玛，我只是看着新鲜……

康亲王　这是女孩子该看的吗？

〔云燕不语。〕

康亲王　快跟着管家回家。

云　燕　阿玛，您不是说让我跟您一起去通州吗？

康亲王　哪儿都别去了。明天一早，诺安的父母上门提亲。

云　燕　提亲？

康亲王　诺安要去景德镇押运官窑瓷器，临行前把你们的婚事定下来。

云　燕　阿玛，女儿不想嫁给诺安。

康亲王　什么？你不想嫁给诺安？为什么？

云　燕　他不是女儿想嫁的。

康亲王　嫁给谁不嫁给谁，不是你说了算！

云　燕　阿玛……

〔康亲王带着管家走了。〕

第 三 场

〔《扛夫舞》：

喂哟咳喂嗨呀哟嗨……

千万石漕粮从哪儿来呀？

船运来哟。

万艘漕船如何来呀？

三万六千号丧鬼哟。

千万石漕粮咋装卸哟？

三万六千无头鬼哟……〕

〔（独唱）《扛夫苦》：

唱罢《运丁难》，

再唱《扛夫苦》。

运丁难，难如寒夜上刀山，

扛夫苦，苦如饿鬼吃黄连。

一件汗褟儿一双鞋，

当给小押换早餐。

两个肩膀半根脖，

扛山换得活命钱。

（问）怎么半根脖，脑袋呢？

脑袋压在麻包下，

扛夫都是无头鬼。

鬼无头，腰杆不直难做人，

鬼无眼，黑夜茫茫难见天。

鬼无耳，听不见鸡鸣和犬吠，

鬼无嘴，想哭想喊都枉然……〕

〔赵天亮喊着《出仓号子》：

仨个来吧一个的呀儿啰，

又来了来哎呀嘿呀，

你扭扭捏捏把你就爱死了人溜。

苇子要开花吧，

你就报了完。

哎嘿嘿喔……〕

〔藕花跑来，双手藏在后面：天亮哥……〕

赵天亮　藕花，你没去采莲？

藕　花　给。

赵天亮　（接过来）什么？

藕　花　你自己看。

〔赵天亮打开，一件新做的汗褟儿。

〔赵天亮犹豫了。

〔藕花羞涩地低着头。〕

赵天亮　（唱）藕花妹手儿巧千针万线。

藕　花　（唱）千针万线藏着俺万语千言。

赵天亮　（唱）是收是拒让我左右为难。

藕　花　（唱）天亮哥为什么犹犹豫豫？

赵天亮　（唱）收下了便领了这满满的情意，

不收下又担心把藕花伤惨。

〔藕花突然发现赵天亮的头上多了一支银簪：天亮哥。〕

赵天亮　干什么？

〔藕花将赵天亮头上的银簪拔下：这是什么？〕

赵天亮　这……是我的簪子呀。

藕　花　胡说，这明明是女儿家的物件。

赵天亮　是啊，早上梳头的时候我还纳闷呢，怎么多了一支银簪？

藕　花　你还装糊涂，难道银簪自己跑到你头上的？

赵天亮　还真是的。

藕　花　别耍赖，这银簪到底是谁给你的？

〔刺梅跑上来：天亮哥，我家格格来了。

〔云燕随即走过来：一大早我就来码头上找你，原来你在这儿呀。

〔藕花怒目看着云燕：你来干什么？〕

云　燕　我来找天亮哥呀。

藕　花　天亮哥也是你叫的？

云　燕　你不是也叫天亮哥吗？

藕　花　许我叫，不许你叫。

云　燕　见过霸道的，还没见过这么霸道的。

藕　花　这银簪是你的？

云　燕　是啊。

藕　花　怎么跑到天亮哥头上去了？

云　燕　我送他的，怎么了？

〔藕花把银簪往地上一摔，哭着跑了。

〔赵天亮欲追：藕花……藕花……〕

云　燕　哎呀，你先别管藕花，我遇上大麻烦了。

赵天亮　（一惊）什么麻烦？

云　燕　性命关天。

赵天亮　有这么严重吗？

云　燕　比这还严重呢。

赵天亮　到底是怎么回事？

云　燕　（唱）我与那诺安将军同为宗室，

未出生就被父母指腹为婚。

诺安他去江南押运官船，
临行前逼着我与他定亲。

赵天亮　这不是好事吗？

云　燕　（唱）云燕我自幼练武习文，
养成了崇尚自然的自由心性。
诺安他虽说是朝廷重臣，
在女儿面前却不谙风情。

赵天亮　诺安将军少年得志前途无量，有多少亲王贵胄的小姐都争着嫁给他呀。

云　燕　我不稀罕。

赵天亮　你的眼光也太高了吧？

云　燕　（唱）我云燕图的不是富贵荣华。

赵天亮　那你图啥？

云　燕　（唱）我只图找个有情有义又有趣的好郎君，快快乐乐过一生。

赵天亮　我看诺安将军对你是蛮有情意的。

云　燕　但他无趣。

赵天亮　哈哈，有趣。

云　燕　谁有趣？

赵天亮　你有趣。

云　燕　何出此言？

赵天亮　我第一次听说，女孩儿找郎君，还把有趣作条件。

云　燕　（唱）趣味是情，无趣情也空，
趣味是乐，有趣乐自生。
鸟儿尚且叽叽喳喳逗贫嘴，
羊羔儿也知蹦蹦跳跳寻开心。
终日见，
百姓唉声叹气苦着脸，

官老爷板着面孔装神圣。

父子之间无笑颜，

夫妻对面装正经。

紧紧绷绷熬到老，

莫不是辜负了上天赋给人的真性情？

〔诺安提着剑冲上了，怒火中烧，指着赵天亮喝道：大胆刁民，光天化日之下，你竟敢勾引王府千金！〕

赵天亮　你别血口喷人，我只是跟小姐说说话。

诺　安　我听半天了，什么情啊趣的，这是男女之间该说的话吗？

〔赵天亮嬉笑着：别人说不说我不管，我跟云燕小姐谈得倒是挺开心的。

〔诺安气急败坏：你滚，给我滚！〕

赵天亮　诺安将军，你这样对待云燕小姐的朋友，不怕失身份吗？

诺　安　你还敢称是云燕小姐的朋友？

赵天亮　不信你问问云燕小姐。

诺　安　我宰了你！

〔诺安挥剑朝赵天亮砍去，云燕举剑挡住。

〔诺安冲着云燕：怎么，你真的把他当成朋友了？〕

云　燕　不是当成朋友，他就是我的朋友。

诺　安　你忘了男女之大防。

云　燕　难道只有男人之间才配有朋友吗？

诺　安　云燕，今天是我们定亲的日子，你却跑到这儿来与这野小子闲扯，这成何体统？

云　燕　我没说要嫁给你。

诺　安　父母之命，媒妁之言……

云　燕　你遵不遵父母之命我不管，反正我的父母管不了我。

诺　安　你……

〔云燕招呼刺梅：刺梅，咱走。

〔诺安追上去：云燕妹妹，你回来……〕

第 四 场

〔《缝穷舞》

〔随着欢快的音乐声，几个缝穷的女人身穿着非常花哨的大裤裆的裤子，夸张地扭着屁股，夹着针线笸箩，载歌载舞而来……领舞的是冯寡妇。〕

冯寡妇　运河的大娘们……

众女人　来啦……

冯寡妇　磨扇厚的屁股咱扭一扭。

众女人　扭起来啦。

冯寡妇　笆斗大的奶子咱抖一抖。

众女人　抖起来啦。

冯寡妇　八寸金莲咱蹦一蹦。

众女人　蹦起来啦。

冯寡妇　粗麻绳。

女人甲　细白线。

女人乙　针线笸箩。

女人丙　大裤裆。

冯寡妇　要问咱是干啥的？

女人甲　干啥的？

女人乙　干啥的？

女人丙　干啥的？

众女人　缝穷的！缝穷的！缝穷的！

冯寡妇　越穷越缝。

女人甲　越缝越穷。

女人乙　穷就得缝。

女人丙　不缝更穷。

冯寡妇　咱都缝什么?

女人甲　麻袋破了缝麻袋。

女人乙　口袋破了缝口袋。

女人丙　船帮破了缝船帮。

众女人　你有那么硬的针吗?

冯寡妇　要是仓场总督的官袍破了?

众女人　咱细针密线。

女人甲　要是小老爷的荷包破了?

众女人　咱描红绣花。

女人乙　要是小姐的罗裙破了?

众女人　咱添丝补纱。

女人丙　要是哪个男人的裤裆破了?

众女人　咱也给他撂补两针!

冯寡妇　那可得留神。

女人甲　别扎错了地方。

众女人　哈哈哈……

冯寡妇　笑啥呢?

众女人　找乐呗。

冯寡妇　穷找乐子富找愁。

众女人　当官的专找小丫头。

冯寡妇　找小丫头干吗?

众女人　乐呗。

冯寡妇　越穷越乐。

女人甲　越乐越穷。

女人乙　有乐就穷不死。

冯寡妇　有穷就乐不够。

众女人　哈哈哈……

〔赵天亮指挥着喊《摇橹号子》：

哟哦嘿，晃起来，嘿！

嘿唻，哟，哟嘿哟嘿。

嗨嗨嘿，晃起来……〕

〔刺梅慌慌张张地跑过来：天亮哥哥，你快救救我家小姐吧。〕

赵天亮　格格怎么了？

刺　梅　王爷让管家带着家丁来抓小姐了。

赵天亮　为什么？

刺　梅　诺安押着官船要回来了，王爷说诺安一回来，就立即把小姐嫁过去。

赵天亮　王爷要逼着格格与诺安成亲？

刺　梅　就是这么回事，小姐说，逼急了她就跳进大运河。

赵天亮　格格在哪儿？

刺　梅　那边……小瓜棚里。

〔一队拎刀持棒的家丁跑过来：那边……小瓜棚……快追……〕

刺　梅　哎呀，怎么办呀？

〔藕花摇着小船过来：天亮哥，别急，我有办法。〕

赵天亮　什么？你要救格格？

藕　花　你没听说格格逼急了要跳河吗？人命关天，救人要紧。

〔赵天亮被感动了：藕花，谢谢你……

〔藕花跳下船，把船篙扔给赵天亮　哎呀，别啰唆了，你把船撑到大柳树下等着。〕

赵天亮　那你呢？

藕　花　你接上格格之后，就把她带到藕花岛上去，我妈在家呢……

〔藕花顺着河堤跑去。

〔赵天亮拿起船篙：刺梅，快上船。

〔刺梅跳上船。〕

赵天亮　蹲下，别让人看见你。

〔刺梅蹲在船舱里。

〔赵天亮把船撑到大柳树下。

〔“藕花”跑过来，上了船。〕

赵天亮　格格呢？

〔云燕笑起来：好啊你赵天亮，连我都不认识了。〕

赵天亮　怎么是你？

云　燕　藕花让我跟她换了衣服。

赵天亮　咱们快走。

云　燕　那藕花怎么办？

赵天亮　放心，那丫头鬼得很。

〔小瓜棚处，家丁们喊叫着：你是谁？我家格格呢？〕

藕　花　放开我，我又不认识你家格格……

家　丁　那你为什么穿我家格格的衣服？

藕　花　哦，那就是你家格格呀？她说跟我换衣服，你瞧，这么好的衣服跟我打补丁的衣服换，我当然同意了，我又不傻。

一个家丁发现了赵天亮的船：在那儿……

管　家　快追……

〔赵天亮撑着船朝藕花岛而去……〕

〔藕花岛。

〔四周是密不透风的芦苇荡。

〔芦苇荡中间一个小岛。

〔岛上两间小草屋。

〔屋前一个小菜园。

〔岛边上是一片荷花。〕

〔藕花娘站在荷花岸上，唱《运河女儿吟》：

说不尽的人情冷暖，

唱不完的世态炎凉。

春水悠悠女儿的眼泪，

落红纷纷女儿的忧伤。

女儿家吃尽天下苦中苦，

女儿家能忍受贫寒与风霜。

愁只愁，身如飘絮无归处，

怕只怕，错将风流作情郎，

盼只盼，有个肩膀让我靠一靠，

在他的怀里我要痛痛快快哭一场……〕

〔藕花娘一边唱着，一边手舞足蹈，捕捉着眼前翩翩飞舞的蝴蝶，狂喊着：公子回来了，公子回来了……

〔云燕欲上前，赵天亮拉住了她。〕

赵天亮　藕花娘脑子坏了，她每天除了吃饭睡觉就是唱歌，谁都不理。

云　燕　脑子怎么坏了？

赵天亮　年轻的时候受了刺激。

云　燕　怎么回事？

赵天亮　她爱上了一个有钱的公子，公子家里反对……

云　燕　那公子呢？

赵天亮　公子死了。

云　燕　啊？

赵天亮　抑郁而亡。

云　　燕　她没有再结婚？

赵天亮　她一直以为公子会回来的。

藕　　花　这么说藕花是那个公子的女儿？

〔刺梅跑来：不好了，家丁们驾着船追上来了。〕

〔芦苇荡入口处。

〔一条船，船上是康亲王府的管家和家丁。

〔眼看船就要进入芦苇荡。

〔缝穷的女人们突然出现在芦苇荡的入口处。

〔大运河的女人们在洗澡。

〔她们穿着红兜肚，在水里嬉闹着，喊着运河号子：

〔喂呀嗨哟哎，哟哎嗨哟呀，

〔大运河的娘儿们野呀，野呀，

〔大运河的娘儿们浪呀，浪呀，

〔大运河的娘儿们管爷们呀，管爷们呀，

〔大运河的爷们真窝囊呀，真窝囊呀……

〔亲王府的船只好停下来，家丁们个个扭着脑袋，不敢朝水里看。

〔缝穷女人更加放肆，边扭边舞边喊叫：亲王府的管家，快下来呀，下来洗澡呀，给老娘搓搓背。

〔管家气急败坏，怒吼着：你们闪开，闪开……〕

缝穷女人　没看见我们在洗澡吗？你们凭什么闯过来？

管　　家　我们有公务……

缝穷女人　这里的大运河是女人的，男人来了就是要流氓。

管　　家　求求你们，让我们过去吧。

缝穷女人　他们不走，我们请他们下来好不好？

〔众女人喊叫着：拉他们下来，拉他们下来……

〔缝穷女人向亲王府的船扑过来。

〔管家慌忙命令着：撤，撤，快撤……

〔亲王府的船仓皇而逃。

〔缝穷女人欢呼着：

打花巴掌的，正月正，

老太太抽烟看花灯，

烧着香捻纸捻儿，

茉莉茉莉花开……

〔藕花岛上，赵天亮应和着缝穷女人唱起来：

打花巴掌的，五月五，

老太太抽烟看花鼓。

〔云燕站在赵天亮身边，也兴奋地唱起来：

玉春棒儿，蔼茬尖儿呀，

石榴花开呀……

风雨欲来，芦花翻滚。

远处，传来滚滚的雷声。〕

第 五 场

〔大雾弥天，一个阴暗、潮湿、充满恐怖的世界。

〔生龙活虎的大运河消逝在雾幕里。

〔显示世界生机的声音从刺破了的雾幕，挣扎着冲了出来。

〔这些若有若无、断断续续的声音，如泣如诉如呐喊如悲鸣……〕

〔低沉的拉纤号子：

喂嘿嘿呀喔，过来了。

喂嘿嘿呀喔，上来了。
喂嘿嘿呀喔，过来了。
喂嘿嘿呀喔，上来了……
（合唱）《纤夫的呻吟》：
纤绳压上了肩，
绳头套上了脖。
身上什么最沉？
脑壳。
耷拉下脑壳，走呀。
走呀，前腿儿向前弓呀，
后腿向后绷呀，
把屁股撅起来呀，
撅成一个大虾米呀……
一步一步往前挪，
一步一个大脚窝儿。
一个脚窝儿一兜儿汗，
汗水换得把命活。
走呀，后面大船有多重？
不知道呀，
前面还有多少路呀？
看不清呀，
走呀，走一步来算一步呀，
走呀，活一天来算一天呀。
走呀，走不动就趴下去呀，
玩完，玩完，玩完就玩完喽……〕

〔藕花岛。
〔赵天亮在教云燕织渔网。

〔云燕穿着藕花的衣服，花裤红衫，清清爽爽。〕

赵天亮　（唱）抛金梭接银梭梭起梭落，

云　燕　（唱）你一梭我一梭织出了白云一朵。

赵天亮　（唱）男耕女织度日月神仙一样，

云　燕　（唱）自由自在相亲相爱快快活活。

〔赵天亮看着云燕笑了笑。〕

云　燕　你笑什么？

赵天亮　（唱）格格的一身装束好有一比。

云　燕　比什么？

赵天亮　（唱）好比是庄稼院里的俊俏婆娘。

云　燕　谁的婆娘？

赵天亮　庄稼人的婆娘。

云　燕　哪个庄稼人的婆娘？

赵天亮　这……

云　燕　说呀，到底是哪个人的婆娘？

赵天亮　我不敢说。

云　燕　本小姐恕你无罪。

赵天亮　是是……

云　燕　你倒是快说呀。

赵天亮　是……喊破天的婆娘。

云　燕　喊破天是谁？

赵天亮　在下赵天亮，外号人称喊破天。

云　燕　（唱）盼星星盼月亮终于盼来了你这句心里话……

〔赵天亮深情地看着云燕。〕

云　燕　你真的愿意娶我？

赵天亮　我愿意天不愿意。

云　燕　你不是喊破天吗？那就把天喊破。

赵天亮　我愿意地不愿意。

云　燕　地是谁？

赵天亮　大运河的船夫扛夫纤夫运夫，京城里的亲王贝勒诺安将军，还有打鱼的种地的缝穷的……他们不是都活蹦乱跳地活在地上吗？每个人都有一张嘴，每张嘴里都有一条舌头。我这个喊号子的穷小子，要是娶了王府格格做老婆，他们能把我的骨头都嚼烂。

云　燕　你怕吗？

赵天亮　我不怕。

云　燕　那你担心什么？

赵天亮　我担心的是你。

云　燕　我有什么好担心的？

赵天亮　格格的身份，格格的家产，格格的名声……我担待不起。

〔云燕咯咯笑了笑。〕

赵天亮　你笑什么？

云　燕　你说的这些呀，在我的眼睛里一钱不值。

赵天亮　多少人为了这些舍身舍命舍脸皮舍气节舍得头破血流六亲不认。

云　燕　女娲老祖造人，可不是让他们干这些的。

赵天亮　那是为了什么？

云　燕　我们都是女娲的子孙，你闭着眼睛想一想，如果你是女娲老祖，你希望自己的子孙是什么样子？

赵天亮　我当然希望他们健健康康快快乐乐自由自在无拘无束地活在人世间。

云　燕　哈哈，我也是这么想的。

赵天亮　难道女娲老祖也是这么想的？

云　燕　难道不是吗？

〔藕花划着小船靠岸。

〔船上下来一个穿官服的人。

〔赵天亮一见，急忙跪下：草民赵天亮拜见厅丞大人。〕

厅　丞　你认识本官？

赵天亮　您不是坐粮厅厅丞许大人吗？小的见过您。

厅　丞　快起来吧。

赵天亮　谢大人。

〔厅丞忙向云燕请安：云燕格格吉祥。〕

赵天亮　许大人，您是来找云燕格格的吧？

厅　丞　本官今天是专门找你来的。

赵天亮　大人有何吩咐？

厅　丞　盛世年华，国泰民安，莺歌燕舞，百姓叩颂皇恩浩荡。

赵天亮　小的知道了。

厅　丞　当今圣上，体恤民生，顺应民意，举办千叟宴。

赵天亮　小的听说了。

厅　丞　千叟宴需要的十万件瓷器，三天后必须运进紫禁城。

赵天亮　不是派诺安将军去押运了吗？

厅　丞　诺安将军押运的瓷器船已经到了河西务，河西务河道狭窄，漕船、官船、货船、客船都堵塞在一起，连窝儿都动不了。内务府下了死命令，诺安将军押运的瓷器船今天必须在通州黄船坞靠岸，否则就要误了圣上的千叟宴。

赵天亮　河道堵塞倒是好办，一切船只都要给皇船让路。可是这么大的雾，三尺之外连个人影儿都看不清，船怎么开出来呀？

厅　丞　这就要靠你了。

赵天亮　我有什么办法？

厅　丞　你用什么办法我不管，反正这条船要是开不出来，我的脑袋保不住，你的脑袋更保不住。

〔大运河河西务河段。

〔浓雾如幕，天昏地暗。

〔迷迷糊糊中能看见几点灯光闪动。

〔大运河的浪头冲击着船帮。

〔低沉的呜咽声。

〔一片死寂。

〔赵天亮低沉凝重的号子从远处传来：喂上来喂呀嗨呀嗨，喂呀嗨呀嗨喂呀嗨……

〔浓雾里，传来了低沉的应和声：喂上来喂呀嗨呀嗨，喂呀嗨呀嗨喂呀嗨……

〔一条小船，穿过浓雾。

〔船头上站着的是赵天亮。

〔划船的是藕花。〕

赵天亮　官家的船哟。

应　和　官船北上哟。

赵天亮　船老大何在哟。

应　和　诺安将军押运哟。

赵天亮　诺安将军在此，诸船让路哟。

应　和　诺安将军在此，诸船让路哟。

赵天亮　各位老大吉祥，多谢哟。

应　和　各位老大吉祥，多谢哟。

〔远处，传来轰轰隆隆的雷声。

〔赵天亮有节奏地喊着号子：轻起锚哟。〕

应　和　轻起锚哟。

赵天亮　慢摇橹哟。

应　和　慢摇橹哟。

赵天亮　瞻前后哟。

应　和　瞻前后哟。

赵天亮　顾左右哟。

应　和　顾左右哟。

赵天亮　摇呀摇呀加把劲儿呀。

应　和　摇呀摇呀加把劲儿呀。

赵天亮　左打左打。

应　和　左打左打。

赵天亮　再左打，停打，停打……摇摇，慢摇……

应　和　摇摇，慢摇……

赵天亮　江淮泗的老堂船，劳您驾啦。

应　和　江淮泗遵命哟。

赵天亮　劳您驾落下帆哟。

应　和　江淮泗得令啦。

赵天亮　摇摇，加把劲儿哟。

应　和　加把劲儿哟。

〔雷声近了，伴着雨声。

〔赵天亮继续喊着号子指挥着：拉纤的兄弟，肩膀厚哟。

〔纤夫应和：肩膀厚哟。〕

赵天亮　扛起西山一头牛哟。

纤　夫　一头牛哟。

赵天亮　拉纤的兄弟，脚板儿宽哟。

纤　夫　脚板宽哟。

赵天亮　踩平城北的牛栏山哟。

纤　夫　牛栏山哟。

赵天亮　拉纤的兄弟，胆子肥哟。

纤　夫　胆子肥哟。

赵天亮　背着丈母娘去抓贼哟。

纤　夫　去抓贼哟。

〔雷声大作，霹雳通天贯地。

〔闪电中，官船从舟楫缝隙中缓缓驶出。

〔瓢泼大雨如大运河倒灌，天地间混混沌沌。〕

赵天亮　加把劲儿哟。

应　和　加把劲儿哟。

赵天亮　把稳舵哟。

应　和　把稳舵哟。

赵天亮　拉纤的兄弟，哈下腰哟。

应　和　哈下腰哟。

赵天亮　头点地哟。

应　和　头点地哟。

赵天亮　地上有啥？

应　和　有啥？

赵天亮　你媳妇的肚皮哟……

赵天亮　官家的船哟。

应　和　上了河道哟。

赵天亮　官家的船哟。

应　和　扬起了帆哟。

赵天亮　掌舵的老大。

应　和　船头上站哟。

赵天亮　您把稳舵哟。

应　和　放心吧您哪。

赵天亮　拉纤的兄弟。

应　和　绷着劲儿呢。

赵天亮　绷紧纤绳哟。

应　和　绷着呢您哪……

〔一声霹雳，狂风大作。

〔一排突然涌起的巨浪，巨大的瓷器船突然向前，船头翘起，又直接朝藕花的小船压下来。

〔赵天亮一惊：藕花，小心……

〔话音未落，一排巨浪砸下来，藕花的小船翻在河里。紧接着，瓷器船的船头压下来，砸在藕花的小船上……

〔霹雳闪电，巨浪狂风。

〔低沉的号子声被淹没了……

〔一片黑暗。〕

〔大运河边。

〔《河灯舞》。

〔千里长河，河面上漂满了河灯。

〔河灯星光闪烁，与天上的繁星交相辉映。

〔人们举着河灯载歌载舞，为藕花送葬。〕

〔（独唱）：

妹妹你走上西天路，

孤孤零零好可怜。

前不见水，后不见山，

不见白云和蓝天。

听不见风响，

闻不见花香，

连自己的身影都不见。

是黑漆漆一团，

还是白茫茫一片？

妹妹呀，不管你听见听不见，

我还是要为你喊一喊：

藕花妹妹哦，

运河的水翻上了天哟，

运河的船扬起了帆哟，

父老乡亲岸边上站哟，

给藕花妹妹送行哟……〕

〔唢呐声声，哀伤沉痛，感天动地，令人肝肠寸断……〕

尾　　声

〔早晨，天光大开，朝霞万丈。

〔京杭大运河，千帆蔽日，万艘朝宗，波澜壮阔。

〔云燕划着船，红衫花裤蓝头巾，大运河的渔家女。

〔赵天亮穿着白汗褟儿、青裤子，腰上扎着白搭袱。青头皮，长辫子，青春年少，英气袭人。〕

赵天亮　（唱）太阳出来了哟啊，

云　燕　（和）红哟啊，

二人合唱　红遍了大运河哟啊。

赵天亮　（唱）号子喊起来哟啊，

云　燕　（唱）亮哟啊，

二人合唱　喊亮了大运河哟啊。

〔顿时，石破天惊般地，运河号子从四面八方喊了起来，把整条大运河喊亮了。〕

起锚号子　喂哎吼哎嗨，嗨哟来哎……

立桅号子　喂上来喂呀嗬嗬呀嗬嗬……

跑篷号子　喂哟来呀喔哎嗨哟来哎嗨哟……

摇橹号子　哎哦嘿哟啦啦晃起来嘿……

2020 年 7 月新冠疫情中于运河畔

· 话剧 ·

男人的救赎

时间： 当代

地点： 西部山区周家寨、火车上、医院里

人物： 罗　明　男　26 岁

秦玉珠　女　23 岁

周　嫂　女　38 岁

秦小蕊　女　19 岁

群众若干人

第 一 幕

〔20 世纪 60 年代末。

〔寒冷的冬天。

〔中国西部，大山深处一个贫穷闭塞的小乡村。

〔黑暗中一片死寂。

〔一根火柴擦亮了令人窒息的期待。

〔火光移动着，点亮了一盏陈旧的油灯。

〔灯光映照出一张男人的脸。

〔在朦胧的灯光中，男人后面的背景逐渐显露出来：

〔简陋的小屋，分为里外两间。

〔外间屋里是柴灶、粮食囤、水缸、农具及简单的家什。

〔里间屋是一铺土炕，炕上叠放着两床廉价的大红被子。

〔土墙上贴着大红的双喜字。

〔外面是农家小院，一扇紧闭着的木门。

〔突然，外面响起了叫喊声："他点上灯了，周嫂，快敲门……"

〔周嫂轻轻的敲门声和央求声："罗明，开门，你开开门行吗？"

〔这时候，我们知道了屋里那神秘的人物叫作罗明。

〔罗明坐在锅台上，他的身边放着一只木匣子，脚下放着一个炭火盆。他似乎完全没有听见敲门声和叫喊声，从木匣子里拿出一封信，借着灯光专注地读看着……

〔外面一片哄闹〕

村主任　我说各位乡党，差不多就行了，明天咱还要学大寨呢。再说也得给人家罗明和周嫂入洞房的工夫不是？

村民甲　老主任，您就别操这心了，人家罗明和周嫂早就两个瓢合成一个葫芦了。

村民乙　罗明和周嫂合成一个葫芦你怎么知道的？

村民丙　孤男寡女的一块儿住了一个多月，能绷得住吗？

村主任　行了行了，咱们早点儿散吧，别闹了。

村民甲　别价呀，小秀才那副对联还没贴上呢。

村主任　什么对联？

村民乙　大喜的日子怎么也得见见红呀，炕上不见红，门框上也得见红呀。小秀才，快把那对联贴出来。

村民甲　小秀才，给大伙儿念念。

小秀才　上联是：文化革命成就一对新夫妻。

众　人　对对，要不是"文化大革命"，咱周嫂怎么能嫁给一个大学老师呢？

小秀才　下联是：战天斗地重操两个旧家伙。

〔少顷，众人哄笑起来。〕

村民甲　行行，小秀才，真有你的，这对联写绝了。

村民乙　对对，男人是天，女人是地，战天斗地重操两个旧家伙……咦，不对呀，周嫂是老椿木石见过大棒槌了，人家罗明可是童卵子仔儿。

小秀才　总不能说一个旧家伙一个新家伙吧？

村民甲　管他新家伙旧家伙，只要能刨得准挖得深就行……

〔村民们哄笑着离去了，小屋里复归沉静。

〔罗明将信扔在炭火盆里，纸灰燃烧着。罗明又从小木箱里拿出一封信。〕

罗　明　（念着信）明，我亲爱的明，你太让我惊讶了，太让我不可思议了。今天见到你妈妈我才知道，你原来是革命烈士的后代。你的父亲牺牲在朝鲜战场上了，你怎么从来没有说过呢？你总是说你是个农民，是个农民的儿子，你从来没有说过你是烈士子女。明，我太钦佩你了，你太高尚了，能够跟你这么一个高尚的人终身为伴，是我最大的幸运……明，我答应你的求婚，真高兴你向我正式求婚了……我们要结为夫妻了，我要做你的老婆了……

〔外面。〕

村民甲　周嫂，我们走了，给您道喜了。您这也是老牛吃嫩草，天天被窝儿里搂着个小女婿睡觉，美吧您就。

村民乙　周嫂，女人是三十如狼，四十如虎，您正是如狼似虎的时候，人家罗明是小白脸，身子骨单薄，您可得悠着点儿。

〔周嫂依然在敲着门："罗明，你快出来，乡亲们都走了，快出来送送乡亲们……"

〔罗明继续看着信。〕

罗　明　（念）我们要结为夫妻了，我要做你的老婆了……

周　嫂　是呀，我们结婚了，我要做你的老婆了，你快快开开门，让我进去呀……

〔罗明把信扔进火盆里，纸灰渐渐地熄灭了。

〔罗明又从木匣子里拿出一封信读着。

〔远处传来清脆稚嫩的童声歌谣："顶花的黄瓜谢花的藕，新娶的媳妇头一宿，鲜鲜灵灵的头一宿，顶花的黄瓜谢花的藕……"

〔罗明在木匣子里翻腾着，找出了一封信。〕

罗　明　啊，好了，就是你……我找的就是你。

周　嫂　你找到谁了？

罗　明　海誓山盟。

周　嫂　什么海誓山盟？

罗　明　甜言蜜语。

周　嫂　谁的甜言蜜语？

罗　明　柔情蜜意。

周　嫂　哪儿来的柔情蜜意？

罗　明　（读着信）明，我亲爱的，这一天真好，空气是透明的，阳光是甜甜的，我好幸福。这是你第一次吻我，我把我的初吻献给了你，我把我最纯洁的爱情献给了你，我把我的毕生都献给了你。你是我永远永远的爱人……我的明……

周　嫂　你别瞎说，我可说不出这么肉麻的话。

罗　明　在天愿作比翼鸟，在地愿为连理枝，我真的能嫁给你吗？能嫁给你这样一个优秀的男人吗？……

周　嫂　是啊，我是没想到，我丈夫死了之后，我的心也死了。我也想过嫁人，一个二婚头，还能嫁给什么人，老了能有口饭吃就行了。我根本没想到会嫁给你，你比我小十二岁，还是童男子，还是大学教师。连村里那些鲜鲜灵灵的小丫头都眼馋得要死，说我是一个跟头栽在有毛的皮袄上了……罗明，我的好人啊，你说我哪辈子积了德了，能嫁给你呢……

罗　明　（读着信）我答应你，我一百个答应你，一千个答应你，一万个答应你，从今以后，我就是你的了……

周　嫂　是啊，我答应你，我是你的了，我要好好地服侍你，你愿意怎么使唤我就怎么使唤我。我给你洗衣服做饭，给你铺床叠被，还要给你生孩子。我现在是你的老婆，以后就是你的孩子妈……

〔罗明把信扔在炭火盆里，看着那跳动的火苗儿。〕

罗　明　（念）海可枯，石可烂，爱你的心永不变……

周　嫂　我知道，我知道你罗明，我早就知道你是有情有义有良心的人，我信得过你。你不说这些我也信得过你，我心里有数……

罗　明　（读信）头可断，血可流，伟大的爱情不可丢……

周　嫂　罗明，你是在说我吗？你是在跟我说话吗？我听着怎么像是开大会时候的口号呀？咱们都是夫妻了，还用得着喊口号吗？罗明，你怎么了？你真的喝多了在说酒话吗？

罗　明　海可枯，石可烂……头可断，血可流……嘿嘿，豪言壮语，真他妈的豪言壮语……我问你，海枯了吗？石烂了吗？头断了吗？血流了吗？那么你哪儿去了？

周　嫂　我在这儿呢，我在这儿呢罗明……

罗　明　你跟我一刀两断了，你跟我划清界限了……

周　嫂　你说什么呢罗明，我什么时候跟你划清界限了？划得清吗？我从来就不相信你是什么反革命，还他妈的现行反革命，放他妈的屁，有这么仁义的反革命吗？你说，村里那么多人家，都不愿意收留你，不是我把房子给你腾出来住的吗？我不怕，你就是真的反革命我也不怕，公社来人还让我监督你，让我打你的小报告，他们瞎了眼，把我周嫂当什么人了？老主任说，你不是反革命，你是苦出身，你是革命的后代，你凭什么要反革命呢？

罗　明　我写了一本诗，他们批判我。我不能承认，跟他们顶了起来，就说我是“现行”了，往死里整我。你知道什么叫反革命吗？这是最大的罪犯，比杀人放火强奸抢劫要严重得多；你知道什么叫“现行反革命”吗？就是可以当场判刑当场枪毙的十恶不赦的罪犯。

周　嫂　你在烧什么？怎么有纸灰味儿？

罗　明　我就是在烧纸。

周　嫂　结婚大喜的日子你烧什么纸？

罗　明　我在送葬。

周　嫂　你怎么说这些丧气话，快呸，呸掉。

罗　明　我在给爱情送葬，我在追悼爱情。我要把爱情钉进棺材里，埋进坟墓里，让它腐烂发臭。

周　嫂　罗明，你今天真的喝多了，快开门让我进去，我要铺被窝儿，今儿是咱新婚第一夜，要铺的是合和被。你知道什么是合和被吗？

〔罗明继续看信。〕

周　嫂　就是一个被窝儿，你没听说吗？金窝银窝不如自家的泥窝土窝，泥窝土窝不如两口子钻一个被窝……铺多厚盖多厚，不如两口子肉挨肉……知道怎么肉挨肉吗？光溜溜的小两口，在一个被窝儿里，你搂着我，我搂着你……

〔罗明继续看信。〕

周　嫂　罗明，我的好人……快让我进去吧，好好疼疼姐吧，姐想要你……

〔罗明把信点燃，放进火盆里：“借问瘟君欲何往，纸船明烛照天烧……”

〔周嫂大叫着：“罗明，你烧什么呢？”

〔罗明似乎惊醒了，抬头看着门外。〕

罗　明　周嫂？

周　嫂　罗明，快开门。

罗　明　你要干什么？

周　嫂　我要跟你入洞房。

罗　明　入洞房？

周　嫂　我们结婚了，当然要入洞房了。

罗　明　周嫂，你说……我们这就算是结婚了？

周　嫂　是啊，我也觉得像做梦一样。

罗　明　我们这就算是夫妻啦？

周　嫂　是啊，真的没想到……

罗　明　周嫂，你说……我们这叫爱情吗？

周　嫂　都到什么地步了，你还说这不着四六的话？你在咱村挨门挨户地打听打听，有几个像你们城里那样搞勾连搭的爱情？不都是把一男一女拉扯到一块儿，你瞧我顺眼，我瞧你过得去，往被窝儿一塞，……齐活了。

罗　明　这不叫爱情。

周　嫂　你来我家也一个多月了，我一天三顿汤汤水水地伺候你，这不叫爱吗？你的衣服脏了我给你洗，衣服破了我给你补，这不叫爱吗？你病了我给你煎汤熬药，你累了我给你铺床叠被，你烦了我给你唱小曲解闷儿，这不是爱吗？还有，你干农活儿脚上磨出了泡，我天天抱着你的脚丫子给你挑泡上药，这也不是爱吗？这要不是爱，我一个寡妇家家的，为什么这么精心伺候一个大男人？我闲得没事吗？我天生的贱骨头吗？

罗　明　周嫂，你对我的好，我都记得呢。

周　嫂　我不要你记得，我只问你这叫不叫爱？

罗　明　这是你对我的恩情。

周　嫂　恩情？那么你对我呢？你从学校出来的时候，身上只有三十块钱，可是你听说我要买个猪崽，一分不留地都拿了出来，这叫什么？

罗　明　这是我对你的报答。

周　嫂　报答？我给你煮了两个鸡蛋，你不吃，剥好了皮硬往我嘴里塞，这也是报答吗？我从娘家回来赶上了雨，你顶着雨跑出山接我，这也是报答吗？我腰扭伤了，你又给我上药又给我按摩，这也是报答吗？

罗　明　我这是对你的关心，你不是也关心我吗？

周　嫂　你是说，这都不是爱对吗？恩情不是爱、报答不是爱、关心也不是爱，那什么是爱，爱是什么？

罗　明　爱是刻骨铭心的。

周　嫂　你是说用骨头来爱？

罗　明　爱是轰轰烈烈的。

周　嫂　你是说扛着炸药包才叫爱？

罗　明　爱是要死要活的。

周　嫂　你是说抹脖子上吊才叫爱？

罗　明　爱是说不清楚的。

周　嫂　你是说疯疯癫癫的二百五要半膘子才叫爱？

〔罗明将手中的信又扔进炭火盆里。〕

周　嫂　我明白了……是她，就是她……

罗　明　你在说谁？

周　嫂　像杨柳青年画一样漂亮的女人，你忘不了她，你怎么会把她忘了呢？

罗　明　你在胡说什么？

周　嫂　她是你大学的同学，比你低两个年级。你毕业留校当了教师，她而今还在农场劳动，等待着分配……

罗　明　（惊愕地）你？你在说谁？

周　嫂　她叫秦玉珠对不对？

罗　明　（慌了）你……你怎么知道的？

周　嫂　她来了……

罗　明　在哪儿？她在哪儿？

周　嫂　她又走了……

罗　明　什么时候？

周　嫂　今天晚上……就在咱们举行婚礼的时候。

罗　明　我怎么没看见她？

周　嫂　她在村后的山坡上。

罗　明　你跟她见面了？

周　嫂　是她让一个孩子捎信叫我去的。

罗　明　她……她为什么叫你？

周　嫂　她跟我说了几句话。

罗　明　她说什么？

周　嫂　她说……

罗　明　她到底说了些什么？

周　嫂　她说……你在挨饿的时候吃过观音土，把胃吃伤了，让我多给你做些软和的饭……

〔罗明痛苦地低下了头。〕

周　嫂　她说……你在“大跃进”的时候，上山伐树把腰砸伤了，受不得凉，让我把炕头给你烧热点儿……

〔罗明紧紧地抱着头。〕

周　嫂　她还说……你睡觉的时候常常会做噩梦，总是在梦中叫喊，让我随时帮你翻翻身……

罗　明　（扬起一张泪脸）玉珠……

周　嫂　罗明，你放心，我会照她的话去做的，我会好好照顾你的。

罗　明　你……你为什么不让她见我？

周　嫂　她不想见你。

罗　明　为什么？

周　嫂　她说……

罗　明　她说什么？

周　嫂　她已经结婚了。

罗　明　（惊愕地）结婚了，跟谁？

周　嫂　她说你最好别知道，她也没告诉我。

罗　明　她什么时候结的婚？

周　嫂　有一个多月了。

罗　明　啊……

周　嫂　她让你别惦记着她。

罗　明　她还说了些什么？

周　嫂　她让我告诉你，你原来认识的那个秦玉珠已经死了……

罗　明　（歇斯底里地狂呼着）秦玉珠……这到底是为什么？为什么啊？玉珠……我的玉珠啊……你不是跟我一刀两断了吗？你不是跟我划清界限了吗？可你为什么还来看我？你还在爱着我是吗？你也跟我一样，放不下这段情是吗？是的……人非草木，孰能无情？四年了，整整四年了，一千多个日日夜夜，我的根已经深深地扎在你的心里，拔都拔不掉；你的情已经渗透到我的骨头缝儿里，剔都剔不出来……我们还能分开吗？要是生生地撕扯开，那血淋淋的骨肉是你的还是我的？玉珠啊，我什么都想到了，想到了苦难、想到了折磨、想到了死，就是没有想到我们会分开……到头来，还是分开了。分开了，你为什么还来看我？你为什么还惦记着我？既然你放不下我，你为什么不阻止我跟周嫂结婚……玉珠啊，这到底是为什么呀？

周　嫂　罗明，事情已经这样了，你也得想开一点儿。

罗　明　我不明白，我就是不明白。她结婚有一个多月了，这么说我们刚刚分开她就结婚了。为什么刚刚离开我她就结婚了呢？

〔外面一阵脚步声，又一件什么家什被碰倒了，咣啷一声。〕

周　嫂　谁？

村主任　周嫂，是我……

周　嫂　老主任，您……怎么来了？

村主任　我听他们说，他一直不给你开门，到底是怎么回事？

周　嫂　老主任，难为您了。

村主任　为难的是你吧，到底怎么回事？

周　嫂　老主任……也许……（哭了起来）

村主任　别哭，你哭什么？到底是怎么回事？

周　嫂　老主任，我……我不该嫁给他……

村主任　你胡说什么？婚姻大事，一辈子的大事，几辈子的大事，能像小孩儿过家家儿吗？

周　嫂　老主任……我……委屈罗明了……（哭）

村主任　（使劲拍打着屋门）罗明，罗明，你说说，怎么回事？

罗　明　老主任……您……您别操心了。

村主任　屁话！我不操心谁操心，让你跟周嫂结婚是我的主意，这热热闹闹的婚礼是我一手操办的。我是让周嫂有个男人，让你有个依靠，你这孩子怎么这么不懂事呀？

罗　明　老主任，我想说，这婚结得……太仓促了吧？

村主任　罗明，你少废话。结婚证也打了，喜酒也喝了，一根线拴上了公母两个蚂蚱，要飞一块儿飞，要蹦一块儿蹦，以后你们给我好好过日子。听见没有？

罗　明　我……我还是想不明白。

村主任　明白？人活在世上，有几个明白的？不都是糊里糊涂地过日子吗？说明白的也是装明白，你就是读书读多了，读了几本书就以为比别人活明白了，玩儿蛋去吧。我看呀，你是读书读傻了，连自己是公是母都分不出来了。

罗　明　老主任，您让我想想，您再让我想想行吗？

村主任　你想什么？你还有脑子吗？你的脑子还能想事情吗？要想也行，我替你想吧。你知道不知道，你现在是什么人？

罗　明　我不承认我是反革命。

村主任　你跟我硬没用，人家把你打成反革命了，还管你承认不承认？

罗　明　历史会证明我无罪的，公道自在人心。

村主任　你先别跟我喊口号，头几天你们学校来人了，要把你带走。

罗　明　我知道，他们要把我批倒批臭，再踏上一万只脚，让我永世不得翻身。

村主任　他们说给你判了刑，要把你送到黑龙江兴凯湖去劳改。我对他们说，你们不是把罗明开除了吗？罗明已经不是你们学校的人了，你们没有权力再把他弄走了。他们问我有什么权力扣留罗明，我告诉他们，罗明已经是我们周家寨的社员了，他跟我们村的女人结了婚，已经编入男劳力二组了，我们要让他就地劳动改造。他们不相信，我把你跟周嫂的结婚证给他们看了，他们没的可说，乖乖地走了……罗明，你知道我为什么救你吗？知道周家寨的人为什么收留你吗？

罗　明　（无语）

村主任　当年日本鬼子到周家寨扫荡，说周家寨是八路军的据点，把全村五百多口人都集中在打谷场上，架着机枪要斩尽杀绝。是你爸爸带着武工队及时赶到，把日本鬼子打跑了。你爸爸救过周家寨，周家寨人记着你爸爸的救命之恩，他儿子有难周家寨人不能不管……

罗　明　（无语）

村主任　我跟你说这些你不信是不是？你以为我在给你讲故事是不是？你会问，世界上哪儿有这么巧的事？我告诉你，这是真事，世界上的事就是这么巧。这就叫缘分，这就叫命……罗明，别犯死心眼了，最实际的是活着，是把命保住。你以为你跟周嫂结婚亏了，周嫂比你大，周嫂没文化，周嫂又长得不漂亮。你在周家寨打听打听，像周嫂这么好心眼的女人有几个？我刚把你接回来的时候，你浑身上下被打得血葫芦一样，连一块好肉皮都没有了，是谁给你浑身上下的洗，给你一天三遍地换药？是谁给你喂水喂饭、端屎端尿？要不是周嫂，你早就死十八回了……

罗　明　（激动地）我感激周嫂……周嫂，你是我的救命恩人，我罗明永远忘不了你的大恩大德……（突然跪下）周嫂……谢谢你了……

周　嫂　罗明，别……别这样，快起来，快起来……

村主任　别，别让他起来，就让他跪着，他该给你跪着。这说明他小子还有良心，他还算是个男子汉。

周　嫂　不不，不能跪……不能跪……我……我可担当不起啊……

村主任　罗明，你要是个真正的男人，你就跪着对窗外的月亮发誓。

罗　明　我……我发誓。

村主任　你说，周嫂是你的恩人。

罗　明　周嫂是我的恩人，大恩人。

村主任　你说，一辈子要报答周嫂。

罗　明　我罗明一辈子忘不了周嫂，一辈子报答周嫂。

村主任　说，你怎么报答周嫂？

周　嫂　罗明，别……别说，我不要你报答，什么都不要……老主任，您别让他说了。

村主任　你别管，罗明，你接着发誓，你怎么报答周嫂。

罗　明　我……我发誓……我把周嫂当成……娘，亲娘……

周　嫂　（惊愕地）罗明……你？

村主任　你让他说，接着说。

罗　明　我把周嫂当成姐……亲姐……

村主任　接着说……

罗　明　我把周嫂当成亲人，最亲最亲的人……

村主任　说……往下说。

罗　明　我一辈子守着她，疼她，爱她，护着她……

村主任　站起来！

〔罗明慢慢地站起身。〕

村主任　把门打开！

〔罗明朝门口走去。

〔灯光骤暗。

〔幕间。

〔工作人员在黑暗中换着场景。

〔舞台的一侧，突然亮起一柱灯光，这是一个化装台。

〔扮演罗明的演员在化装、换装，自然地忙碌着，犹如在后台的化装间。

〔而或，演员在化装期间也顾及一下台上工作人员的换景，甚或还有人上前跟他小声地嘀咕着什么。其间，需要什么东西，比如化装用品或服装什么的，都可以吩咐人送过来。

〔有人送来一支烟，演员说，戒了。送烟的人说："您昨天不是戒过了吗？"

〔手机响，演员接电话。电话内容或许是剧情里面的，或许是生活当中的，很随意。

〔甚或还有一些更随意的事情出现，譬如一个歌手上来，要求利用幕间休息给观众唱一首歌……

〔演员化装换装几近完成。

〔灯光暗，化装台消逝在黑暗中。

〔灯光复明，第二幕开始。〕

第二幕

〔20世纪80年代末期。

〔炎热的夏天。

〔开往北京的软卧车厢。四张上下铺的被子都叠得整整齐齐，车厢里清洁、凉爽。

〔车厢的横断面是面向观众的，后面是门，门外是狭窄的过道。

〔罗明站在车厢里，一副意得志满的气派。尽管是在较为私密的空间里，他依然穿戴整齐，上身是短袖衫，扎着领带。包括皮鞋，领带夹，以及小桌上放着的打火机，都是当时顶级的世界名牌。气度、风采与二十年前判若两人，连说话的口气都是财大气粗、不可一世、叱咤风云的。

〔他将带来的食品从包里掏出来，摆放在小餐桌上，又从密码箱里拿出两个玉卺，将茅台酒打开，分别倒在玉卺里。

〔软卧外面，隔着半开的门，站着秦小蕊。〕

秦小蕊　罗总，您倒一个杯就行了，我不会喝酒。

罗　明　你说的是假话。

秦小蕊　我真的不会喝酒。

罗　明　去年7月14日晚上，你们十二个关系最铁的同学聚会，你每个人都敬了一杯，然后每个人又敬了你一杯，算算你喝了多少？

秦小蕊　我那次喝醉了。

罗　明　你没醉，只是看见操场上那白花花的月光，硬说那是天鹅湖，脱了衣服就往里跳，到天鹅湖里去游泳。

〔秦小蕊笑了。

〔罗明也笑起来。〕

秦小蕊　咦，罗总，这件事您怎么知道的？

罗　明　哦对了，我让你到餐车给我要的泡姜呢？

秦小蕊　我跟乘务员说了，她说一会儿给您送来。

罗　明　你跟乘务员说了？我让你到餐车给我去要！乘务员那么忙，她驴年马月才能送过来？

秦小蕊　可是……

罗　明　怎么了？

秦小蕊　这火车不停下来，我怎么去餐车呀？

罗　明　（奇怪地）你说什么？

秦小蕊　我……我不敢跳车呀……

罗　明　你跳车干什么？

秦小蕊　您不是让我去餐车吗？

罗　明　哈哈哈……

秦小蕊　（不解地）您笑什么？

罗　明　小蕊呀小蕊，真有你的。

秦小蕊　那您说我该怎么到餐车上去？

罗　明　你怎么连餐车在哪儿都不知道？

秦小蕊　人家是第一次坐火车嘛。

罗　明　看你这样子不像没坐过火车的人呀。

秦小蕊　我们那儿的人没坐过火车的多的是。

罗　明　亏你还是秦玉珠的女儿。

秦小蕊　我是秦玉珠的女儿怎么了？

罗　明　你妈不是副县长吗？她都没带你坐过火车？

秦小蕊　她整天忙工作，哪儿顾得上我？要是她能够稍微关心一下我的学习，我也不至于高考落榜。

罗　明　算了吧，有些人呀天生就不是读书的料。

秦小蕊　可我是，我从小学到初中都是“三好生”，就是高中时落下来了，那是因为我妈到周家寨去修公路，一年都没回来。我又要上学，又要照顾奶奶……

罗　明　行了，你快给我拿泡姜去吧。

秦小蕊　您……真的让我跳火车？

罗　明　你问问乘务员就知道了，懒得跟你啰唆。

〔秦小蕊走了。〕

罗　明　（忍不住又笑了）有什么好笑的？想当初……你都大学四年级了……秦玉珠的爸爸从印度尼西亚回来，住在华侨大厦。你跟秦玉珠去看望未来的岳父大人，一泡尿憋得你满脸通红。秦玉珠告诉你那小门里就是卫生间，你进去半天又出去了，仍然是满脸通红。秦玉珠问你怎么了，你说里面没有撒尿的地方呀，秦玉珠跟你着进去了，亲手掀开马桶的盖子……直到这时候，你才知道在这个世界上，还有一种人是坐着屙屎撒尿的……

〔小桌上的大哥大突然响了起来。〕

罗　明　喂……是我……你说吧……不行，差一天也不行，做生意得讲信誉，一诺千金……告诉你，我拿这笔钱等着到俄罗斯买旧军舰呢……你必须按时付给我……就这样，没什么好商量的。

〔罗明关掉大哥大，扔在床铺上。把领带松了松，又喝起了酒。〕

罗　明　（端起小餐桌上的玉졉要喝，又放下了）在周家寨那么多年，周嫂培养的那些毛病都改了，就是这改不了——一天三顿离不开泡姜。山珍海味、生猛海鲜、俄罗斯大餐，没有泡姜就没滋没味，比没盐还难受。还有……天南海北，哪儿的泡姜也没有周嫂做的泡姜地道……

〔门外响起了乘务员的声音："先生，麻烦您登记一下票。"〕

罗　明　票在秦小蕊那里……哦，就是跟我来的那个女孩儿，她到餐车去了。

乘务员　好，我过一会儿再来。

〔床铺上的大哥大又响了，罗明拿起电话。〕

罗　明　怎么，冯区长不是给你说了吗，那块地我要了……不行，我不但不能给你加钱，每亩地还要再给我优惠两万……这是孙部长跟你们冯区长讲好的……孙部长请赵政委打高尔夫球的时候说的……赵政委前天跟贺行长吃饭的时候又强调了这件事……行了，你别管那么多好不好？你的那一份我亏不了你就行了……老百姓吃亏？谁是老百姓？跟我接触的有老百姓吗？……好了，回去再说吧。哦对了，你那个大丫头不是要去美国留学吗？签证办好没有？拒签了……这好办，回头你给我就行了，你什么都别管了……你问大使馆干什么？我都给你摆平就是了……好了，明天晚上我请你去唱歌……

秦小蕊　罗总，泡姜，您要的泡姜来了。

〔罗明接过秦小蕊递过来的泡姜，尝了一口。〕

罗　明　这也算是泡姜？连点儿姜味儿都没有。

秦小蕊　（兴奋地）罗总，我现在算是知道了，这火车从外面看是一条长龙，里面原来是一节一节分开的，像一条大蜈蚣，餐车占了整整一节。我上车以后还奇怪呢，怎么这车里都是有钱人呀？那些背着大包小包拼命挤火车的乡里人哪儿去了？闹了半天这火车还分软卧、硬卧，还有硬座……哎呀，那硬座车厢可真不是人待的地方，人挤人，人摞人，连个插脚的地方都没有，我从那里穿过去到餐车，挤出了一身白毛汗……

罗　明　（端起酒杯）来吧，我们庆祝一下。

秦小蕊　等一等罗总，趁着您还没喝酒，先把正事办了。

罗　明　什么正事？

〔秦小蕊将写好的合同书从门外递进来。〕

罗　明　你这是干什么？

秦小蕊　咱先小人后君子，依法办事，合同上的这些条款可都是您答应的。

〔罗明看也不看，掏出笔来就在上面签了字。〕

秦小蕊　谢谢，这合同一式两份，甲乙双方各保留一份。

〔秦小蕊从外面把门关上。〕

罗　明　你关门干什么？

秦小蕊　我去一下卫生间，您先喝着。

罗　明　快点儿回来啊。

〔火车飞奔着，后面的火车过道，秦玉珠神情慌乱，挨门敲着软卧车厢：“啊……对不起，我找个人。”

〔旅客：“你找什么人？”

〔秦玉珠："一个姑娘，还有一个中年男人。"

〔旅客："你看我们这里有姑娘吗？"

〔秦玉珠："啊，打扰了……"

〔秦玉珠又敲响了别的软卧车厢……

〔从声音里判断出，有两个乘客过来，拿着着票找着软卧的车厢。〕

乘客甲　大叔，你看，这不是17号和19号吗？

乘客乙　对，就是这儿，没错。

〔秦玉珠挤过来，看了看车厢的门，又看了看两个乘客。〕

秦玉珠　大哥，这是你们的车厢吗？

乘客甲　啊啊……是我们的，我们的。

秦玉珠　你们还有别的人吗？

乘客乙　没了，就我们两个。你是不是也想补票呀？

秦玉珠　啊，不……我找人。

乘客甲　找人？

秦玉珠　一个姑娘和一个中年男人，你们看见了吗？

乘客乙　两个人？没有……

秦玉珠　（走了）啊，谢谢。

〔两个乘客敲着软卧的门，罗明起身拉开门。〕

罗　明　你们找谁？

乘客乙　我们是这儿的卧铺。

罗　明　你们是这儿的？把票给我看看。

〔两个乘客把票交给了罗明，罗明接过票仔细地看着。〕

罗　明　你们的票是哪儿来的？

〔正好秦小蕊从卫生间回来了。〕

乘客甲　（指着秦小蕊）是她卖给我们的。

秦小蕊　（向罗明解释着）咱两个人四张票……

罗　明　（严肃地）把钱退给他们。

秦小蕊　咱们这儿空着两个卧铺，这不是浪费吗？

罗　明　是我说了算还是你说了算？

〔秦小蕊很不情愿地拿出钱。〕

乘客甲　不行，票已经卖给我们了，怎么能说退就退呢？

乘客乙　是啊，我们那边的座位已经被人占去了，没地方可去了。

罗　明　她是多少钱卖给你们的？

乘客甲　她倒是按车票的价钱卖给我们的，一张票二百四十八。

罗　明　那好，我再加倍从你们手里买回来，每张票五百，行了吧？

〔罗明说着，掏出钱包点起了钱。〕

罗　明　这是一千块钱，给。

乘客甲　（犹豫着）老板，这……合适吗？

罗　明　你们觉得合适就合适，快走吧，一会儿乘警来了该说你们倒卖车票了。

〔两个乘客匆匆出去了。〕

秦小蕊　罗总，您这是何苦呢？

〔罗明颇有兴致地看着秦小蕊。〕

秦小蕊　罗总，我让您损失了五百零四元，下个月从我的工资里扣吧。

〔罗明依然看着秦小蕊。〕

秦小蕊　罗总，我也是好心，我不是想给您省点儿钱吗？

罗　明　好了，进来喝酒吧。（端起酒杯）来呀。

秦小蕊　我想在外面看看风景。

罗　明　这风景有什么可看的？

秦小蕊　我要把沿途经过的每一个站都记下来，看跟地理课上老师讲的一样不一样。

罗　明　（苦笑了一下）这会儿又像个孩子了。

秦小蕊　我不是孩子了？我已经十九岁了。

罗　明　十九岁？你说的是虚岁？

秦小蕊　不，是实岁。

罗　明　整整十九岁？

秦小蕊　还差一个月零三天。

罗　明　把你的身份证拿来。

秦小蕊　你不相信我？

罗　明　软卧车厢登记是要看身份证的。

〔秦小蕊从外面把身份证递给罗明。〕

罗　明　（看着身份证）十九岁……二十一年了……

秦小蕊　什么二十一年了？

罗　明　你要是再大一岁，说不定就是我的女儿了。

秦小蕊　我还真希望有一个大款的爹。

罗　明　哦……知道我要带你去哪儿吗？

秦小蕊　不是去北京吗？

罗　明　知道我让你到北京干什么吗？

秦小蕊　不是给您当秘书吗？

罗　明　当秘书？

秦小蕊　您在我们县城不是公开招聘秘书吗？我们学校的毕业生，还有没毕业的，有一大半报了名。

罗　明　是啊，那么多人报名，我为什么偏偏录用了你？

秦小蕊　我也觉得怪怪的，比我优秀的女孩儿多的是。罗总，您是不是看上了我的漂亮？

罗　明　你漂亮吗？

秦小蕊　我……不算是最漂亮的。那……您看上了我的气质吧？

罗　明　你有气质吗？

秦小蕊　那……您看上了我英语好？

罗　明　在北京，那么多的大学生、硕士生、博士生都走后门到我那儿应聘，哪个不比你外语好？

秦小蕊　那……我就想不明白了。

罗　明　因为你是秦玉珠的女儿。

秦小蕊　我妈妈？

罗　明　对，你妈妈。

秦小蕊　因为我妈妈是副县长？

罗　明　或许吧……

秦小蕊　可是……我妈妈并不知道我来应聘，她……不会跟您打招呼了吧？

罗　明　没有，你妈妈我连面都没见。

秦小蕊　您认识我妈妈？

罗　明　进来喝酒吧。

秦小蕊　罗总，陪您喝酒不算是我的工作吧？

罗　明　不算。

秦小蕊　那我可以不喝吗？

罗　明　你不会说你不会喝吧？

秦小蕊　我怕我再喝多了，把这卧铺当成天鹅湖，脱了衣服跳下去就麻烦了。

罗　明　（笑了）对，说得好。这么说你是对我保持着警惕，对吗？

秦小蕊　我知道，许多所谓老板的秘书都跟老板有一腿，我不想这样。

罗　明　那你想怎么样？

秦小蕊　我有自己的原则。

罗　明　什么原则？

秦小蕊　工作就是工作，我凭我自己的能力挣钱，凭我自己的努力发展，凭我自己的奋斗实现人生的价值。

〔罗明又看起了秦小蕊。〕

秦小蕊　罗总，您为什么总是这样看着我？

罗　明　我看你不像是个没坐过火车的女孩儿。

秦小蕊　我确实没坐过火车。

罗　明　你仅仅是没坐过火车。

秦小蕊　我真的没坐过火车。

罗　明　我还是低估你了。

秦小蕊　我没听懂您的意思。

罗　明　你看看上车之后你干的这几件事：先是拿出合同跟我先小人后君子，又倒卖卧铺票，现在又讲起了原则和人生的价值……

秦小蕊　我做得不对吗？

罗　明　我总觉得山里的女孩儿不会像你这么精明。

秦小蕊　别忘了我是秦玉珠的女儿。

罗　明　你越来越像秦玉珠的女儿了。

秦小蕊　哦，罗总，能不能把您的大哥大借我用一用？

罗　明　给谁打电话？

秦小蕊　我是瞒着妈妈到您这儿应聘的，现在跟您走了，我怎么也得跟我妈妈说一声呀。

〔罗明把大哥大递给她。〕

秦小蕊　可是……我怎么跟我妈说呀？我妈要是不同意怎么办？我妈要是让我回去怎么办？

罗　明　你要是怕这些就别跟你妈说。

秦小蕊　可是……她见我失踪了，还不把她急死？

罗　明　那你把电话拨通，我跟她说。

秦小蕊　您跟她说？您跟她怎么说？

罗　明　我告诉她，你的女儿跟罗明走了，从此以后你就别为她操心了……

秦小蕊　罗明？罗明在哪儿？

罗　明　（捉弄地看着她）

秦小蕊　这么说你是罗明？

罗　明　你不知道我叫罗明？

秦小蕊　天呀，我只知道您是罗总，从来没想到要问您的名字。您真的是罗明？

罗　明　你说我该是谁？

秦小蕊　我知道您是谁了。

罗　明　我是谁？

秦小蕊　您是我妈妈的初恋情人……你们是一个学校的同学，后来您留校当了老师，被打成了反革命分子。您被周家寨的老主任保护下来，跟一个比您大十二岁的女人结了婚……

罗　明　这些你是怎么知道的？

秦小蕊　是我妈妈告诉我的。

罗　明　你妈妈还告诉了你什么？

秦小蕊　许多。

罗　明　许多？

秦小蕊　我跟我妈像朋友一样，她什么都跟我说。

罗　明　她还跟你说了些什么？

秦小蕊　她说……跟您结婚的那个女人姓周，大家都叫她周嫂……

罗　明　对，是周嫂。

秦小蕊　周嫂给你生了三个孩子，两个儿子，一个女儿。

罗　明　没错，我是有三个孩子，那些年什么事情都没有，光生孩子玩了。

秦小蕊　周嫂怎么样？

罗　明　我们离婚了。

秦小蕊　离婚了？您怎么办这蠢事？

罗　明　蠢事？

秦小蕊　现在的有钱人，都讲究外面彩旗飘飘，家里红旗不倒。

罗　明　我只要一面旗子。

秦小蕊　您怎么没有回大学教书？

罗　明　因为离婚。

秦小蕊　我不明白。

罗　明　离婚需要钱，需要很多很多的钱。

秦小蕊　离婚跟钱有什么关系？

罗　明　我不能扔下周嫂不管，我还有三个孩子。我必须解决她的后顾之忧，让她离开我也能活，而且还会活得更好。

秦小蕊　您要用钱赎回您的自由之身？

罗　明　我想得太天真了。

秦小蕊　周嫂不同意？

罗　明　我从结婚的那一天起就想到了离婚。

秦小蕊　那您为什么还要跟周嫂结婚？

罗　明　知道什么叫同床异梦吗？

秦小蕊　不想一起做梦，为什么还要同床？

罗　明　我承认自己是个畜生。

秦小蕊　男人靠得住，猪都能上树。

罗　明　难道女人就靠得住吗？

秦小蕊　女人总是受害者。

罗　明　我给周嫂的钱，够她两辈子花的了。

秦小蕊　她拿两辈子的钱，能买一辈子的幸福吗？

罗　明　我们根本没有爱，她幸福个屁！

秦小蕊　我不幸福，你也休想甩掉我去追求你的幸福。一根线拴俩蚂蚱，谁也甭想飞，谁也甭想跑，我拖也要拖死你。

罗　明　遇到这样不可理喻的女人，活神仙也没辙。

秦小蕊　您不是到底离开了周嫂吗？

罗　明　周家寨没有路，外面的人进不去，里面的人出不来。睁开眼睛，除了石头还是石头。往前走是鼻子碰石头，往后退是脑勺碰石头，往左右是肩膀碰石头，就像生活在一个巨大的石头棺材里。除非你抬起头来，还能看见巴掌大的一片蓝天。周家寨人祖祖辈辈盼望的就是能修一条出山进山的路。

秦小蕊　修路需要钱，很多很多的钱。

罗　明　我跟老主任说，我给你修一条公路，你得给我一条活路。

秦小蕊　好卑鄙。

罗　明　那是一个大雪天，早上起来，漫天皆白，周嫂推开门，却发现院子里黑压压的一片。乡亲们都跪在周嫂的面前，求周嫂跟我离婚……老主任对乡亲们说，记住，咱出山进山的路，不是罗明给我们修的，是周嫂给我们修的。我们祖祖辈辈不能忘记周嫂的恩德……

秦小蕊　为了您自己的一条路，却把周嫂逼上了绝路。

〔罗明把大哥大递给秦小蕊："去，给你妈打电话吧。"

〔秦玉珠从另一个方向走来，敲了敲车厢的门，里面没反应。〕

乘务员　（走过来）请问，您是软铺车厢的吗？

秦玉珠　啊……我来找个人。

乘务员　这里是软卧车厢，请您不要随便在这里走动。

秦玉珠　我说了，我要找个人。

乘务员　找人您可以去广播室，让他们帮助广播一下。

秦玉珠　哦，广播室在哪儿？

乘务员　那边。走，我带您去。

秦玉珠　（跟着乘务员走了）谢谢。

〔门开了一条缝，秦小蕊把大哥大还给罗明。〕

罗　明　给你妈打电话了？

秦小蕊　坏了，办公室的人说，我妈知道我跟您走了，她追来了。罗总，这……这怎么办呀？

罗　明　那就让她尝尝失去女儿的滋味儿吧。

秦小蕊　我妈失去我，她会急死的。

罗　明　她失去谁都死不了，只要她自己活着。

秦小蕊　您怎么这么说我妈？

罗　明　你妈就是这样的人。

秦小蕊　你恨我妈？

罗　明　恨。

秦小蕊　因爱生恨吗？

罗　明　也可以这么说。

秦小蕊　啊，这太可怕了。

罗　明　你知道……我跟你妈是初恋。你知道我们爱得有多深吗？那种爱……已经渗透到骨头缝里去了，用布揩不掉，用水洗不掉，用斧头砍都砍不掉……

秦小蕊　你们这代人，干吗总是背着这么沉重的十字架呀？傻不傻呀？就算你们爱得再深，后来不是都各自结了婚，各自有了家庭吗？至于一辈子要死要活的吗？

罗　明　你不懂，你一点儿也不懂，这就是代沟。你们是最自私的一代，最无情无义的一代，也是最讲实际利益的一代，你们根本不懂得什么是真正的爱情。

秦小蕊　男人就是这个德行，没吃到嘴的东西总觉得香得不得了。我问你，你要是跟我妈结了婚，现在骨头缝里还有爱吗？恐怕只剩下让人疼得钻心的骨刺了吧？

罗　明　你……你懂个屁！

秦小蕊　我跟您说过，我不是小孩儿了，我已经十九岁了，是《宪法》规定的成年人了。

罗　明　你谈过恋爱吗？

秦小蕊　无可奉告。

罗　明　你必须告诉我。

秦小蕊　这是我的隐私。

罗　明　我就是要知道你的隐私。

秦小蕊　这也算是招聘条件？

罗　明　可以这么说。

秦小蕊　那招聘的时候您为什么不问我？

罗　明　那时候我招聘你做秘书，无权干涉你的隐私。

秦小蕊　现在呢？

罗　明　现在我要让你做老婆。

秦小蕊　您疯了？

罗　明　你听了怎么不激动呢？

秦小蕊　我凭什么要激动？

罗　明　我跟周嫂离婚以后，有多少像你这样的妙龄少女公开地向我示爱，直截了当地向我求婚，哭着喊着要嫁给我……

秦小蕊　你为什么不从中选拔一个？

罗　明　因为你妈。

秦小蕊　又是我妈。您为什么不直接找我妈？

罗　明　找过，写信不回，打电话不接，托人前去拜访被拒之门外。我已经把我的初恋和你妈一起埋葬了。我本来想把我也一起埋葬的，可是没想到，她又从坟墓中复活了，活脱脱地又克隆出一个秦小蕊。我改变主意了，我要娶你。

秦小蕊　娶我？

罗　明　尽管我把你妈埋葬了，但是，我不能让她离开我。她不愿意做我的老婆，那就做我的丈母娘吧。

秦小蕊　浑蛋！

罗　明　骂得好。

秦小蕊　你把我当成了什么人？你把我们母女当成了什么人？你以为这是到市场上买驴吗？母驴踢了你一蹶子，你就要把小驴牵走。

罗　明　对，牵走了小驴，母驴就自然跟着我走了。

秦小蕊　你就是个畜生，驴一样的畜生。

罗　明　你不想嫁给我？

秦小蕊　我想马上离开你，我真后悔怎么上了你的当。

罗　明　你可以离开我，这是你的自由。当初你妈也是非常坚决地离开了我，我一点儿办法都没有。

〔广播喇叭响起来，播着一段很俗气的相声……

〔广播里相声被掐断了："各位乘客请注意，现在广播找人，现在广播找人……"

〔罗明气怒地关掉了喇叭。〕

秦小蕊　到了前面的车站我就下车。

罗　明　在你下车之前，先进来喝了这杯酒。

秦小蕊　这是什么酒杯?

罗　明　这叫玉卺杯。

秦小蕊　像农村舀水用的瓢，就是小了点儿。

罗　明　你说得对，古代瓢就叫卺。

秦小蕊　卺?

罗　明　想想看，两个卺合在一起像什么?

秦小蕊　那不是个葫芦吗?

罗　明　两个卺合在一起就是个葫芦，所以古代将男女的婚配叫作合卺。

秦小蕊　您怎么懂这么多?

罗　明　别忘了我是大学中文系的教师。

秦小蕊　听说您还是个诗人呢?

罗　明　诗害了我。

秦小蕊　真想看看您写的那些诗，还有吗?

罗　明　你妈没跟你说?

秦小蕊　说什么?

罗　明　是她把我的诗交上去的。

秦小蕊　我妈也太天真了。

罗　明　也许是天真吧。

秦小蕊　现在从您的身上可一点儿诗人的样子都看不出来了。

罗　明　我早就斯文扫地了。

秦小蕊　我现在明白您为什么买四张软卧的票了。

罗　明　我们今天就要合卺，这软卧车厢就是洞房。

秦小蕊　做梦吧您。

罗　明　我确实做过梦，美梦、春梦。我梦想着天黑以后，就把你的衣服彻底扒光，把你一丝不挂地放在这奔驰的列车上，贪婪地欣赏你那洁白鲜嫩的胴体。

秦小蕊　然后像饿狼一样把我吞掉。

罗　明　不，我要好好地爱抚你，吻遍你身上的每一寸肌肤。

秦小蕊　一边吻一边叫着我妈妈的名字。

罗　明　你怎么知道的？

秦小蕊　我读过《色狼心理学》。

罗　明　我罗明身上有许多毛病，可还真不是色狼。我说过，我身边美女如云，风骚之声不绝于耳，都是前来投怀送抱的，我都干净利索地把她们拒之床下。久而久之，有的人居然怀疑我有病，竟然带着伟哥前来“求炮”。

秦玉蕊　一群贱骨头。

罗　明　越是贱骨头，越想卖个好价钱。

秦小蕊　我可不想卖给您。

罗　明　你是不见兔子不撒鹰对吗？

秦小蕊　我活了这么多年，我妈只告诉我一条格言。

罗　明　什么格言？

秦小蕊　女人要想不上男人的当，就得把裤带勒紧。

罗　明　我现在就把兔子给你。

秦小蕊　什么兔子？

〔罗明从箱子里拿出一个精美的盒子，递给了秦小蕊。〕

秦小蕊　这不是一枚戒指吗？

罗　明　这是一枚钻戒。

秦小蕊　钻戒也是戒指。

罗　明　我对此没有异议。

秦小蕊　上面有一个英文字母 Q。

罗　明　那是“秦”字的声母。

秦小蕊　我的姓。

罗　明　也是你妈的姓。

秦小蕊　我姓的就是我妈的姓。

罗　明　这是南非产的红宝石。

秦小蕊　很让我开眼界。

罗　明　不想知道它价值多少钱吗?

秦小蕊　我不反对您告诉我。

罗　明　不多，三十五万。

秦小蕊　我要是有三十五万，就不买这个。

罗　明　如果你买一枚钻戒像买冰激凌一样随便，就不会心疼钱了。

秦小蕊　把您的冰激凌收好吧。

罗　明　这是给你的。

秦小蕊　赙受不起。

罗　明　这只不过是我送你的一只冰激凌。

秦小蕊　可我要用一辈子的命运去换。

罗　明　北京香山下面还有一栋别墅小楼，一千二百平方米。

秦小蕊　又是一口棺材。

罗　明　还有一辆红色的法拉第跑车，原装进口的，六百万买的。

秦小蕊　代价不小。

罗　明　这些都是你的。

秦小蕊　天上掉下来的肉饼。

罗　明　只要你嫁给我。

秦小蕊　我没答应您。

罗　明　还不止这些，还有我的资产，几亿的资产。还有我的企业，年产值几十亿的企业。还有……巴黎圣母院的婚礼，夏威夷海滩的蜜月之旅，百老汇的歌剧，迪斯尼乐园的巅峰体验……一个女孩子，一个整天价期望梦想成真的女孩子，听到这些难道会不动心吗?

秦小蕊　说实话吗?

罗　明　你可以说假话。

秦小蕊　说假话我一点儿都不动心。

罗　明　说实话呢？

秦小蕊　还真有点儿动心。

罗　明　像灰姑娘一样的动心。

秦小蕊　我不是灰姑娘。

罗　明　你恐怕连灰姑娘都不如，灰姑娘还有梦想。你呢？你母亲希望你能靠自己的努力，上大学改变自己的命运。可你连高考报名的勇气都没有。你不嫁给我，只能去打工，而且除了我，也没有哪个老板会聘你当秘书。靠自己打工，你一辈子都不会赚一枚钻戒的钱。

秦小蕊　我可以不戴钻戒。

罗　明　你总要嫁人吧？你知道自己会嫁给一个什么人？你说过，男人靠得住，猪都能上树。

秦小蕊　我不嫁人，我跟我妈一起过。

罗　明　这是孩子说的话。你以为你妈过得好吗？虽说你妈是个副县长，三年清知府，十万雪花银。可是你妈不行，你妈骨子里是高贵的，是清高的。你妈当了这么多年的官，家里不还是一个九英寸的黑白电视吗？

秦小蕊　我觉得挺好。

罗　明　你说的是假话。你妈是高贵的，你不是。你不能免俗，你有物质追求的梦想。你别想否认，你瞒不了我，否则你就不会卖那两张卧铺票了。

秦小蕊　我没否认，我想发财是为了我妈，我觉得我妈这辈子太苦了、太亏了。

罗　明　你想通过自己的努力让她晚年过上好日子。

秦小蕊　没错。

罗　明　你现在马上就可以实现你的梦想。

秦小蕊　怎么实现？

罗　明　把钻戒套在你的手指上。

秦小蕊　您……真的要娶我？

罗　明　你不想吗？

秦小蕊　如果……我不是我妈的女儿，或许我会激动得扑在您怀里。

罗　明　你现在扑进我的怀里，也是为了你妈妈。

秦小蕊　我妈妈……

罗　明　为了你妈妈，我们也应该走到一起。

秦小蕊　我妈妈她……不会同意的。

罗　明　她不同意能怎么样？她不理睬我，还能不理睬你吗？她跟我划清界限，还能跟你划清界限吗？她不花我的钱，还能不花你的钱吗？她不让我当她的丈夫，还能不认我这个女婿吗？你为了她，我也是为了她，我们都是为了她能有一个好的归宿，有一个幸福的晚年……

秦小蕊　（无语）

罗　明　你在听我说话吗？

秦小蕊　如果……我要是答应了您，您会怎样对待我？

罗　明　我可以送你到国外读书；我可以让你帮助我管理我的企业；我可以满足你一切合理的要求。

秦小蕊　您为什么这样？

罗　明　我是一个爱情至上主义者。

秦小蕊　您好像是从外星球来的。

罗　明　我说过，我们有代沟。

秦小蕊　我妈真傻……

罗　明　也许她是对的。

秦小蕊　一个女人，能够嫁给一个始终不渝的男人，这是千载难逢的机遇。

罗　明　你妈放弃了。

秦小蕊　我不放弃……

〔罗明站起来……〕

秦小蕊　不是您的钱征服了我。

罗　明　那是什么？

秦小蕊　您是爱情的圣徒。

罗　明　那你就是我的女神，我是一个虔诚的朝圣者。

秦小蕊　我好像是在做梦。

罗　明　相信这一切都是真的，我要像当初爱你妈妈一样爱你，从现在起直到永远……

〔火车过道里。

〔传来了秦玉珠的声音："秦小蕊！"〕

秦小蕊　妈妈……

罗　明　玉珠……

秦玉珠　小蕊，你跟我走。

秦小蕊　妈妈，我正想告诉您呢……

秦玉珠　我什么都不听，你跟我走。

罗　明　（冲到软卧门口）玉珠，你来得正好，我们一起谈谈……

秦玉珠　我不是来找你的。

罗　明　这我知道，有件事我们必须跟你说。

秦玉珠　小蕊，快跟我走。

秦小蕊　妈妈，我不能走……

秦玉珠　你必须走。

秦小蕊　妈妈，我订婚了……

秦玉珠　你说什么？

秦小蕊　我要嫁人了……

秦玉珠　嫁给谁？

秦小蕊　他，罗明。

秦玉珠　你……你……

秦小蕊　妈妈……

罗　明　玉珠……

秦玉珠　你……你勾引我的女儿……

秦小蕊　妈妈，不，不是……是我……我爱上了他……

秦玉珠　你爱上了他的财产？

秦小蕊　我承认他的财产确实有诱惑力，但这不是主要的。妈妈，您应该承认，他是一个非常优秀的男人，一个崇拜爱情的男人，一个能为爱情做出巨大牺牲的男人……可以说，他是一个爱神……妈妈，你放弃了，我不能放弃……

秦玉珠　别说了，你跟我走。

秦小蕊　妈妈，我找到了真正的爱情……

秦玉珠　我再说一遍，你跟我走，你马上跟我走。

秦小蕊　为什么？

罗　明　玉珠，你听我解释，如果……

秦玉珠　你给我闭嘴，这是我跟我女儿的事情。

秦小蕊　妈妈，您为什么不同意？就因为他是您初恋的情人吗？就因为你们曾经相爱过吗？那都是历史了，你们都互相放弃了。我有权利爱他，法律也没有禁止女儿不能爱上妈妈的旧情人……

秦玉珠　马上跟我回去。

〔罗明有点儿束手无策。〕

秦小蕊　妈妈，您怎这么不讲理？

秦玉珠　跟你没有什么理可讲，你马上跟我回去。

秦小蕊　不，我不回去，您没有权利干涉我……

秦玉珠　我问你，你到底跟不跟我走？

秦小蕊　（坚决地）不。

〔哗啦一声响，秦小蕊狂呼着：“妈妈妈妈，你要……罗明，快……妈妈要跳车……”〕

罗　明　玉珠，你冷静点儿！

〔火车轰响着，颠簸着……〕

秦小蕊　妈妈……您别……别……

罗　明　玉珠，你这是干什么？

秦玉珠　别过来，你们谁都别过来，你们过来我就跳下去……

秦小蕊　妈妈，您……您要干什么呀？

秦玉珠　小蕊，妈再最后问你一句话，你到底跟不跟我回去？

秦小蕊　妈妈……

秦玉珠　你要是说个不字，我就从这儿跳下去。

秦小蕊　妈妈……我……我听您的……

秦玉珠　告诉他，你不爱他。

罗　明　玉珠……

秦玉珠　告诉他。

秦小蕊　我……我不爱他。

秦玉珠　你跟他说。

秦小蕊　（对罗明）我……我不爱你。

秦玉珠　告诉他，你要离开他。

秦小蕊　我要离开你。

秦玉珠　告诉他，你永远都不会再见他。

秦小蕊　我永远不会再见你……

〔火车一声长鸣……〕

秦小蕊　妈妈……

〔灯光骤暗。

〔依然如前场幕间，黑暗中工作人员上场换景。

〔一束灯光照亮了化装台，演员化装、换装。

〔演员在化装、换装的过程中依然有一些琐碎的乃至意想不到的事情发生。演员从容地处理着。

〔演员化装、换装毕，第三幕开始。〕

第三幕

〔21 世纪初。

〔北京某大医院。

〔一间宽大的豪华病房。

〔这是一个封闭的房间，与外面联系的是一个小窗口。外面有人敲窗子，罗明把窗子打开。〕

小护士　罗明先生，您的体温试好了吗？

罗　明　（从腋下取出体温表，对着光亮看了看）三十六度五。

小护士　很好。过来，量量血压。

〔罗明伸出胳膊让小护士量着血压。〕

小护士　罗明先生，您的手术马上就要做了，您的家属怎么还不来签字呀？

罗　明　家属？谁是我的家属？

小护士　您没有妻子吗？

罗　明　有过，离了。

小护士　您没有子女吗？

罗　明　也有，都离开了我。

小护士　您这么有钱，身边怎么连个亲人都没有？

罗　明　唉……疏亲慢友以礼相交天下少，远贫近富因财而散世间多啊。

小护士　您在说什么呀？

罗　明　也许都是因为钱闹的。

小护士　这么说，没有人肯在您的手术单上签字？

罗　明　有，也许她快来了。

〔窗口外，小护士的身后，传来了周嫂的哭声。〕

周　嫂　罗明，我的亲人啊，我的天呀……

罗　明　你哭什么？我还没死呢。

周　嫂　罗明啊，你怎么不早告诉我呀？

罗　明　我这病也是刚查出来，现在做手术还不晚。

周　嫂　我不是说你的病，我以为你跟我离婚以后早就跟秦玉珠结婚了呢，要知道你一直打着光棍儿，我早就来伺候你了。

小护士　奶奶……啊，大妈，您能在罗明先生的手术单上签字吗？

周　嫂　签什么字？

小护士　罗明先生要做手术，必须有一个亲属签字才行。

周　嫂　我签我签，当然我得签了，他身边没有亲人，我就是他的亲属。

小护士　那好，我去拿手术单。

周　嫂　罗明，我给你炖了一只老母鸡，正下蛋的老母鸡，你得好好补补身子。哦，这一路上都凉了，你这儿有炉子吗？

罗　明　没有。

周　嫂　电炉子也行。

罗　明　病房里不让使用电炉子。

周　嫂　我刚才来的时候，看见对面有一个小饭馆，我给他五毛钱，让他们帮助热一下。

罗　明　五毛钱恐怕不行。

周　嫂　那他要多少？

罗　明　至少得要六毛。

周　嫂　六毛，六毛钱能买五块蜂窝煤呢。热一碗鸡汤，连一块蜂窝煤也用不了，他也太黑了。

罗　明　那还是给他五毛吧，你跟他好好说说。

周　嫂　五毛钱还多给着他呢，他不能狮子大张口。

罗　明　好了好了，你快去吧，回来好赶快在我的手术单上签字。

周　嫂　签字着什么急，你已经住进了医院，他们还能把你赶出去？

罗　明　（罗明把那个小窗户关上，用手机打着电话）老孙……你先别问我的病，我一时半会儿死不了。我问你，漕运家园那楼盘的广告发出去没有啊……我告诉你，广告可以做，可千万别开盘，往后拖，尽可能往后拖……这你还不明白吗？这房价像井喷一样往上蹿，拖一个星期每平方米就涨一百，比放高利贷的利息还高，傻瓜蛋才卖楼呢……

〔又有人在外面敲窗户。〕

罗　明　……那块地皮啊，别着急，大家都在抢，肯定会往上抬价，咱不凑这热闹……（边打电话边打开小窗户）玉珠？……我没说你，先挂了吧，就这样。（收起手机）玉珠，是你吗？真的是你？我没做梦吧？

秦玉珠　是我在做梦。

罗　明　你也没做梦，你不是已经站在这儿了吗？

秦玉珠　我在报纸上看到了你病的消息，真让人不敢相信。

罗　明　这些记者真无聊。

秦玉珠　你现在是大人物了，大人物就要受媒体的关注。

罗　明　谢谢你能来看我。

秦玉珠　我本来不想来，是小蕊非逼着我来。

罗　明　你女儿，她还好吗？嫁人了吧？有孩子了吗？

秦玉珠　她也来了。

罗　明　在哪儿？

秦玉珠　一会儿就到。

罗　明　我还真想看看她，一个非常可爱的姑娘。当初要不是你拦着，我就娶了她了。

秦玉珠　你真要娶了她，我当时就从火车上跳下去了。

罗　明　算你狠，生生拆散了一对好姻缘。

秦玉珠　你财大气粗，什么样的好姻缘找不到？

罗　明　我只在乎你。

秦玉珠　这话我听着反胃。

罗　明　四十年了，你一点儿都没有变，还是那个脾气。

秦玉珠　可你变了，变成了一个呼风唤雨的大人物。

罗　明　你承认我是个成功者？

秦玉珠　你当然是个成功者，非常成功。

罗　明　知道我为什么能成功吗？

秦玉珠　你不会说因为我吧？

罗　明　就是因为你。

秦玉珠　鬼才相信你的话。

罗　明　我这些天在病房里，反复思索我的一生，思索我走过的路。我想，人这一辈子，总要有一个目标。这个目标像灯塔一样照耀着你，无论遇到多么大的风浪，你都会坚定不移地把稳前进的方向。这个目标像是安装在你灵魂硬盘上的程序，你无论怎样运转生命的过程，最终都会按照总程序走向最后的归宿。

秦玉珠　像个哲学家了。

罗　明　还有，玉珠，你知道人生的目标是怎么确立的吗？

秦玉珠　愿闻其详。

罗　明　是因为缺憾。

秦玉珠　缺憾？

罗　明　对，缺憾。有人说，缺憾是一种美。我不敢苟同，这是一种无奈的说法，一种消极的、没有出息的理论。我认为，缺憾是一种动力，是你确定人生目标的最坚实的基础。

秦玉珠　那你的缺憾是什么呢？

罗　明　失去了你。

秦玉珠　（无语）

罗　明　“我把我的初吻献给了你，我把我最纯洁的爱情献给了你，我把我的毕生都献给了你，你是我永远永远的爱人……”玉珠，还记得这些话吗？我们原本是有目标的，我们的目标是共同的，就是此生此世，我们结成神圣的夫妻。佛说，五百年修得同船渡，一千年修得共枕眠。也许是我们祖上的阴德不够，也许我们自己的修行不够。佛没有让我们共枕眠，又让我们分开了。这也许就是我们的业障，要消除这些业障，才能修得功德圆满。

秦玉珠　我不信佛。

罗　明　我信。我信，是因为我信命。为什么命运会如此折磨人？为什么命运会如此不公平？这也许就是人生。如果一切都顺理成章地进行，我们轻而易举地成了夫妻，过上了心满意足的幸福生活，那么我们活着还有奔头吗？人生来就是含辛茹苦的，人生来就是要经受劫难的，正因为有挫折，人才会奋斗。正因为有缺憾，人才有奋斗的目标。自从你离开我之后，我就为自己确立一个目标，这辈子，我一定要跟你走到一起，要娶你做我的老婆。

秦玉珠　（无语）

罗　明　为了实现这个目标，我娶了一个比我大十二岁的女人做老婆。这听起来有些滑稽，我得生存。就是说，我得让自己先活下来，无论你的目标有多么远大，活着是第一位的。只有活下来，才有可能改变命运。为了实现这个目标，我平反以后没有返回学校教书，而是毅然决然地下了海。因为实现我的目标，我首先要争取的就是自由。跟周嫂的婚姻像一条绳索把我连头带脚地捆了起来。我得先挣脱婚姻的绳索，可解开这绳索需要钱，需要很多很多的钱……

秦玉珠　可你有了钱之后要娶我的女儿，这也是你的目标吗？

罗　明　我想要跟你解释的正是这件事。不错，我是有了钱，你知道我的钱是干什么用的吗？跟周嫂离婚以后，就是为了跟你结婚。可是你不理睬我，好像根本不认识我一样……我实现不了自己的目标，就退而求其次，不能跟你结婚，就跟你的女儿结婚。

不能当你的丈夫，就当你的女婿。

秦玉珠　把我们亲生母女一锅烩，你损不损呀？你缺德不缺德呀？你还是人吗？

罗　明　我不是人。

秦玉珠　你是畜生，周嫂可不是，周嫂为你牺牲了一辈子，到头来你还是把人家甩了。

罗　明　我已经对不起周嫂了，不能再对不起你。

秦玉珠　别把我扯进去，我跟你没有任何关系。

罗　明　这也是这些天我所反思的一件事，我觉得自己错了……一个人在为自己崇高目标奋斗的时候，也往往会走错路。路走错了，不但没有消业，反而又造了孽，这又增加了你的业障。佛会惩罚你的，你要为自己新的孽障付出更加沉重的代价，也就是说，你的目标不但没有离近，反而被推得更远了……所以才一直等到今天……

秦玉珠　我只想问你，这到底是为什么呢？为什么你把跟我的结合当成人生的目标呢？

罗　明　因为爱。

秦玉珠　因为爱？

罗　明　这没有什么好怀疑的。

秦玉珠　我怀疑的就是这一点。

罗　明　你怀疑什么？

秦玉珠　你不会说，这种爱已经渗透到骨头缝里了吧？

罗　明　就是渗透到骨头缝里了，布擦不掉，水洗不掉，斧头砍都砍不掉……

秦玉珠　这种渗透到骨头缝里的是爱吗？

罗　明　不是爱是什么？

秦玉珠　是恨。

罗　明　恨？

秦玉珠　是报复。

罗　明　报复？

秦玉珠　是剧毒一样的恨，是烈火一样的报复。

罗　明　（被震惊了）恨？报复？剧毒一样的恨？烈火一样的报复……

秦玉珠　如果你真的要反思自己的话，那么就在你的病房里，面对着你所信仰的佛，面对着即将到来的死神，面对着你所追求的神圣的婚姻，你再把安装在你灵魂硬盘上的程序重新启动，用最新升级的杀毒软件，查一查渗透在你骨头缝里的东西到底是什么。

罗　明　（无语）

秦玉珠　我们是相爱过，这种爱确实是刻骨铭心的。那是在我离开你之前，可是我背叛了我们的爱情，我跟你划清了界限。这是在你的心口上插了一把刀，鲜血顺着那刀尖儿喷射出来。你说，这喷射出来的鲜血是爱还是恨？

罗　明　是恨，我承认。你把我的诗交给那个浑蛋，给他们提供了打倒我的弹药，我被打成了反革命，你跟我划清界限，这没什么，政治形势所迫。可你千不该万不该，你刚刚离开了我就结了婚，而且还嫁给了整我的浑蛋。

秦玉珠　这样做是很残酷，搁谁身上也受不了。你怎么不问问我为什么呢？我就那么迫不及待地想嫁人吗？天底下的男人都死绝了，我非得嫁给那个恶棍不可吗？

罗　明　这正是我想问你的话。

秦玉珠　我现在可以告诉你了，那是因为我肚子里怀了你的孩子。

罗　明　什么？你说什么？

秦玉珠　这是你造的孽，不，你我们一起造的孽。

罗　明　那个孩子在哪儿？

秦玉珠　她就是秦小蕊。

罗　明　这不可能，她是在我们分开近两年后才出生的。

秦玉珠　是我们分开八个月后出生的。

罗　明　我看过她的身份证。

秦玉珠　我是在她出生一年之后才给她上的户口。

罗　明　为什么？你为什么要这样？

秦玉珠　我不想让任何人知道她是你的女儿。

罗　明　上次在火车上，你为什么不告诉我？

秦玉珠　我不想让她跟你有任何瓜葛。

罗　明　原来是这样……你就是因为小蕊匆匆嫁了人？

秦玉珠　我可以不嫁人，我可以等，我的肚子能等吗？不错，我也可以嫁给别人，可是他能放过我吗？他是为了得到我才整你的，我还有别的路可走吗？

罗　明　天啊……

秦玉珠　所以你恨我，我知道你恨我。我也知道你恨我恨到什么程度。这些年我不见你，是因为我无法面对你，更无法面对我自己。

罗　明　你爱他吗？

秦玉珠　我对他从来就没有爱，就像你对周嫂一样。不同的是，你遇见了一个好人，我遇见了一个坏人；你跟周嫂结婚是为了让自己活下来，我跟他结婚是为了让你的孩子活下来；你娶的是一只羊，我嫁的是一只狼。

罗　明　他不是爱你吗？

秦玉珠　我不承认那是爱。那是占有，是男人野蛮的征服。在他没有得到我之前，我在他眼里可能是一块金子。可这块金子攥在他手里的时候，立马变成了破铜烂铁。结婚的第一天，在洞房的婚床上，他就把我劈头盖脸地臭揍了一顿。

罗　明　为什么？

秦玉珠　因为他知道我把一个女人的童真献给了你。从那以后，天天夜里我就像进了地狱。他一边打我，一边像野兽一样地折磨我。

罗　明　你就能这样忍受着？

秦玉珠　因为我肚子里怀着你的孩子。

罗　明　他知道吗？

秦玉珠　还好我留了个心眼。开始的时候，我求他打我的时候别往脸上打。因为我还要上班，还要出去见人。脸面算是保住了，身上却是新伤压着旧伤，旧伤结出血痂，血痂上又摞上了新伤。后来我告诉他，我怀上了他的孩子，只求他别往我的肚子上打，别伤着他的孩子……

罗　明　这个变态狂，我要是知道他这样糟蹋你，非杀了他不可。

秦玉珠　我每天都想着杀死他。杀死他我得给他偿命，死我不怕，可是我死了孩子怎么办？人不报天报，真真正正的天报。老天爷总算是睁开眼了，你知道他是怎么死吗？

罗　明　不是牺牲在抗洪抢险的战场上了吗？你不一直是烈士家属吗？

秦玉珠　抗洪抢险不假，被评了个烈士也不假。可他这个烈士没做出半点儿轰轰烈烈的事情，他是被雷劈死的。当时防洪大堤上几千人，一个霹雳单单劈死了他，你说这不是报应是什么？

罗　明　这么说你也信命了？

秦玉珠　我相信善有善报，恶有恶报。

罗　明　因果报应是佛家的真谛，可谓是种瓜得瓜，种豆得豆。

秦玉珠　那么你呢？你种的是瓜还是豆，是爱还是恨？

罗　明　不知道……听你说了这么多，我越来越迷茫了。

秦玉珠　爱可以埋藏在心里，恨却不能。恨是仇，仇恨。仇恨让人咬牙切齿，让人怒不可遏，让你暴跳起来。爱不一定能成为奋斗目标，可是报仇雪恨是能成为奋斗目标的。

罗　明　（沉默有顷）这些话让我感到恐惧，像一股寒风从阴森森的洞口吹出来，我浑身发凉，这寒凉也渗透到我的骨头缝里了。这些话又像一把尖刀插进了我的骨头缝里。我疼，刻骨铭心的疼，从里面往外疼。多年以来，我没有怀疑过我自己。我总认为我在发愤图强，我认为我的目标是崇高的，我认为我是为爱在体现人的价值。可是……真的像她所说的吗？我真的是如此卑鄙龌龊的无耻小人吗？难道这些年我的奋斗不是为了爱，而是为了恨，为了报复吗？如果不是为了爱，我为什么还要娶你？如果真的是为了爱，我为什么还要娶你的女儿？如果是为了报复，我为什么那么渴望地与你结婚呢？如果不是为了报复，我为什么要用我的成功、我的财产做赌注呢？我说过，终归会有一天，我会让你回到我身边来，难道这不是爱吗？我也说过，终归会有一天，我要让你承认，你当初扔掉的不是一块石头，而是一块金子，难道这不是报复吗？我不知道……为了爱，我放弃了自己的职业，下海疯狂地赚钱，我认为值得。可是如果是为了报复呢？报复谁呢？报复一个女人，一个男人用大半生的精力去报复一个女人，值得吗？这还算是个男人吗？那么我的奋斗还有价值吗？天呀，这到底是怎么回事？我活着到底是为了什么？我是罗明吗？罗明是谁呢？到底谁是罗明呢？难道这个世界上有两个罗明吗？一个是爱秦玉珠的罗明，一个是恨秦玉珠的罗明；一个是千方百计要得到秦玉珠的罗明，一个是处心积虑要报复秦玉珠的罗明……罗明啊罗明，伟大的罗明，卑鄙的罗明；智慧的罗明，浑蛋的罗明；成功者的罗明，可怜虫的罗明……不，不……我不承认，我不能承认。

秦玉珠　你不愿意承认。

罗　明　即使是报复，也是为了爱。我是为了爱而报复的，报复是为了重新得到爱。

秦玉珠　你不觉得这很滑稽吗？

罗　明　一点儿也不滑稽。一个诗人说过，爱是什么？爱是一种能生成恨的感情。

秦玉珠　这是哪个诗人说的？

罗　明　一时记不起来了，就算是我说的吧。

秦玉珠　你确实是个诗人，我没忘记。

罗　明　爱和恨就像足球场上的足球，抢到它却是为了射进对方的球门；为了把球踢给对方，又必须把它抢到。

秦玉珠　罗明，你让我又看到了四十年前的你。

罗　明　哈哈哈……很高兴你能说出这样的话来。既然你把我看得那么透彻，为什么现在还来看我？

秦玉珠　因为我在报纸上看到你得了一种可怕的病，需要做个大手术。

罗　明　人之将死，其言也善；鸟之将死，其鸣也哀。

秦玉珠　我不是同情你，我是来向你谢罪，我怕以后没有这个机会了。

罗　明　为什么这么说？

秦玉珠　追根寻源，还是我害了你。是我让你受了这么多的苦，受了这么多的折磨，受了这么多年的冤屈。

罗　明　我就是不明白，你为什么要把我那部诗稿交给那个畜生。

秦玉珠　你那部诗稿是我编辑整理的，我一直当作宝贝一样地珍藏着，把它视作我们爱的见证。

罗　明　这我知道。

秦玉珠　你那里有一首歌颂海瑞的诗。

罗　明　就是因为这首诗他们把我打成了反革命。

秦玉珠　是那个畜生欺骗了我，他跟我说，其实历史上的海瑞是个清官，是个好官，历史上的海瑞跟吴晗写的海瑞是两回事。我佩服他的辩证理论，为了证实他的正确，也为了炫耀你的才气，就把你那首诗给他看了……

罗　明　小蕊说你很天真。

秦玉珠　你为我的天真付出的代价也太大了。你还记得你那些诗吗？

罗　明　统忘却了。

秦玉珠　我今天来还有一个目的，就是要把那部诗稿还给你。

罗　明　那诗稿还在你手里？

秦玉珠　去年春天我们组织返校，在学校的档案馆里，我意外地找到了那部诗稿……

罗　明　拿出来，快让我看看我那些“罪证”。

秦玉珠　小蕊一会儿就给你送来。

罗　明　小蕊知道她是我的女儿了吗？

秦玉珠　我都告诉她了。

罗　明　天呀，我还有什么脸见她呀？

〔外面响起了小护士的声音：“奶奶，啊……大妈，手术单拿来了，您快签字吧……”〕

小护士　您……您不是……罗明先生，刚才那位大妈呢？

秦玉珠　什么大妈？

周　嫂　来了来了，我在这儿呢。我在外面等半天了，怕这鸡汤又凉了，我一直抱在怀里。罗明，你快喝吧。

小护士　大妈，您先在这手术单上签字吧。

周　嫂　等等，我先把这鸡汤倒出来。

秦玉珠　周嫂？你是周嫂吧？

周　嫂　啊……是，我是周嫂……

秦玉珠　（伸出手）我是秦玉珠，我们见过面的。

周　嫂　是啊是啊，见过面。四十多年了……你一点儿也不见老，你看我，一根黑头发都没了。

秦玉珠　我这头发也是染的……我看你身子骨还挺硬朗……

秦小蕊　（像是从外面跑进来）妈妈，妈妈，书出来了，您快看看吧，这书印得可漂亮了。

罗　明　（激动地）小蕊，这是小蕊吗？

秦小蕊　爸……爸爸。

罗　明　（扑向窗口）孩子……我的孩子……

秦玉珠　（把一本书递给罗明）看看，这是你的大作。

罗　明　（接过书仔细看着）《罗明诗稿》，秦玉珠编注……你把它出版了？

秦玉珠　算是给你平反昭雪吧。

罗　明　好，太好了……谢谢，太谢谢了……让我说什么好呢？

周　嫂　（凑到窗口）罗明，护士催着签字呢。

罗　明　啊……那麻烦你就签个字吧。

周　嫂　这字我不能签了。

罗　明　哦……

周　嫂　我刚才听半天了，别看你们一直在争吵，我还是听出了你们的情意，你们之间的情意太深了。要说亲人，你们才是真正的亲人。这字，还是让玉珠签吧。

秦玉珠　不，不，周嫂，你们毕竟夫妻过一场，你在上面签字是应该的。

周　嫂　我懂我懂，我们早就离婚了，早就不是夫妻了。这字还是你签吧。

秦小蕊　我来吧，让我签吧。夫妻可以离婚，情人也未必能成眷属。可我是他的女儿，我的血管里流着他的血，亲情是不能改变的。

周　嫂　啊……对对，小蕊说得对。打你一进门，我第一眼见到你，就知道你是罗明的女儿。你是最有资格签这个字的，给。

小护士　罗明先生，医生说马上手术，手术车在外面等着您，您出来吧。

罗　明　等等。（从床头柜里拿出一份文件，递出窗口）这是我签好的一份遗嘱，已经经过公证了。这遗嘱上说，谁在我的手术单上签了字，谁就是我全部遗产的唯一继承人。小蕊，拿着。

秦小蕊　不，我不要您的遗产。

罗　明　那你要什么？

秦小蕊　我要爸爸。我要您平平安安地进去，平平安安地出来，我们等着您。

秦玉珠　对，我们等着你。

周　嫂　等着你，你没事的。

〔病房的门开了，出现在门口的是一辆手术车。

〔罗明走过去。〕

秦玉珠　罗明，我们等着你。

周　嫂　我给你留着鸡汤呢。

秦小蕊　爸爸，我们等您平安地出来……

〔罗明挥着手告别……

〔幕徐徐落。〕

2006 年 7 月 9 日　草于通州

2007 年 1 月 24 日　三稿于通州

西南联大

（本剧与刘进元合作）

时间：抗日战争时期

地点：昆明，西南联合大学附近的一所院落

人物：杨谦之　男，48 岁，字温如，联大著名文科教授，教授委员会委员

唐若茵　女，杨谦之的妻子，43 岁，滞留沦陷区的学者

杨铁铮　男，杨谦之的儿子，21 岁，联大学生

杨铁英　女，杨谦之的女儿，19 岁，联大学生

唐忠义　男，外号棒棒唐，20 岁，联大学生，云南腾冲人

康家瑞　男，38 岁，理工科教授

冯笑谷　男，42 岁，联大教授

段　嫂　女，36 岁，寡妇，房东兼洗衣妇。丈夫战死于台儿庄抗战

彩　云　女，17 岁，段嫂的女儿，联大附中的学生

白　燕　女，27 岁，文学院助教，杨谦之的助手

魏博天　男，20 岁，航校学员

易维纲　男，25 岁，联大学生

撒尼少女　女，16 岁，彝族小姑娘

孙秘书　男，30 岁，联大教授委员会秘书

陈师傅　男，50 余岁，大食堂厨师，一个妙人

李吉城　男，40 岁，云南大盐商

其他人物不等

序　幕

〔暗场。一束灯光投射在舞台上，一个花季少女推着坐在轮椅上的耄耋之年的唐忠义上场。随着灯束，轮椅缓缓地滑动，唐忠义欠起身张望。当他们背对观众时，唐忠义抬起手来。〕

少　女　爷爷，您在看什么？

唐忠义　变了，全变了。

少　女　这不是云南师范大学吗？

唐忠义　来了，他们都来了……

少　女　谁？谁来了？

唐忠义　梅贻琦校长，蒋梦麟校长，张伯苓校长，陈寅恪先生，吴宓先生，吴大猷先生，吴有训先生，赵忠尧先生，闻一多先生，冯友兰先生，朱自清先生，沈从文先生，金岳霖先生……啊，我的导师来了，杨教授、梁教授，你们为什么这样看着我？我是唐忠义，棒棒唐唐忠义啊！

少　女　爷爷，您为什么说棒棒唐唐忠义呢？

唐忠义　穷啊苦啊，想办法自食其力，教授兼职，学生勤工俭学。我用一根棒棒给人家挑货，挣学费，挣饭费，挣书本费。

少　女　这么说，您的大学文凭是用棒棒挑出来的？

唐忠义　我还用那根棒棒挑出来一台戏。

少　女　戏？

唐忠义　一台有声有色的人生大戏。

少　女　什么戏？

唐忠义　西南联大。

〔乐起，《西南联大校歌》。

〔唐忠义非常神往地看着远方，陷入了深深的遐思。少女推着他缓缓下场。〕

一

〔悠长的汽笛声，这是解除空袭警报的信号。

〔灯亮。

〔舞台上呈现出一幅20世纪三四十年代昆明一个院落的模样：照壁、房屋、黑瓦、斑驳的白墙，还有两间草房，天井中有一口水井、一盘石磨。在院落的一角有一个地窖的出口，盖子上加着一把巨大的铁锁。有一个侧门通向后院。

〔舞台正中的门楣上，挂着一只残破的大钟表。

〔院落中散放着几把椅凳和一张桌子。

〔远处的天幕上，是西南联大的校门，上面由右向左横书：国立西南联合大学。

〔传来喧哗的市声。

〔院中已经有人活动。一个戴小花帽、穿着扳尖绣花鞋的苗族女孩，挑着担子探进头，娇娇地吆喝："卖杨梅……"

〔市声渐渐弱下去。

〔杨谦之从屋里出来，将一块匾额挂在墙上，匾额上写着四个大字：乾坤正气。然后在一张桌子上整理着书本等。〕

段　嫂　（她一直说昆明话。大声地）今天是个好天气，大家把要洗的衣裳拿出来哟，大太阳晾干！

〔众人纷纷从房里拿出衣物，放到井台旁。〕

段　嫂　哟，杨教授，您这挂的是什么呀？

杨谦之　这是致公堂教室里的匾额，最近日本飞机轰炸得厉害，在咱这院子里跑警报要比在学校方便得多。这匾额挂在哪儿哪儿就是教室。

段　嫂　这匾额上写的是哪样呀？

杨谦之　乾坤正气。

段　嫂　不懂。

杨谦之　这乾指的是男人，坤指的是女人；也可以说乾是天，坤是地。无论男女之间还是天地之间，都要有一股正气。

段　嫂　男女之间还要什么正气？

杨谦之　那当然，就是同床共枕的夫妻，在原则问题上也不能妥协。

段　嫂　这么说，您跟铁铮他妈妈就真的不能和好了？

杨谦之　打住，别提她，提她我满地掉鸡皮疙瘩，还得麻烦你重新打扫院子。

段　嫂　跟你们这些有学问的人在一起就是长知识。我命苦没读过书，说哪样也得让我家彩云上大学。

杨谦之　有空让康教授教你学学文化。

段　嫂　康教授哪儿有您这么有耐心啊。

〔魏博天带着几个学生气喘吁吁地跑来。〕

白　燕　杨教授，对不起，我们迟到了。

杨谦之　你们看看几点了？

白　燕　是啊，几点了？

〔众人看门楣上的大钟表。〕

杨谦之　陈师傅。

陈师傅　（匆忙跑上来）啊，在……在。

杨谦之　你这表到底是几点啊？

陈师傅　您想要几点啊？

女学生　（抢着说）八点。

陈师傅　（用手将钟拨到八点）好嘞，八点整。

杨谦之　（无奈地笑了笑）我在这匾额下站了半天了，既不见一个乾，也不见一个坤，只有我这一团正气。

康家瑞　（击掌而上）妙哉妙哉，到底是国学大师，胸藏锦绣，出口便是连珠妙语。

杨谦之　康教授，这奉承话说得有点儿肉麻吧？您是不是有什么事要求我？

康家瑞　哪里哪里，说句笑话，不必当真。（段嫂热情地迎向他，他只是点了点头，便向菜窖走去）

杨铁英　（放下衣物）段嫂，辛苦你了！

段　嫂　洗两件衣服按说不该跟你们要钱。哎，杨小姐，你说怪不怪，我养的鸡又少了一只。

杨铁英　这是第几只了？

段　嫂　八只，半个月丢一只，好怪！

白　燕　杨教授，今天您讲什么？

杨谦之　还是那句话，我的课没有教材。前人讲过的，我不讲；近人讲过的，我不讲；外国人讲过的，我不讲；中国人讲过的，我不讲；别人讲过的，我不讲；我自己讲过的，我也不讲。总之，我只讲从来没有人讲过的。

男同学　那上节您讲的最后一句话以后还讲不讲？

杨谦之　我上节讲的是……阮籍、嵇康和南北朝的咏怀诗。

男同学　（翻开笔记本）不，您上节讲的最后一句话是：警报响了，大家快跑。

〔众大笑。〕

杨谦之　（朝人群里看看）这个易维纲怎么又没来？

女同学　他到仰光倒腾玻璃丝袜子和旁氏口红去了。

男同学　我看见他昨天晚上好像回来了。

易维纲　（提着瓦罐从外面跑来）来了来了，我来了。

彩　云　（使劲抽着鼻子闻了两下）好香，肉味！（看见易维纲手中的瓦罐，上前伸手）易先生，你又炖肉了，让我尝一尝，让我尝一尝嘛！

易维纲　（急躲，强调）猪肉，这是猪肉！

彩　云　我怎么闻着像鸡肉啊。

易维纲　你瞎说什么，这千真万确是猪肉。

康家瑞　（从菜窖那边回来，鄙夷地）二十年目睹之怪现状！

〔彩云在井台帮助母亲洗着衣服。井台放着书本，段嫂抢过衣服不让彩云洗，彩云只好又拿书本读起来。〕

杨谦之　唐忠义怎么也没有来？

〔唐忠义挑着两件行李上，边走边回头。〕

唐忠义　这位太太，进来吧，这里就是。

杨铁铮　棒棒唐，你怎么也迟到了？

唐忠义　啊……对不起，我耽误了一会儿。（回头）太太，进来吧！

杨铁铮　怎么把人家的东西挑到这里来了？

唐忠义　是啰，这位太太要到我们这个院来。太太，进来吧，不会错，就是这个院子！

〔穿着旗袍挎着皮包的唐若茵进院。

〔杨铁铮一见她，突然愣住，睁大了眼睛。〕

杨铁铮　妈……妈妈！

〔唐忠义也愣住，看着唐若茵。

〔杨铁英回头看了一眼，飞快地扑向唐若茵。〕

杨铁英　妈妈！妈妈……（搂着母亲哭出声来）

唐若茵　（搂着女儿，又轻轻推开）铁英，四年多了，让妈妈好好看看，唉，又黑又瘦，可你是个大人，是个大姑娘了。

杨铁铮　（搂着母亲的肩膀）妈妈，真想不到您来了。

白　燕　（走过来）师母，您好，真想不到您到昆明来。

唐若茵　啊，白燕，我听说你现在给温如做助教了。

白　燕　我一直是杨先生的学生。

唐若茵　他最得意的女弟子。

白　燕　您过奖了。

唐若茵　这是在北大时他多次亲口讲的。（走向杨谦之，百感交集地）温如……

〔杨谦之将头扭向一边。〕

杨铁英　爸爸……

白　燕　（试探地）杨先生，今天就来了这么几个学生，师母又来了，这节课就自习吧。

杨谦之　唐忠义。

唐忠义　到。

杨谦之　快过来上课。

唐忠义　是。

〔唐若茵非常尴尬地站在一边。〕

杨铁英　妈，您先跟我进屋洗洗脸。

杨谦之　杨铁英，过来给我上课。

杨铁英　爸……

〔杨铁铮搬起母亲的行李，要进杨谦之的房间。〕

杨谦之　铁铮，别把那些沾满了汉奸味儿的东西往我的屋里搬。

杨铁铮　爸爸……

杨谦之　你也给我过来上课。

〔段嫂忙过来，拉着唐若茵到自己的房间去了。〕

杨谦之　唐忠义，我上次让你写的评论嵇康的文章你写完了吗？

唐忠义　写完了。

〔唐忠义心不在焉地从书包里掏着文稿，却掏出了一本书。〕

杨谦之　这是什么？

唐忠义　啊，这是胡适先生刚刚从美国寄来的《拓扑学》，世界上最新的学科。是康教授让我看的。

康家瑞　（闻声从屋里跑出来）哎呀，唐忠义，你真的把这部书读完了？

唐忠义　我读了三遍。

康家瑞　读懂了吗？

唐忠义　差不多。

康家瑞　哎呀，我有好多问题等着跟你一块儿讨论呢，来来，快到我这儿来。

〔康家瑞硬拉着唐忠义。

〔唐忠义用目光征询着杨谦之的意见。

〔杨谦之气怒地将书本往桌子上一摔，转身进了自己的房间。〕

女同学　白老师，我们的课还上吗？

白　燕　我宣布：这节课自由活动。

〔众人欢呼着散去。

〔白燕收拾起杨谦之的东西，进了杨谦之的房间。〕

杨铁铮　（对杨铁英）我们怎么办？

杨铁英　妈妈赶了这么远的路，肯定饿坏了，我去弄点儿吃的。

彩　云　（拿着书本过来）铁铮哥，能给我讲讲这道题吗？

杨铁铮　（翻着彩云的书本）这是三年级的课本，你不是刚读二年级吗？

彩　云　妈妈说，爸爸死了，她一定要培养我上大学。趁着你们在这儿，我想早点儿考你们西南联大。

杨铁铮　精神可嘉，让我这九尺男儿感动啊。

彩　云　啊？你够九尺吗？

杨铁铮　你看那不到五尺高的小日本儿，连咱大半个中国都灭了，我恨不得一个顶他两个，跟他死磕了。

彩　云　铁铮哥，你也精神可嘉，让我这虎背熊腰热血沸腾。

杨铁铮　（看着娇小的彩云）你这也算虎背熊腰？

彩　云　许你自称九尺男儿，就不许我自称虎背熊腰了？

〔孙秘书带着魏博天上。〕

孙秘书　杨铁铮，你爸爸在家吗？

杨铁铮　（朝屋里喊着）爸爸，孙秘书找您。

〔杨谦之和白燕从屋里出来。〕

孙秘书　杨先生，这位是新录取的魏博天同学，梅校长让我带他来找您。

杨谦之　（脸色缓和下来）噢，你就是魏博天？

魏博天　（敬了一个军礼）杨先生。

杨谦之　你考的成绩很好，录取你是一点儿问题都没有的。

〔康家瑞和唐忠义闻声急忙出来。〕

康家瑞　你就是魏博天？太好了，我出的那道题，没想到你会用微积分来解，比题上的答案简单多了。

魏博天　您是康教授吧，谢谢您。

唐忠义　（来到魏博天面前，拉起他的手）我叫唐忠义，外号棒棒唐，腾冲人，是联大文学院的学生。我听说你这次考了第一名，咱们就要成为同学校友了！

孙秘书　杨教授，梅校长让您跟魏博天同学谈谈他上学的事。

魏博天　杨先生，我是航校的学员，按战时规定现在不能再读别的学校。

杨谦之　这学校知道，你放心，教授委员会讨论一致决定录取你，并由学校出面跟航校和其他方面协调解决。

魏博天　可是，杨先生，我来……

杨谦之　放心，你把心放到肚子里，西南联大一定要把你这个人才留住！康先生，这位可是你极力推荐的学生啊。

康教授　魏博天，可造之才！（指着唐忠义）我要是能同时教你们这两个学生，此生足矣啊！

杨谦之　康先生，你是什么意思？怎么这里面还有唐忠义的事？他可是我的学生！

康家瑞　不错，他现在是你的学生……

魏博天　杨先生、康先生，我来是跟你们辞行的。

杨谦之　什么？你不上联大？

康家瑞　有谁为难你吗？

魏博天　二位先生，是我自己决定不上联大的。

杨谦之　为什么？你可是自己来报考的呀！

魏博天　是这样——读大学一直是我的梦想，我想今后能够成为一个科学家，为国家效力。

康家瑞　这非常对，像你这样的人才不成为科学家就太可惜了。

魏博天　我一直把大学，特别是把西南联大看作崇高的殿堂，可是我不知道自己肚子里的这点儿东西够不够进西南联大。我今年试探着报考了。现在考上了，我知道自己可以上大学了，这就够了。

杨谦之　（提高声音）考上就够了？魏博天，你要知道，现在你考上了，只说明你是一个材料，成为科学人才，还要经过大学的培养，经过艰苦的学习。

〔杨谦之的话音惊动了众人，房门纷纷打开，有人来到院子里。〕

康家瑞　魏博天，如果你是这么想的，那我就是看错了人了！

魏博天　二位先生，我不是那个意思，我是想说……

杨谦之　那么你是什么意思？学校录取，还要出面帮你解决学籍问题，你却不想上了！

魏博天　杨先生，国难当头，日寇侵占我们大好河山，现在滇西抗战正是最激烈的时候，日本飞机时常来昆明狂轰滥炸，我是一名军人，是一名中国的空军飞行员，我要驾着飞机去打日寇，去跟他们的飞机拼命，把侵略者赶出我们中国去！

唐忠义　（紧紧握住魏博天的双手）魏博天，我要向你学习，滇西是我的家乡！

杨谦之　（向后退两步，朝魏博天深深鞠一躬）壮哉！壮哉，魏博天同学！

康家瑞　（拉着魏博天的手）魏博天同学，我明白你的想法，也支持你的行动。不过……我还是觉得有些，不，不是有些，而是十分可惜。

魏博天　二位先生，我马上就要上空中战场了，我提一个请求行吗？

杨谦之　说！

魏博天　我想打跑了日本人，中国战胜那天，我还要来联大读书可以吗？

康家瑞　当然可以，到时候我亲自教你、带你，把你培养成你自己理想中的科学家！

杨谦之　魏博天同学，你放心，上战场去吧，去打击日寇，把他们赶出中国。你的学籍学校永远给你保留，胜利以后来你的母校吧！孙秘书，请你把我的话知会给教授委员会的其他成员，永远保留魏博天同学的学籍，请各位先生必须同意！

魏博天　（深深地向两位教授鞠躬）谢谢杨先生，谢谢康先生，谢谢我的西南联大！我走了，上战场了！（转向唐忠义）唐忠义同学，你是我在西南联大认识的第一个同学，我们该算是朋友了吧？

唐忠义　当然，我们是朋友。

魏博天　能答应我一件事吗？

唐忠义　请讲。

魏博天　有空的时候去听听航空工程系的课。

唐忠义　好，你在前方打鬼子，我必须一个人当两个人去学习。

〔魏博天向众人敬军礼，然后转身离去。众人目送他下场。〕

段　嫂　（朝着魏博天的背影大声地）小伙子，我家的死鬼男人是滇军的老兵，是个营长，三年前他在台儿庄跟日本鬼子打仗战死了，狠狠地打日本鬼子，你要替他报仇啊！（哭）替我们报仇……

彩　云　军哥哥，平安回来，我们一起读西南联大！（扑到母亲怀中）妈妈……

〔全场肃静片刻。众人退去，灯暗。〕

二

〔灯亮，紧接前场。

〔杨铁英在收拾着餐桌。

〔康家瑞又到菜窖旁边打开了锁，带着唐忠义钻了进去。

〔段嫂又去洗衣服。

〔杨铁铮给彩云讲解着课本。〕

杨铁英　哥，你去叫爸妈出来吃饭。

杨铁铮　爸、妈……吃饭了。

〔杨铁英把准备好的菜饭端上来。

〔杨谦之和唐若茵分别出来，尴尬地坐在餐桌旁。

〔杨铁英分别给父母盛好了饭。〕

唐若茵　（夹了一箸菜）这黑乎乎的是什么呀？

杨铁英　这是苋菜，还有灰灰菜。

唐若茵　野菜？

杨铁英　妈妈，这野菜很有营养的……

唐若茵　啊……这饭里怎么有沙子？

杨铁铮　沙子算什么，还有耗子屎呢。

唐若茵　哇……（唐若茵恶心得吐了）

杨铁英　妈，快喝口水漱漱口……

〔段嫂端着盘子走过来。〕

杨谦之　段嫂，一块儿吃吧。

段　嫂　今天大姐来了，我给你们添个菜。

杨铁英　段嫂，您太客气了。

段　嫂　唉，这兵荒马乱的，实在没有哪样好吃的。

〔段嫂放下盘子走了。〕

杨铁铮　谢谢段嫂。

唐若茵　（看了看那盘子）啊，这是什么呀？

杨铁铮　妈妈，这叫豆壳虫，蘸点儿椒盐，很好吃的。

唐若茵　这不是金龟子吗？

杨铁英　是有点儿像金龟子。样子不好看，妈妈，您别怕，闭上眼睛吃，有一股柏树叶味道。这种虫子其实很干净，它只吃柏树叶……

唐若茵　别说了！这是人吃的东西吗？这些年，你们就过的是这种日子？

杨谦之　这种日子还是靠铁铮、铁英打工挣来的呢。

唐若茵　打工？这里的学生还要打工？

杨谦之　你的行李不就是唐忠义替你挑回来的吗？这里的学生都要勤工俭学。

唐若茵　你不是有工资吗？

杨谦之　我的工资连自己都养不活。

唐若茵　你们不是每月有七块钱贷金吗？

杨铁英　我们从来没有领过贷金。

唐若茵　为什么？

杨谦之　是我不让他们领的，现在国难当头，能给国家省一点儿就省一点儿，梅校长四个孩子都在西南联大读书，也都没领贷金。

唐若茵　那他们怎么活？也去打工？

杨谦之　是梅夫人在养活他们。

唐若茵　梅夫人用什么办法养活一大家子人？

杨谦之　梅夫人她……啊，这话不能说。

唐若茵　有什么不能说的，难道梅夫人还能去挣不干净的钱？

杨谦之　只有从日本人手里拿的钱才是不干净的。

杨铁英　爸爸，快吃饭吧。

杨谦之　我不吃了。

唐若茵　温如，你干吗对我这样啊？四年多了，一千多个日日夜夜，我非常想念你和孩子们。在北平我们家的院子里，我经常站在那棵西府海棠下落泪，心想，我们一家人何时才能团聚。

杨谦之　我们原本是该在昆明团聚的。四年了，我一次又一次地给你写信，可你总是赖在北平不动，心甘情愿地当亡国奴、做汉奸。

唐若茵　什么？你说我是汉奸，你凭什么说我是汉奸？我没有离开北平不假，我还在原来的学校教书，怎么就是汉奸呢？难道留在北平的工人、市民、生意人都是汉奸吗？

杨谦之　日本人占领北平以后，许多有骨气的知识分子都不跟日本人合作。陈寅恪的父亲陈三立，大诗人，他效仿伯夷、叔齐不食周粟，绝食而亡；李继侗、闻一多、冯友兰蓄须明志：抗战一日不胜利，便不刮胡子；还有更多的仁人志士投笔从戎，用血肉之躯卫国守土……难道对这些你都充耳不闻、视而不见吗？

唐若茵　我承认我软弱，我不勇敢，我没有牺牲精神。可是我没有当汉奸，我只是在敌占区继续教我的书。

杨谦之　你那教的是什么书？我听说日本鬼子强迫学生学日语，要接受大东亚共荣的教育。这不是附逆吗？你给日本人做事，对沦陷区的青年学生进行奴化教育，你……你、你这还不是汉奸！我问你一个问题，日本人在北平戒备森严，对知识分子更是严加防范，你是怎么离开北平的，还带着那么多东西？

唐若茵　这……好，我如实告诉你，我能离开北平，是因为周先生给办了出城的通行证。你也知道，周先生是华北教育督办。

杨谦之　哼！周先生？就是那个附逆当了汉奸的周作人！你是他的学生，他对你果然很关照呀。

唐若茵　既然说到了周先生，那么，我就把周先生让我带给你的话也说给你听吧。

杨谦之　他能有什么好话带给我？

唐若茵　周先生让我告诉你，危邦不入，乱邦不居，要苟全性命于乱世，不做无妄的牺牲。

杨谦之　混账话！一派投敌求生的混账话！

唐若茵　他说你是大师、是学者，为了保护中国的传统文化，也应该爱惜自己的生命。

杨谦之　我不会像他那样像狗一样地活着。

唐若茵　周先生也是一片好意。

杨谦之　你这次到底是干什么来了？是为了跟我们团聚吗？

唐若茵　我要把你和孩子带走，这也是周作人先生的意思。

杨谦之　原来你是给他来当说客的。告诉他周作人，他做他的人，我做我的人，当然，你也可以做你的人。我不会离开西南联大，我要跟大家一起办一所有中国气象和中国风骨的中国大学。

唐若茵　战火就在身边，生活如此艰苦，你们怎么办大学啊？

杨谦之　壁立千仞，只争一线。只要日本鬼子没有打过怒江，没有占领昆明，我们就要在这里办好西南联大！

唐若茵　我担心你和两个孩子，这里实在是太苦了。温如，我们离开这里，到一个没有危险、可以安心教书安心读书的地方去吧。或者，我们先不教书，隐居在一个地方，等战争结束，我们再……

杨谦之　不要再说了，我们不是同路人……

〔院外突然传来一阵大三弦的声音，一个撒尼少女扭摆着腰肢进院，后面跟着弹奏大三弦、一身马锅头装束的冯笑谷。众人都惊讶地看着他们。康教授和唐忠义也从地窖中出来。〕

冯笑谷　来来来，小阿妹，先在院子里给大家跳个撒尼人的舞！

〔拨动三弦，少女马上跳起舞来，彩云也跑过来跟着一起跳。〕

杨谦之　老冯，你又搞什么名堂？

冯 笑 谷　（停止弹奏）我去石林考察，哎呀，不得了啊！那里的歌，哎呀，不得了啊！那里的舞蹈，哎呀，不得了啊！那里的人，哎呀，不得了啊！

杨 谦 之　于是，你就把那里的“哎呀不得了”都带了回来！

冯 笑 谷　不错，也让你们饱饱耳福和眼福。

撒尼少女　怎么，不跳舞啦？

冯 笑 谷　晚上再跳，点上一堆火，我们大家和你一起跳。段嫂，请让这个小阿妹跟彩云住在一起，房费由我出。

段　　嫂　要得！

冯 笑 谷　（看见唐若茵）哎呀，嫂夫人！什么时候来的？

唐 若 茵　今天刚到。冯先生，你好吗？

冯 笑 谷　我是搞民族和民俗的，来云南正是得其所哉呀！

〔一长一短警报响起。〕

唐 忠 义　防空警报响了，快跑……

杨 谦 之　慢慢跑，来得及。

康 家 瑞　唐忠义，你到地窖里去抱着那个瓦罐。

唐 忠 义　好。（下地窖）

唐 若 茵　跑警报？什么叫跑警报？

杨 铁 英　防空警报一响，日本飞机就要来轰炸了，大家都到郊外躲一躲。

唐 若 茵　（有些慌张）啊！

杨 谦 之　大家拿上该拿的东西，跑警报喽！

白　　燕　（抱着一摞资料出屋门）先生，东西已经拿好了。

〔众人纷纷进房间，又马上出来，手里都拿着东西。唐忠义从地窖中钻出，怀里抱着康教授的宝贝瓦罐。〕

冯 笑 谷　好啊，小日本鬼子，早晚让你们的飞机不能再这样威风！走，大家开路依马斯！

〔警报声中，人们鱼贯走出院子。灯暗。〕

三

〔灯亮。

〔同前景。几个月以后。

〔早上，依然是一片喧闹的市声。

〔杨谦之在院子里散步，似乎有点儿心神不宁。

〔院中已经有人在洗漱。一个戴小花帽、穿着扳尖绣花鞋的苗族女孩，挑着担子探进头，娇娇地吆喝：“好甜好大的宝珠梨……”

〔段嫂一边嘟哝着一边端着木盆朝井台走去。〕

段　嫂　又丢了一只！又过去半个月了。

康家瑞　（从屋里出来）段嫂，鸡又丢了？你家的鸡真是好怪。

段　嫂　我的鸡是怪，可比不上你们这些大学问人怪。

康家瑞　我们哪样怪了？

段　嫂　（指指杨谦之的房间）夫妻嘛，老婆又长得那么漂亮，硬是不让睡到屋里去，他也真是熬得住。

康家瑞　你管人家的事干什么？

段　嫂　你们都一样。你的太太在外国，你也是硬熬着嘛。不像我们，我们嘛，文化没得一点儿，心里哪样想就哪样做。

康家瑞　哦。

段　嫂　比如我嘛，觉得你康先生是个好人，就想对你好。

康家瑞　什么？对我好？不不……

段　嫂　你怕哪样？看着你生活苦，吃不好饭，我就想，把鸡都丢光，不如我干脆杀给你吃。

康家瑞　（长出一口气）噢，原来是想请我吃鸡呀，段嫂，不必了，你的鸡还是留着下蛋卖钱吧。

段　嫂　（笑着）我偏不听你的，明天就给你杀一只吃。

〔易维纲又提一瓦罐上。

〔彩云在后面追着。〕

彩　云　易先生，你又煮肉了？怎么我家一丢鸡你就煮肉？

易维纲　你可别乱讲，我这是猪肉，猪肉，你闻闻。

彩　云　（上来要抢）我不闻，我要尝尝。

〔易维纲慌忙躲避着。〕

段　嫂　彩云，把屋里的肥皂给我拿来。

〔彩云答应着进屋。

〔唐若茵从屋里出来，手里拿着两件要洗的衣服。〕

易维纲　师母，您早。

唐若茵　你叫易维纲吧，大家都说你挺会赚钱的。

易维纲　哪里哪里，我跟大家一样，过的都是苦日子。

唐若茵　手里提着肉，嘴里说过苦日子，好潇洒啊。

易维纲　偶尔为之，偶尔为之。再说我身体不大好，也要补一补。师母，您也要多关心一下杨先生才好。

唐若茵　你这话从何说起？

易维纲　（朝杨谦之努着嘴）您没见杨先生这几天心神不宁吗？

唐若茵　自从我来到昆明，他一直都是这个样子。

易维纲　那不一样，不一样的。

唐若茵　怎么不一样？莫非这几天他有别的心事吗？

易维纲　您是真不明白，还是难得糊涂？

唐若茵　你这话越说越莫名其妙了。

易维纲　那我就大胆给师母提醒一下：这几天白燕带着几个学生到安宁搞社会调查，一直没有消息。

唐若茵　你是说温如不放心了。

易维纲　不是不放心，是担心。

唐若茵　你是说，杨先生他和白燕……

易维纲　我没说，我可什么都没说……

〔易维纲阴阳怪气地走了。

〔唐若茵呆呆地发愣……

〔白燕风尘仆仆而入。〕

白　燕　（激动地）杨先生……

杨谦之　（也激动地迎上去）你们回来了？你可回来了，让我担心死了，没遇上什么麻烦事吧？

白　燕　麻烦事倒是没有，带回来两个消息。

杨谦之　唔。

白　燕　一个好消息，一个坏消息。您是先听好消息，还是先听坏消息？

杨谦之　当然是先听好消息了。

白　燕　我们在安宁的一位绅士的家里，发现了一批藏书，足有一万多本。

杨谦之　都是些什么书？

白　燕　我看都是很有价值的，还有一些绝版书和宋明时期的善本书。喏，我抄了一些书目在这儿。

杨谦之　（接过来看着）好书，难得的好书，太难得了。人家肯卖吗？

白　燕　本来不想卖，但听说我们是西南联大的，就答应转让了。

杨谦之　多少钱？

白　燕　一千块大洋。

杨谦之　便宜，太便宜了，简直是半卖半送。不，跟送差不多……哦，你不是还有一个坏消息吗？

白　燕　这坏消息嘛……就是我们没有一千块大洋。

杨谦之　（点着头）对，对，这确实是一个很糟糕的坏消息。

〔两个人开心地笑起来。

〔唐若茵站在远处看着杨谦之和白燕。

〔正在洗衣服的段嫂无意中看见了手里拿着衣服的唐若茵。〕

段　嫂　杨太太，您要洗衣服吗？拿来吧。

唐若茵　（慌乱地朝屋里退去）不不，不洗……不洗了……

康家瑞　（从菜窖那边走过来，听见了杨谦之和白燕最后一句话）杨兄，我送给你一个好消息吧。

杨谦之　好消息岂有馈赠之理？

康家瑞　我今天请你去“培养一下正气”如何？

杨谦之　此话怎讲？

康家瑞　看来你老兄是有些日子没进昆明的饭店了。

杨谦之　我没那闲工夫，更没那闲钱。我拉家带口的，哪儿像你，一个人吃饱全天下不饿。

康家瑞　金碧路西有一家专卖汽锅鸡饭店，进门一块匾额上写着：培养正气。后来我们就管到这家去吃汽锅鸡叫作“培养一下正气”。这家的汽锅鸡，用的是武定壮鸡。鸡瘦则柴，肥则无味，独武定壮鸡肥而有味。据说这种壮鸡是把母鸡骟了，不能下蛋就猛劲儿长肉。骟母鸡只有武定人会这种技术，很难的。

杨谦之　（无语）

康家瑞　看来你对汽锅鸡没什么兴趣。要不到新亚饭店吃过油肘子，到东月楼吃锅贴乌鱼，到映时春吃油淋鸡，到小西门马家牛肉馆吃牛肉，到厚德福吃铁锅蛋，到松鹤楼吃腐乳肉，到“三六九”上海面馆吃大排骨面……你随便选吧。

杨谦之　你别招我的馋虫了好不好？拿人家的手短，吃人家的嘴短，我可不想有什么把柄被你抓在手里。

康家瑞　既然你如此君子，那我就跟你明说了吧。在我教书的生涯中，只发现了两个可造之才：一个是正在前方打日本鬼子的魏博天，另一个就是……

杨谦之　另一个你不会说是唐忠义吧？

康家瑞　知我者温如兄也。

杨谦之　你不就是想把唐忠义从我身边夺走吗？请免开尊口。

康家瑞　没有商量？

杨谦之　绝无商量。

康家瑞　温如兄，我这可是从大局计，从国家计。我在西方多年，曾经做过东西方思维方式的比较。西方人眼里，用一个小时而不是三天到达某个地方，是件非常重要的事，而我们中国人所关心的是到那个地方要干什么。

杨谦之　那你非要唐忠义从文科转到理科，目的又是什么呢？

康家瑞　因为他是个学理工的天才，一个可遇而不可求的天才。

杨谦之　我看他还是一个学国学的天才呢。

康家瑞　不错，他是一个学文科的天才，但他更是一个核物理方面的天才。

杨谦之　你怎么知道他是核物理方面的天才？你又没有教过他。

康家瑞　谁说我没有教过他？只是你不知道罢了。他在学文的同时，常常跑到工学院这边来听我的课，并且在与我讨论时有许多高明的见解。让唐忠义转学理科，这不仅关系到一个天才的命运，甚至可以说是关系到今后我们国家的命运。

杨谦之　此话言重了吧？

康家瑞　一点儿也不重。战争时期，我们最需要什么？当然你会说民族精神，不错，这我也赞成。但是，像唐忠义这样有民族精神的人，如果再会造飞机大炮，会造航空母舰，会造能置敌于死地的新式武器，岂不是更好？

杨谦之　康先生，既然你已经把话说到要害处了，我也要讲几句。国难当头，大敌当前，科学技术新式武器固然很重要。可是你想过没有？假如日寇占领了昆明，继而占领了重庆，我们这个民族还靠什么生存？难道真的让她亡国灭种吗？

康家瑞　那你说靠什么？

杨谦之　靠文化。中国五千年的文化是什么？是让中国人顽强生存的肥沃土壤，又是能把入侵者葬送消灭的汪洋大海。北魏时鲜卑人拓跋氏入主过中国，元朝蒙古人入主过中国，清朝满族人入主过中国，结果怎么样，中国人没有灭亡，鲜卑人灭了，蒙古人衰落了，满族人连自己的辫子都没能保留住。这就是文化的力量。

康家瑞　似乎言之有理，但兄弟又不敢苟同。我还是觉得，眼下当务之急，是让国家强盛起来，而不是等亡国之后再卧薪尝胆、韬光养晦。

杨谦之　国家强盛更需要文化，弘扬中国文化，培养国家栋梁，这更是当务之急……

〔一身阔气的盐商李吉城上，后面跟着一个人，肩上扛着一块蒙着红布的长木板，上面放着什么东西，显然很沉重。〕

李吉城　请问，杨谦之先生是住在这里吧？

段　嫂　对，杨先生住在这里。

李吉城　我找他。（对从人）把东西放在桌子上。

从　人　是，老爷。（用力把木板放到桌子上）

段　嫂　（高声）杨先生，有人找！

〔杨谦之和康家瑞一起走过来。

〔院子里的其他人不知道发生了什么事，也跟过来。〕

杨谦之　你找我，请问你是？

李吉城　（掏出一张大名片，递上）敝人李吉城，杨先生，幸会，幸会。

杨谦之　（扫了一眼名片）李老板，久闻大名。

李吉城　您知道我？

杨谦之　云南富甲一方的大盐商，这谁不知道啊！

李吉城　不容易啊，我是个小生意人。

杨谦之　请问你找我有何贵干？

李吉城　我知道您是个大学问家、大书法家，如果不是因为日本人打到北平，您是不会到云南这种不毛之地来的。见到您不容易呀。

康家瑞　李老板，你的意思是说多亏了日本人，你才能在云南见到杨先生？

李吉城　您是？

段　嫂　这位康先生也是大教授，是从外国回来的。

李吉城　哦，失敬，失敬。（递上名片）不容易呀。

康家瑞　不必了，我有旁边的小油盐店就对付了，没必要去你大老板那儿去买盐。

李吉城　康教授真会说笑话，交个朋友嘛。不容易啊。

康家瑞　不敢高攀，不敢高攀。

杨谦之　李老板，请说你的事吧。

〔唐忠义、易维纲等人走过来。〕

李吉城　啊，是这样，我想请杨先生为先父写一篇墓志铭，刻在碑上。

杨谦之　给你父亲写墓志铭，让我？

李吉城　是啊，先父一生不容易呀，拼死拼活给我们挣下一份家产。这还不是重要的，他运盐，卖盐，经营盐业，让云南人有了盐吃，不容易呀！他老人家的事迹由我来说，词儿由您来编，至于如何措辞嘛，反正是颂扬赞美他老人家的功德就行，不容易呀。当然，那些毛笔字……啊，是书法书法，也要由您来写。不容易呀。

康家瑞　李老板，杨先生给人写字是明码标价的，楷书多少，行书多少，草书多少，隶书多少，对联匾额和中堂各多少，那是一点儿也不能差的，你要的墓志铭的字数可不会太少啊！

李吉城　知道，知道。我数了一下别人家的墓志铭，七八百字最多了。至于钱嘛，我已经带来了，只要杨先生答应，我先付款，先付款。（掀开木板上的红布，露出封好的一卷卷钱封）请上眼，这是一千块大洋！不容易呀。

〔在这么多钱的面前，众人都有些吃惊。易维纲上前察看洋钱。杨谦之背着手在院中走来走去。〕

易维纲　（抠出一块大洋，用手指掐住对嘴一吹，然后放到耳边听）嘿，真的，是真的。是市面上少见的大洋！

唐忠义　（低声）易老兄，你来写吧。

易维纲　我倒是想呢！唉，只后悔从小没有好好练习书法呀！

唐忠义　光字好就行吗？还要有名，这“名”可不是练出来的！

康家瑞　（拦住徘徊的杨谦之）杨先生，我知道你的为人，但……你还要供两个孩子读大学，物价又没有准谱地疯涨，我看……

白　燕　杨先生，安宁那批藏书……

杨谦之　那你的意思？

白　燕　不，一切由先生您做主。

杨谦之　千金面前不动心，大丈夫也！康先生，你看我杨谦之算不算大丈夫？

康家瑞　非常时期，大事理应从道，小事亦可舍经从权。

杨谦之　啊？一千块大洋，这算小事？

李吉城　（轻轻一笑）哈哈，看来杨先生还没有拿定主意，不忙，这点儿钱先放在这儿，三天之内给我个回音就行。不容易呀。

杨谦之　钱你还是先拿走吧。

李吉城　不必，钱放在您这里我放心，杨先生什么没有见过！再说，您一定会给我这点儿面子的。是吧？不容易呀，告辞！

〔李吉城带从人下。〕

段　嫂　真是有钱人呀，拿钱不当钱！杨先生，一千块大洋，不是个小数目。让我说，这姓李的和他全家虽然在云南名声不好，你就胡乱给他写那个哪样铭，把钱挣到手再说，王八蛋的钱不挣白不挣嘛！

杨谦之　段嫂，他怎么名声不好？

段　嫂　这我可说不上来，反正是心黑，手狠，除去钱，没的道理可讲。

唐忠义　段嫂，墓志铭不是别的，那上面要全说好话的。

段　嫂　管他！把天底下的好话全都给他写上就是了，什么孝子贤孙，礼义廉耻，抢男霸女，男盗女娼，公公跟儿媳妇爬灰，养活孩子没屁眼儿……

杨谦之　段嫂，你说的这些是好话吗？

〔众皆大笑。

〔陈师傅从后院走出，走到破钟前抬手把指针拨到十二点。〕

陈师傅　十二点了，开饭！（看一眼桌上的钱）嚯，飞来横财！（回后院）

〔众纷纷准备吃饭。孙秘书和白燕匆匆走进院子。〕

孙秘书　杨先生、康先生！

杨谦之　你们来得正好，一起吃饭吧。

白　燕　二位先生，孙秘书有重要的事对你们说。

康家瑞　什么重要事？

孙秘书　魏博天，那个……那个考上我们学校却坚决要当飞行员的魏博天同学牺牲了！

〔众人愣住。〕

杨谦之　他是怎么牺牲的？

孙秘书　前天中午，我们的空军去拦截来昆明轰炸的日本飞机，同日本飞机展开了空中厮杀。魏博天的飞机受伤后，驾机撞向一架敌机，与日本鬼子同归于尽！

〔在场的女人们掩面而泣。〕

段　嫂　（哭出声来）怪我呀，怪我呀……我不该叫他为我家的死鬼报仇啊……他还多么年轻啊……天杀的日本鬼子，杀死他们，杀死他们……

孙秘书　这是航空委员会第八大队派人送来的，临执行任务前，魏博天给二位先生写了这封信，说如果他回不来，请把这信交给二位先生。（把手中的信递给杨谦之）

杨谦之　（展信看一眼，递给唐忠义）忠义，你来读给大家听。

唐忠义　（双手接过信）杨先生、康先生、唐忠义同学：博天马上要驾机出发执行任务，以践我与日寇血战到底之诺言。日本鬼子欺人太甚，越不过中国军人把守的怒江天险，便仗空中优势对昆明狂轰滥炸，威胁我国人民生命财产安全。中国军人要奋起反抗，同日寇飞机搏杀于长空，博天个人生命实难预测。为国捐躯，为驱除日寇而死，实乃大丈夫行为，也是博天个人的选择和抱负。幸甚，幸甚！国立西南联合大学是我战后的理想之地。博天此战抱必死之决心，如不能归来，将不能实现负笈西南联大的夙愿，哀哉！痛哉！博天存有国币一千元，现捐给我可爱的西南联大，作为资助困难学生求学之用。两位先生和各位老师同学们对博天青眼有加，在此敬礼！航空委员会第八大队第三十队飞行员魏博天。（泣不成声）

〔唐若茵同女儿在唐忠义读信时走出了宿舍，人们陆续围在唐忠义的身边，有的背过身去，有的哭出声来。〕

杨谦之　（哽咽着）魏博天，英雄啊，国家栋梁啊！可惜……出师未捷身先死啊……

唐若茵　温如，你不要过于悲痛，不要过于激动。

〔突然，康教授号啕大哭。众人纷纷上前。〕

杨铁铮　康先生，您怎么啦？

康家瑞　我……我为魏博天的死而哭，一个年轻的生命就这样魂散云天，他是一个可造之才啊；我为国而哭，我们的国家又失去了一个栋梁之材啊；我也为我自己而哭……我失去了一个好学生啊……温如兄，刚才我还劝你舍经从权，收下那一千块大洋，我……我羞愧啊……好，我不哭了，不哭了。

杨谦之　（向康教授深深一躬）康先生，你哭得好，哭得好！你的哭把我也惊醒了。刚才你劝我舍经从权，收下那一千块黑心钱的时候，我也有点儿动摇了。不是贫穷饥饿把我打垮的，我不会为五斗米折腰。可是我想丢一次脸，为安宁那一万多本藏书丢一次脸。这是一个多么冠冕堂皇的理由啊！可是你们看看，这是盐商那一千块大洋，这是魏博天的一千元国币。一千块大洋，那是响当当的银子；一千元国币，只是些轻飘飘的纸。就是这些轻飘飘的纸，像一面一尘不染的镜子，照出了我灵魂的小。我是一个大学教授，是为人师者，要培养学生，而区区几年时间，我能教给学生多少知识呢？教不了多少。那么，我，我们的大学如何培养学生呢？培养年轻人的人格和能力才是最重要的。特别是人格，也就是我自己常说的风骨，让学生们把中华民族的文化血脉继承下去，这才是重要的！可我却想收下这一千块大洋，自己心里如此不堪，我怎么能教好学生？怎么配当西南联大的教授？铁铮、忠义，这是那位李老板的名片，上面有他的地址，你们把这钱给他送回去！

〔暗转。〕

四

〔灯亮。

〔同前景。又过了半个月。

〔早上，一片喧闹的市声。

〔一个戴小花帽、穿着扳尖绣花鞋的苗族女孩，挑着担子探进头，娇娇地吆喝："蒙自的大石榴……"〕

杨谦之　（叫住苗族女孩儿）小姑娘，买几个石榴。

〔苗族女孩儿给杨谦之拣着石榴。〕

段　嫂　又过去半个月了，你说怪不怪？

康家瑞　（正在洗漱）庄子曰："人生天地之间，若白驹之过隙，忽然而已。"过去半个月有什么怪的？

段　嫂　今天我的鸡没有丢，你说不怪吗？

康家瑞　半个月丢一只鸡，你认为正常；今天没丢鸡，你倒觉得奇怪了。

彩　云　怪的是，这几天怎么没见到易维纲了？

白　燕　（正在桌子上整理书稿）重庆教育部来了人，他去搞接待了。

康家瑞　他不是学校的领导，也不是学生会的头儿，他搞什么接待？

杨谦之　人家是义工。

康家瑞　拍马屁还要什么义工？

杨谦之　拍马屁都是自愿尽义务的。

康家瑞　对，说得太对了。真是二十年目睹之怪现状。

杨谦之　（对正在打扫院子的唐若茵）若茵，你尝尝蒙自的石榴，粒儿大核儿小水多又甜，天下无双。

唐若茵　反正在你的眼里，云南的一切都是好的。

〔杨铁铮拿着棒棒，高高兴兴地跑上来。〕

杨铁铮　妈妈，妈妈……

唐若茵　（迎出来）铁铮，不到四点钟你就走了，又到车站给人家挑货了？

杨铁铮　妈妈，您不是吃不惯大食堂的饭吗？我给您买了“大救驾”。

唐若茵　什么“大救驾”？我还算“驾”？

杨谦之　（探过头来看看）你是欺负你妈新来乍到，不熟悉云南风物。

杨铁铮　难道这还不是“大救驾”吗？

杨谦之　当然不叫“大救驾”，这只能叫饵块。

杨铁铮　那“大救驾”和饵块有什么不同？

杨谦之　“大救驾”是腾冲人的美食，要把饵块切成片加青菜肉丝同炒。

唐若茵　为什么叫“大救驾”？

杨谦之　传说明永历帝被吴三桂追赶逃亡缅甸，至腾冲，饿得走不动了，有人送来一盘炒饵块，万岁爷狼吞虎咽，吃个精光，连说“这下可救了驾了”。

杨铁铮　（对母亲）儿臣救驾来迟，罪该万死，速请母后用膳。

唐若茵　（朝杨铁铮的肩膀上拍了一下）猴小子！

〔杨铁铮啊地叫了一声，疼得蹲在地上。〕

唐若茵　（忙扶起杨铁铮）怎么了？

杨铁铮　妈，您也下手太狠了。

唐若茵　瞎说，妈妈就是用力打，能有多大劲儿呀？快，让妈妈看看。

杨铁铮　没事没事，您别看。

唐若茵　（撕开杨铁铮的衬衣）啊……这……这是怎么回事？温如，你快看看，铁铮的肩膀都血肉模糊了……哎呀……

杨铁铮　妈，您别大惊小怪的，这有什么呀？

唐若茵　我明白了，这是你给人家挑货的时候棒棒压的……温如，铁铮从小就没干过力气活儿，怎么能禁得住这样折磨呀……（说着，嘤嘤地哭起来）

杨铁铮　妈妈，您这是干吗呀？

唐若茵　快，妈妈正好带来了红汞水，来……我给你处理一下。（拉着杨铁铮进屋）孩子，听妈的话，不能再去挑货了，你跟唐忠义不能比……

康家瑞　（感慨地）看来，多远都得有个家，多大都得有个妈。

杨谦之　可怜天下父母心嘛。

杨铁铮　（走到屋门口，突然转过头）啊，对了，白燕姐，学校办公室有一个人找你，说是从安宁来的。

白　燕　安宁来的？

杨谦之　会不会是那位藏书的人家？

白　燕　有可能，我去看看。杨先生，您的书稿我放在桌上了，一会儿您收拾起来。

杨谦之　等等，这几天怎么没看见唐忠义？

白　燕　唉，魏博天牺牲以后，他总是不能从悲痛和仇恨中解脱出来，天天泡在茶馆里。

杨谦之　他在茶馆里干什么？

白　燕　有时候看书，有时候写东西，有时候就是一个人呆呆地坐着发愣。

杨谦之　魏博天的死确实对他打击很大，你让他回来一下，我跟他谈谈。

白　燕　好，我从学校回来就去茶馆找他。

杨谦之　还有，你顺便到校长办公室去一下，《〈山海经〉与西方神话比较》已经申请出版经费了，看看有消息没有？

白　燕　好。

唐若茵　（从屋里出来）白燕，麻烦你一下。这是我从北平带来的两袋奶粉，你送给梅校长的夫人吧。

白　燕　这……

杨谦之　拿去吧，奶粉是分不出敌我的。就算是从沦陷区来的，也可以为我所用嘛。

白　燕　（接过奶粉）那我替梅校长和他的夫人谢谢您了。（下）

唐若茵　（不无妒意地）看来你这位助教小姐干什么都是看你的眼色呀。

杨谦之　你这话是什么意思？

唐若茵　没什么意思。

杨谦之　没什么意思干吗说这没意思的话？

唐若茵　我是担心你把原本没意思的事弄出有意思的来。

杨谦之　你这个人真有意思。

唐若茵　哼，我这个人最没意思了。（气哼哼地回屋）

〔杨谦之坐在桌子旁边翻阅自己的书稿。抬起头来，陷入了沉思。

〔灯暗，乐起。

〔月明星稀，淡云蓝天，昆明的夜晚静谧而美丽。

〔段嫂打扫着院子。

〔撒尼少女站在矮墙上，与远处山坡上一个少年在对歌：

〔撒尼少女：哥哥好像天上的云，妹妹好像云中的月。撒尼少年：云儿追着月儿走，哥哥牵着妹妹的手。

〔撒尼少女从矮墙上跳下来，朝门外跑去。〕

段　　嫂　又去哪儿？

撒尼少女　我去找阿哥，夜里不回来了。（蹦跳着跑去了）

段　　嫂　山上有蛇，小心点儿。

撒尼少女　晓得了。

唐 若 茵　撒尼的女孩儿都这么随便吗？

段　　嫂　不是随便，这是他们的风俗。

唐 若 茵　他们的家长也不管吗？

段　　嫂　他们的家长也是这么过来的。

唐 若 茵　不可思议。

〔杨铁英唱着歌从外面回来。〕

唐 若 茵　你整整出去一天了，两头都没见日头，干什么去了？

杨 铁 英　我不是跟您说了嘛，我去给美国飞行员当翻译。

唐 若 茵　看来你很高兴呀？

杨 铁 英　那当然！那些美国飞行员一个个都像大孩子，天真极了，以我们的眼光看，简直什么也不懂。

唐 若 茵　两个国家，不同的民族，他们和我们当然不同。

杨 铁 英　非我族类，其心必异？

唐 若 茵　臭丫头，这是你说的，可不是我说的。

杨 铁 英　我给您说说美国人的天真吧。他们听说鸡汤好喝有营养，就让中国厨师给他们炖鸡汤。那个厨师和小商贩勾结，把鸡放到水里面煮熟，马上就捞出来，弄到外面去卖白斩鸡，然后把那些清汤寡水给美国人喝，他们还大叫真好喝，太鲜美啦！

唐 若 茵　真是，美国人不知道鸡汤是熬出来的？

杨 铁 英　这可真是非我族类，其心必异了。

唐 若 茵　铁英，日本飞机来轰炸，你怕不怕？

杨 铁 英　怕，当然怕了，每次跑警报，我都害怕炸弹落在身边。看着那些被炸伤炸死的人，我的心好像连跳都不会跳了。

唐若茵　是啊，铁英，我这些天身临其境，心总是提到嗓子眼，怕你们万一被哪个炸弹……

杨铁英　如果那样，我就把这条命殉国了！

唐若茵　不许这样说！铁英，你还年轻，你的真正生活还没有开始，我要让你活下去，活到战争结束。

杨铁英　妈妈，您放心，我不会死，吉人自有天相。

唐若茵　不，我放心不了，只有你跟我远离战火，我才能把这颗心放下来。

杨铁英　不，妈妈，来支援我们抗战的美国士兵需要我，我高兴给这些大男孩儿当翻译。

唐若茵　这也正是我不放心的另一点，那些美国士兵不是男孩儿，他们是男人！

杨铁英　男人？……妈妈，您说的这是什么话？

唐若茵　铁英，妈妈的意思是说……外国人是很随便的。

杨铁英　跟别人随便我不管，只要跟我认真就行。

唐若茵　什么？你们还讲起认真来了？

杨铁英　今后也许哪天我会爱上一个美国大男孩儿，如果他也爱我，那么我就会嫁给他！

唐若茵　你！

杨铁英　妈妈，您不觉得这有点儿无聊吗？我累了，回去睡觉了！（转身进宿舍）

〔外面传来汽车的刹车声，紧接着一声尖厉的口哨声。〕

杨铁英　（转身朝外面跑去）是托尼。

唐若茵　站住，你不是说你累了要睡觉吗？

杨铁英　见到托尼就不累了。

唐若茵　托尼是谁？

杨谦之　（走过来）孩子大了，该让他们到外面闯一闯了。

唐若茵　闯一闯，你还要让他们闯？

杨谦之　你总不能一辈子像老母鸡护鸡雏似的护着他们吧？

唐若茵　温如，我得跟你好好谈谈了。

杨谦之　你还是让我离开昆明？

唐若茵　必须离开昆明，马上离开！

杨谦之　还必须，还马上……你不觉得这太专制了吗？

唐若茵　这次我就要专制，我做主，你一定要听我的。

杨谦之　还是周作人那一套理由吗？

唐若茵　你如果坚持不走，我也要把两个孩子带走。

杨谦之　他们听你的吗？

唐若茵　不听也得听，我就是拖也要把他们拖走。

杨谦之　从来没见你这么固执过。

唐若茵　你难道没看见吗？铁铮每天给人家挑货，那肩膀都压成了什么样？你不心疼吗？

杨谦之　我心疼，我表面上鼓励他，心里也像刀割一样，铁铮也是我的亲骨肉啊。

唐若茵　更严重的是，你看看铁英，每天跟丢了魂儿似的，万一哪天要是跟美国大兵混在一起……

杨谦之　（一时无语）

唐若茵　还有，你可以不谈你个人的安危，可是我不能不想你的安危，不能不想我们孩子的安危。日本飞机经常来轰炸，危险就在身边。

杨谦之　见机而作，入土为安。

唐若茵　你还有心思开玩笑！那天跑警报，日本飞机扔下炸弹，掀起的土把华罗庚埋了起来，要不是大家及时把他扒出来，恐怕真是入土为安了。他可是从国外回来的数学天才啊。

杨谦之　是啊，那天真是危险。

唐若茵　温如，周先生的行为虽然为人所不齿，但“危邦不入，乱邦不居”这话可是孔夫子说的。

杨谦之　若茵，我们都是经过五四运动洗礼的人，这些年我所做的学问想必你不会忘记，我认为中国人的文化血脉和民族精神不在孔孟，而在《山海经》。

唐若茵　是，这我知道，正是这个观点才有了你在学术界的地位。

杨谦之　为捉住燃烧的太阳，夸父追日不止，焦渴而死，手杖化作一片邓林。炎帝的女儿女娃被海水淹死，化成精卫鸟衔起一块块石子，发誓要把东海填平。就说战败的共工吧，他失败以后用头去撞不周山，致使天柱折，地维绝，以死明志，天崩地陷。这才是大英雄，大丈夫！

唐若茵　这些都是上古神话。

杨谦之　可它却是中国人的真正气质，只可惜几千年后被我们这些后人给淡忘了。我们如果不想做祖先的不肖子孙，就要把《山海经》的精神继承下来，传承下去！

〔唐若茵无奈地摇了摇头。

〔白燕兴高采烈地跑进来。〕

白　燕　好消息，好消息，杨先生，天大的好消息！

杨谦之　快说，什么好消息？

白　燕　安宁那批藏书……

杨谦之　是啊，一万多本藏书。

白　燕　那位藏书的绅士……

杨谦之　是啊，那个绅士。

白　燕　那位绅士姓段……

段　嫂　我们家那死鬼就姓段，姓段一般都是大理人。

白　燕　他叫段云霄……

段　嫂　不认识。

杨谦之　你快说说到底怎么了？

白　燕　段绅士听说您拒绝了李吉城的重金相聘，非常感动，找到了学校，要把那批藏书无偿地捐献给西南联大。

杨谦之　无偿捐赠？

白　燕　对，是无偿捐赠。

杨谦之　（无限感慨地）多么好的云南，多么好的云南人民啊！若茵，这么好的地方，这么好的人，你舍得离开他们吗？

〔灯暗。〕

五

〔灯亮。

〔同前景。一周后。

〔上午。

〔杨铁铮站在院子里，慷慨激昂地朗诵着闻一多的诗。〕

杨铁铮　红烛啊，
这样红的烛。
诗人啊，
吐出你的心来比比，
可是一般颜色？
红烛啊，
是谁制的蜡——给你躯体？
是谁点的火——点着灵魂？
为何更须烧蜡成灰，
然后才放光出？

彩　云　铁铮哥，你真棒，真是了不起的大诗人。

杨铁铮　别乱夸人，我朗诵的是闻一多先生的诗作。

彩　云　喏，这是棒棒唐交给你的。

杨铁铮　交给我的？这是什么？

彩　云　他说，这是他的听课笔记，还有替魏博天大哥听的航空工程系的课堂笔记，他让你替他好好保管。

杨铁铮　为什么？为什么他的笔记要交给我保管？

彩　云　他可能要走。

杨铁铮　走，去哪儿？

彩　云　不知道。

杨铁铮　他现在在哪儿？

彩　云　在正义路的茶馆。

杨铁铮　你先把这些东西放进我的屋里，我去找他。

彩　云　我跟你一起去吧。

杨铁铮　不用，你好好学习吧。（下）

〔康家瑞从菜窖里爬出来，唱着《西南联大校歌》。〕

康家瑞　（唱）绝徼移栽桢干质，九州遍洒黎元血……

段　嫂　康先生，你说怪不怪？

康家瑞　怎么，鸡又丢了？

段　嫂　不是说鸡，是说你。

康家瑞　啊，你把我当鸡啦？

段　嫂　每次你唱这两句歌的时候我都想问问你，可是你一闭上嘴，我就又忘了。

康家瑞　你想问我什么？

段　嫂　你们总唱“绝徼移栽桢干质”，这是哪样意思啊？

康家瑞　绝徼，就是荒僻的边土；桢干质，大树良材。把那些正在成长的国家栋梁之材移栽到边远的地方去，免受日寇摧残，保护起来，继续民族未来的希望。

段　嫂　你们这些人真是有学问，这么几个字能说出这么一大堆意思，了不得啊。我就是砸锅卖铁也得让我们彩云上大学，让她将来能嫁给有学问的人。

康家瑞　有志气，没关系，要是彩云上大学有什么问题，我帮助你。

段　嫂　我眼里没揉沙子，你这个人就是靠得住。女人嘛，就是要找靠得住的男人，不能靠山山倒，靠树树歪。

康家瑞　段嫂，你这话可不能随便乱讲啊。

段　嫂　院子里没人，咱说两句悄悄话怎么了？

康家瑞　别别，咱还是正大光明的好，说不定隔墙有耳。

段　嫂　你这个人啊，哪样都好，就是死要面子活受罪。

杨谦之　（出来）没错，要我说呀，既然两情相悦，何妨一段情缘。

康家瑞　不行不行，人家段嫂是烈士遗孤，我哪能乘人之危，发国难……情啊？

杨谦之　康家瑞先生，真君子也。

康家瑞　既然你承认我是君子，那我就跟你谈谈君子之约吧。

杨谦之　别别，在咱这院子里，我最怕两个人找我谈话。一个是唐若茵，我老婆，她一谈话便是劝我离开昆明；再一个就是你康家瑞，一谈话便是跟我要唐忠义。一个是夺我所志，一个是夺我所爱。

康家瑞　放心，今天咱不谈唐忠义。

杨谦之　那谈什么？

康家瑞　谈我。

杨谦之　你有什么好谈的。

康家瑞　来，你过来。

〔杨谦之来到菜窖旁边。〕

康家瑞　（指着菜窖）这是什么？

杨谦之　这不是菜窖吗？

康家瑞　菜窖里面呢？

杨谦之　那不是你的宝贝吗？每次跑警报你都要抱着它。

康家瑞　知道它是什么吗？

杨谦之　不知道。

康家瑞　想知道吗？

杨谦之　想知道的人很多，但我兴趣有限。

康家瑞　有过耳闻吗？

杨谦之　有人说金条，有人说古董，有人说钻石，我不信。

康家瑞　你认为是什么？

杨谦之　听说有一位仁兄，每次跑警报的时候都提着一只箱子，箱子里装的都是他过去情人写给他的情书。你这里不会也是情书或定情物什么的吧？

康家瑞　笑话，我有那么浪漫吗？

杨谦之　那我就伤透脑筋了。

康家瑞　那些猜测金条、古董、钻石的人，都是庸人之见，俗人之想，我料你杨先生也不会相信的。我相信你的为人，你不会告诉别人。那陶罐里是一个密封的厚厚的铅罐。

杨谦之　（低声）据我所知，只有放射性物质才会放到铅罐里。

康家瑞　（压低声音）不错，那里就是放射性物质，是五十毫克的镭！

杨谦之　（大惊）镭……真的？

康家瑞　这是我从北平一路抱过来的，先抱到长沙，然后又抱到了这里。

杨谦之　那么，你让唐忠义看了这个东西？

康家瑞　是。

杨谦之　你就那么相信他？

康家瑞　你杨先生看上的人还能错？杨先生，我想了好久了，我一个人身单力薄，年纪也不轻了，现在又是战乱时期，万一我有个三长两短的，这东西不能没有人管，这东西不能丢啊，它对我们国家太重要了。我是要把保管这东西的事托付给唐忠义的，他毕竟年轻，跑警报比我要机警。

杨谦之　你只是让他保管？

康家瑞　哪里！是托付，如果只是保管，我不如把它埋在北平的一个地方，等战后再去挖出来。杨先生，抗战时的中国需要科学成果，成果来自实验。我要带着唐忠义在这里做下去！你知道吗？现在美国、德国都在秘密地进行核研究，可以这样说，谁首先掌握了核技术，谁就有可能取得这场战争的最后胜利。

杨谦之　康先生，唐忠义真是可造之才？

康家瑞　（郑重地）也许……今后比我强，强得多。中国的核研究很可能就要由他们来完成。

杨谦之　（一躬到地）康先生，谢谢你，你今天对我说的这些太重要了。我很受震动，我需要想一想，好好想一想……

康家瑞　你还要想什么？

杨谦之　想西南联大，想我们国家和国家的未来，想你，想我，也想唐忠义……

〔唐忠义和杨铁铮两个人互相搀扶进来，他们都喝多了，浑身酒气，满嘴酒话。

〔唐若茵、段嫂、彩云等急忙跑过来。〕

唐忠义　喝，喝呀，喝它个天翻地覆……

杨铁铮　喝它个江河倒流……

唐忠义　喝完了去打小日本……

杨铁铮　把小日本打到他娘胎里去……

唐若茵　铁铮，你这是怎么了？

段　嫂　两个人都喝多了。

彩　云　铁铮哥，你没事吧？

〔杨谦之、康家瑞过来，很气愤。〕

杨谦之　你们两个胡闹什么？

唐忠义　杨先生，我们……没……没有胡闹，我们是高兴……不，我们不是……不是高兴……我们郁闷……郁闷，我们郁闷啊……

杨铁铮　对……我们……我们郁闷……郁闷极了……

杨谦之　郁闷就借酒浇愁？

唐忠义　我们……不是……不是借酒浇愁……是……是借酒浇恨……仇恨啊……

杨铁铮　仇恨……仇恨……深仇大恨……我们要给魏博天报仇，要给唐忠义的父母报仇……

康家瑞　什么？唐忠义的父母怎么了？

杨铁铮　日本军队拼命想打过……怒江……唐忠义的……父母……被日本人……杀害了……

杨谦之　哦……

唐若茵　铁铮，快进屋醒醒酒。

杨铁铮　我没醉……没醉……

段　嫂　棒棒唐，快来喝点儿茶。

唐忠义　我没醉……我一点儿都没醉。

杨谦之　唐忠义，你说你没醉，你现在清醒吗？

唐忠义　我清……清醒……我比任何时候都清醒……

杨谦之　那好，你听我说。按说你父母遇难了，我们该慰问你才是。可是人死不能复活，说再多安慰的话也没用。为民族生死存亡计，为国家现在和未来计，我和康教授要跟你说一件重要的事情，一件非常非常重要的事情。

唐忠义　你们说，我听着……听着……

杨谦之　康教授早就跟你说过，要收你做他的学生。

唐忠义　我……知道……他跟我说过……

杨谦之　那就站好，给康教授鞠躬，行拜师礼。

唐忠义　为什么？

杨谦之　我同意了。

唐忠义　您同意了……您同意了……您同意了什么？

杨谦之　我同意把你转让给他，你老老实实做康教授的学生吧。

唐忠义　是您……把我转让给康教授了？

杨谦之　我想明白了，现在国家的当务之急是需要科学技术人才……

唐忠义　可是我没想明白……我不明白……我不明白……

康家瑞　忠义，你不明白什么？

唐忠义　我……我……我是什么？我是一碗米线吗？我是一件衣服吗？我是把锄头吗？你们把我转来转去的，你们为什么不问问我……不听听我的意见？

杨铁铮　是啊……你们为什么不听听我的意见？

唐若茵　铁铮，你这是怎么了？

杨铁铮　怎么了？您天天让我离开昆明……离开危险的地方……离开昆明我们去哪儿？日本鬼子已经打到怒江了……怒江……怒江要是保不住……昆明就得沦陷……重庆也难保……中国还有地方可躲吗？还有不危险的地方吗？

唐若茵　温如，这俩孩子怎么了？真喝多了。

杨谦之　我看他们说的不是酒话。

唐忠义　我们本来也……也没说酒话……我们是认真的。

杨谦之　告诉我，你们要干什么？

唐忠义　中国远征军要赴缅甸和英国协同对日作战，我们报名参加了远征军担任英语翻译……对不起，你们两位教授，我谁的学生都不当了……我要当兵……我要上前线杀日本鬼子……

杨铁铮　对，我们要上前线……上前线……

唐若茵　不行不行，坚决不行。

杨铁铮　妈，我的决心已下，您管不了我。

杨谦之　唐忠义，我看你的酒劲儿也差不多了，越来越清醒了。

唐忠义　我没醉……我一直清醒。

杨谦之　好，你没醉，你清醒。那你就听我说，别人可以参军，你不能。

唐忠义　为什么？

杨谦之　你不是一颗子弹。

唐忠义　那我是什么？

杨谦之　你是镭，是可以裂变的镭。一颗子弹，到战场上只能消灭一个敌人。可是镭就不同了，镭所产生的威力不但能克敌制胜，还能强国强民。唐忠义，你是一个聪明人。我知道，魏博天牺牲了，对你打击很大；你父母被日本人害死了，你更是忍无可忍。但是，你要知道自己的使命，祖国的命运扛在你的肩上，民族的未来扛在你的肩上，你可不能倒下啊。

康家瑞　忠义，杨教授的话说得很明白了，你可不能意气用事啊。我跟你说过，菜窖里那五十毫克镭，就是中国核技术的未来，不把它交给你，我不放心啊。

唐忠义　那杨铁铮呢？难道杨铁铮就是一颗子弹？

杨铁铮　对，我是一颗子弹，我要用这颗子弹击碎小日本的脑袋。

杨谦之　杨铁铮也不是一颗子弹，他是一块铁，一块好铁，他这块铁能在战火中炼成钢，一块能担当得起国家栋梁之材的好钢。

杨铁铮　爸爸，您同意我参军了？

杨谦之　大主意你自己拿，至少我不强烈反对。

唐若茵　温如，你……

杨谦之　孩子大了，让他自己飞吧，能飞多高就飞多高。

白　燕　（突然闯进来）还有我……我……

杨谦之　你怎么了？

白　燕　我也报名参加了远征军。

杨铁铮　太好了，白燕姐，我们是同一战壕的战友了。

彩　云　铁铮哥，你真的要走吗？

杨铁铮　当然要走，我决心已下。

彩　云　你还回来吗？

杨铁铮　当然回来，我还要给你讲数学题呢。

彩　云　铁铮哥，这是我自己做的书包，你带走吧。用它装牙膏牙刷剃须刀，别……别忘了我。

杨铁铮　不，不会的，我永远不会忘了你。

彩　云　铁铮哥，你跟我来。

〔彩云把杨铁铮拉到屋子后面。〕

唐若茵　（问段嫂）他们干什么去了？

段　嫂　我都不担心，你担心哪样。

〔冯笑谷脖子上挂着一把月琴，拉着撒尼少女从院外走来。〕

冯笑谷　杨先生、康先生，还有唐先生，哎呀不得了呀，真是无底的宝藏啊！

杨谦之　老冯，你哎呀不得了又有了什么新花样？

冯笑谷　昨天晚上我听这个小阿妹自己哼唱一曲歌子，哎呀好听得不得了！她说是《海菜腔》，是跟别的地方彝人学的，我就让她教我，学了一个晚上，今天早上又学，终于学会了！听说有几位年轻朋友要参加远征军，哎呀不得了啊。以往送别，总要有人唱歌，今天也不例外。不过，我们不唱慷慨悲壮的，也不唱凄凉哀伤的，今天我要让小阿妹和彩云姑娘唱一支优美的天籁之音，给你们壮行色，也让大家永远也不会忘记云南，忘记西南联大。来，唱起来吧！

杨谦之　好啊！段嫂，你把大家都叫出来，听冯先生唱歌啦！

〔段嫂应声从一间屋里出来，走到后院过道大喊：“大家都过来，听冯先生唱歌哟——”

〔众人上。

〔月琴响起，撒尼少女和冯教授边舞边唱。杨谦之、康家瑞、唐忠义、杨铁铮、白燕、段嫂、彩云等一起跳起舞来。〕

撒尼少女　（唱）飞起来，飞起来，什么鸟儿飞起来？

冯笑谷　（唱）吉祥的银鸟飞起来。

撒尼少女　（唱）飞到什么山上落下来？

冯笑谷　（唱）飞到彝人的银山上落下来。

撒尼少女　（唱）飞起来，飞起来，什么鸟儿飞起来？

冯笑谷　（唱）富贵的金鸟飞起来。

撒尼少女　（唱）飞到什么山上落下来？

冯笑谷　（唱）飞到彝人的金山上落……

〔乐声渐弱，灯光渐暗。〕

六

〔三个月之后。

〔唐若茵在一个盆里搅拌着什么。

〔段嫂准备到井台上洗衣服。〕

段　嫂　好奇怪噢，又过了半个月。

康家瑞　你的鸡又丢了？

段　嫂　是不是你偷了？

康家瑞　我偷你的鸡干什么？我又不是黄鼠狼。

段　嫂　那你怎么知道我的鸡丢了？

康家瑞　你一喊奇怪，不是丢鸡就是没丢鸡。

段　嫂　既然不是丢鸡就是没丢鸡，那你为什么单猜我要说丢鸡？

康家瑞　段嫂，你怎么胡搅蛮缠呀？

段　嫂　我就喜欢跟你胡搅蛮缠，好开心嘛。

康家瑞　这才是奇怪呢。

杨谦之　（出来）我也觉得奇怪。

康家瑞　你有什么奇怪的？

杨谦之　过去在这个院子里，不是唐若茵缠着我，就是你缠着我。唐若茵缠着我是劝我离开昆明，你缠着我是跟我要唐忠义。现在你们两个都不缠着我，我倒觉得冷清了许多，你说奇怪不奇怪？

彩　云　（从屋里出来）好奇怪噢……

康家瑞　又一个奇怪的，怎么了？

彩　云　好香噢。

康家瑞　院子里的缅桂花都开了，当然香了。

彩　云　我说的不是花香，是肉香。

康家瑞　肉香，哪儿来的肉香？

〔易维纲提着瓦罐上。〕

彩　云　易大哥，你又炖肉了？给我尝尝。

易维纲　这是猪肉，猪肉。

彩　云　猪肉我也要吃，你都要走了，还吃那么多干什么？

易维纲　从昆明到重庆，路上很辛苦的，我要补补身子的。

杨谦之　（走到唐若茵面前）若茵，你这是在鼓捣什么？

唐若茵　保密。

杨谦之　你对我保不了密，让我瞧瞧……你这是做豆沙对吧？

唐若茵　是啊，豆沙。

杨谦之　你做豆沙是为了做糕对吧？

唐若茵　对，说下去。

杨谦之　你们做的糕叫作“定胜糕”对吧？

唐若茵　梅夫人他们拉你入伙儿了？

杨谦之　还用谁告诉我？一望便知，要不怎么说是聪明人呢。

唐若茵　哼，吹吧。

杨谦之　我刚才还跟康教授说呢，最近你怎么不催我离开昆明了？

唐若茵　铁铮跟着远征军走了，铁英躺在屋里不出来，要死要活，我们能走吗？

杨谦之　铁英这么痛苦，你怎么不劝劝她？

唐若茵　我才不劝她呢。我早就提醒过她，美国大兵不会跟她认真的，她不听啊。这倒好，人家提拔了，回国了，连个招呼都没跟她打就走了。不听老人言，吃亏在眼前。

杨谦之　听你这口气，完全是幸灾乐祸。

唐若茵　对于她现在或许是灾祸，对于她的未来确实是好事，天大的好事。你想想，她要是真嫁给一个美国人，我们怎么办？

唐忠义　（捧着一摞书稿出来）杨先生，您的《〈山海经〉与西方神话比较》我又校对了一遍，把里面排版出现的错字和标点符号都改过来了。

杨谦之　谢谢你，你跟康教授学习那么紧张，还帮助我校对书稿，真让我过意不去。

唐忠义　杨先生，您说哪儿去了，您过去是我的先生，现在是我的先生，将来还是我的先生，一日为师，终身为父，我不会忘记您的。

杨谦之　忠义……好啊。

唐忠义　杨先生，铁铮有消息吗？

杨谦之　昨天刚收到他一封信，是一个月以前写的，里面有大段的话写到你呢。来来，进屋我拿给你看。

〔杨谦之和唐忠义进了屋。

〔易维纲凑到唐若茵的身边。〕

易维纲　师母，刚才你跟杨先生的谈话我听见了，杨铁英的问题是很严重的。

唐若茵　她就是想睡两天觉，有什么严重的？

易维纲　她这是失恋，失恋您懂吗？

唐若茵　我不懂，我没失过恋。

易维纲　失恋是很危险的，闹不好要出人命的。

唐若茵　你跟我说这些是什么意思？

易维纲　失恋也是一种病，心病。

唐若茵　（看着易维纲）

易维纲　心病还需心药治，如果您不反对，我倒是可以帮一点儿小忙的。

唐若茵　你能帮什么忙？

易维纲　失恋是一种感情创伤，治疗感情创伤必须用新的感情代替才行。

唐若茵　你这话越说越没谱儿了。

易维纲　跟您说明白吧，我可以向令爱求婚。

唐若茵　求婚……哈哈哈……你真是个活宝。

易维纲　您觉得这很可笑吗?

唐若茵　你不是一直在暗恋着白燕吗?

易维纲　原来是，现在我改变主意了。白燕参军了，军人嘛，不好对付的。

唐若茵　你这感情更新还挺快。

易维纲　我现在有资格向铁英小姐求婚了。

唐若茵　哦，你有什么资格了?

易维纲　您不是想让铁英小姐离开昆明吗?我通过教育部的朋友在重庆谋到一个职位，很体面的职位。

唐若茵　哦，那就祝贺你了。

易维纲　那您同意我向杨铁英小姐求婚了?

唐若茵　我们家一直是很民主的，自己的事情自己做主，做家长的绝不干涉子女的婚事。

易维纲　谢谢您妈妈。(跑向杨铁英的屋里)

唐若茵　妈妈……(嘲讽地摇了摇头)

〔俄顷，易维纲从杨铁英的屋里匆匆跑出来。

〔唐若茵又笑起来。

〔陈师傅从后院走出，来到破钟前一下把指针拨到九点。〕

陈师傅　礼拜天，两顿饭，开早饭啦!(回后院)

〔众人纷纷拿着饭盒饭碗出来。〕

杨铁英　(披头散发，睡眼惺忪地出来)妈，我饿了，饿死我了。

唐若茵　哦，这么说易维纲还真的把你的病治好了?

杨铁英　妈，我现在特别想吃北平的炸酱面。

唐若茵　好啊，妈马上去给你做。妈擀的面条儿，又长又细又筋道，是你姥姥的真传。(下)

〔杨铁英把手里的信和锦盒挂在破钟的指针上，然后坐下帮助妈妈搅豆沙。撒尼少女唱着歌从院外进来。〕

撒尼少女　（唱）嫁人莫嫁赶马人，正月初五他就出门……（一眼看到破钟上的东西）哎，这是哪样东西？（上前摘下锦盒，打开）哎呀，是个金戒指！彩云阿姐，彩云阿姐，你出来嘛！出来嘛！

〔彩云从后院上。〕

彩　　云　哪样事？

撒尼少女　（递过戒指）你看，一个金戒指挂在这破钟上！

彩　　云　（接过戒指一看，惊呼起来）哎呀，妈呀，妈——你快过来，这里出鬼啦！

〔众人闻声从后院赶来，有人手里还拿着吃食。〕

段　　嫂　彩云，你个死丫头，大白天出哪样鬼嘛！

彩　　云　你不信？这个破钟上挂着一个金戒指，（抬眼看钟）哎，这上面还挂着一张纸！

段　　嫂　（接过金戒指）真是哟，这是谁挂的？是哪个挂的？

〔彩云踮起脚看破钟上的纸。

〔易维纲也闻声赶来。〕

彩　　云　是封信——铁英小姐芳鉴，敬启者：自从一年前得睹芳容，维纲一直仰慕不已。然战事频仍，处境险恶，未能向小姐直抒情怀；今维纲已在重庆谋得职位，愿与小姐同行，以避开日本飞机之轰炸。倘蒙慧眼垂青，允订白首之约，不胜荣幸之至。随函附赠金戒指（重二钱）一枚，务祈笑纳为荷。易维纲顿首……易先生，这是……

〔易维纲上前从段嫂手里拿过戒指，又走到破钟前摘下信，在众目睽睽下满不在乎地回宿舍了。

〔人们哄笑着散去，杨谦之和唐若茵出来。〕

唐 若 茵　铁英，这样做是不是有些过火了？

杨 谦 之　我看恰如其分。

唐 若 茵　情爱之事，拒绝也应该温文尔雅嘛。

杨铁英　那要看对方是谁，要看他的作为，对吗，妈妈？

唐若茵　（笑着）我看还是过火了些。

杨谦之　学生分好多种，有勤奋者，有懒散者，有人天分高些，有人天分低些，但既为学生就应该以学为主。比如中文系有个学生叫汪曾祺，终日衣冠不整，上课不记笔记，还在闻一多先生的课堂上抽烟……

杨铁英　是闻先生自己在课堂上抽烟，还问学生抽不抽，所以汪曾祺才抽的。

杨谦之　这位汪君泡茶馆，家里寄点儿钱来就四处寻美食喝老酒，但他更多的时间是待在图书馆里埋头读书。沈从文先生说，汪曾祺是他最好的学生，说他的文章写得比自己好。可见学问是“泡”出来的。

唐若茵　温如，你也认为这位汪曾祺是好学生吗？

杨谦之　这个……我倒未必认同沈从文先生的看法，但是，只要这个学生在认真学习，以学为主，不管他如何标新立异，也不管他如何抱残守缺，我们都应该宽容对待。然而，这个易维纲上课只是点卯凑学分，主要时间是用在挣钱，找出路，到处钻营，心里除去自己，没有其他任何人，也没有国家的存亡，我看就应该当众羞辱他一番。

唐若茵　温如，你说这些话，又像五四时你在北大的学校里。

杨谦之　是啊，我那时是满脑子的德先生和赛先生。

唐若茵　我们的两个孩子都很像你当年，一点儿也不像我。

杨谦之　他们都在这里长大了。

唐若茵　但毕竟是我的孩子，我还是担心……铁铮还在缅甸战场上……

〔杨谦之拢着唐若茵的肩头进了屋。〕

易维纲　（高声）唐忠义，唐忠义，棒棒唐！

段　嫂　（从后院过来）棒棒唐到图书馆看书去了。

易维纲　这可怎么办呀？

段　嫂　易先生，有哪样事，我来帮你办。

易维纲　我在重庆找好了事，要走了，行李已经收拾好，让他给我挑到汽车站，我今夜就在那边小店住，明天赶一早的汽车走。

段　嫂　哎呀，你真的要走？

易维纲　当然是真的。

段　嫂　易先生，你不要怪我多嘴，是不是因为刚才铁英小姐那个事，你才急着走的？让我说，男男女女的事最难办，不好不当真，也不好太当真，你不必放在心上。

易维纲　我放在什么心上？好比树上有枣子，我打一竿子，没有枣子呢，我也打一竿子。

段　嫂　枣子？竿子？

易维纲　他们北平人的话嘛，有枣没枣打一竿子。打下枣子来，好，我捡颗枣子；打不下枣子来，我也没有什么损失嘛。

段　嫂　（一下明白）噢……易先生，我也帮不了你忙了，你自己找根棍子挑行李吧——（一伸手）给我。

易维纲　给你什么？

段　嫂　房租。你这个月的房租还没给呢！

易维纲　哼，一点儿人情不讲！

〔掏钱塞给段嫂，到处找木棍，找到一根木棍气哼哼进屋。〕

段　嫂　人情？我的人情喂狗啦！（高声）彩云，彩云！准备帮我打扫房子！

〔房门打开，易维纲挑着行李提包纸箱从屋里出来。彩云从后院上。〕

彩　云　易先生，你要走了？

易维纲　走了，躲开这讨厌的日本飞机。

彩　云　我来帮你挑行李吧。

段　嫂　彩云，你还有事情要干！

彩　云　妈……

段　嫂　听见没有！先去帮陈师傅把水缸的水打满，然后帮我收拾房间。

〔易维纲的腰被压弯了，他离开了院子。

〔杨谦之和康教授不约而同地出房间。〕

康家瑞　段嫂，你真是爱憎分明呀！

段　嫂　那当然，对这种人就是要这样！可对你康先生我就……

康家瑞　哎，别往我身上扯，别往我身上扯。

杨谦之　段嫂，我倒是想听听你对康先生要怎样。

段　嫂　我呀……我不告诉你！我要把这间房子收拾起来，明天好招个新房客。

杨谦之　要我说呀，你干脆让康先生搬进你的屋里，又可以腾出一间房子出租。

段　嫂　哎呀，羞死人了。没想到你这个大教授也这么坏噢。

杨谦之　坏吗？

段　嫂　康先生要是像你这样坏就好了。（进易维纲宿舍）

杨谦之　康先生，听见了吗？正大光明，可谓是男人不坏，女人不爱噢。

康家瑞　（尴尬地）口没遮拦，口没遮拦……

〔突然，从易维纲的房间里传出段嫂的叫声："哎呀天哪，这是我的鸡呀，九只呀，九堆鸡毛都在这床底下呀……"〕

康家瑞　彩云，快看看你妈妈是怎么回事。（进易维纲宿舍）

〔片刻，彩云扶着段嫂出来，人们也闻声从各个房间和后院出来。〕

杨谦之　怎么回事？

彩　云　我妈收拾易维纲的房间，在他床下发现了九堆鸡毛，都是我家丢的鸡。

杨谦之　真是无耻小人！

康家瑞　段嫂，莫伤心，我来出钱给你买几只鸡。

段　嫂　谁要你给我买鸡，我还要给你杀鸡吃……我就是不明白，我的鸡他是哪样杀的，一点儿声音也没有，连鬼也不晓得！

〔唐忠义带着白燕突然上。

〔白燕一副垮塌的神色。〕

唐忠义　杨先生、康先生，白燕回来了。

杨谦之　白燕……

〔白燕一头扑在杨谦之的怀里，哇地大哭起来。〕

杨谦之　白燕……白燕，你怎么了？你怎么回来了？

唐若茵　（一种不祥之兆）白燕，出了什么事……铁铮呢？铁铮怎么样？

白　燕　杨先生……唐先生，我……我对不起你们啊……

杨谦之　快说，怎么回事？

白　燕　（拿出一个绣花背包）铁铮……他……牺牲了。

唐若茵　啊……（晕倒，杨铁英一把将她抱住）

杨铁英　妈妈……妈妈……

白　燕　唐先生，师母……您可要挺住啊……

彩　云　（突然从白燕手里抢过那个绣花背包，大哭）铁铮哥哥……

〔杨谦之昂着头，满脸泪水。

〔唐忠义紧紧地搀扶着他。〕

白　燕　杨铁铮是主动请求参加无名高地阻击战的……他和他的战友都非常勇敢……他们三天两夜，打退了日军无数次进攻……最后阵地失守了，他把最后一颗子弹留给了自己……

杨铁英　（哭喊着）哥哥……哥哥啊……

杨谦之　（长啸般地）铁铮……铁铮啊……我的孩子！

彩　云　铁铮哥，你不是说还回来吗？你不是说还给我讲数学题吗？你怎么说话不算数啊……

唐若茵　铁铮，你走了吗？你真的走了吗……（望着天空）孩子，你慢点儿走，让妈再看你一眼啊……

〔乐起，冯教授轻轻拨动着琴弦，琴声很轻，若有若无。

〔撒尼少女唱起了《小河淌水》，歌声很轻，如泣如诉……〕

唐若茵　孩子，等等妈妈……等等妈妈啊……

〔杨谦之走到唐若茵身边，紧紧地搂住她的肩头。〕

唐若茵　孩子，妈妈也在等你，等你啊……温如，我不走了……不走了，我要跟你走一起，跟孩子们走一起，跟西南联大走一起啊……

〔唐忠义走到彩云身边。

〔彩云把绣花背包递给唐忠义。〕

唐忠义　（捧着绣花背包，面对着杨谦之和唐若茵）杨先生、唐先生，铁铮走了，我就是你们的孩子……爸爸、妈妈，请受儿子一拜吧！

〔唐忠义跪在杨谦之夫妇面前。

〔乐声歌声渐强。

〔康家瑞把唐忠义搀扶起来。

〔杨谦之夫妇和唐忠义搂在一起。

〔撒尼少女望着天空，深情地唱着：

哎

月亮出来亮汪汪，亮汪汪

想起我的阿哥

在深山

哥像月亮天上走

天上走

哥啊

山下小河淌水慢悠悠

哎

月亮出来照半坡，照半坡

望见月亮想起我的哥
一阵清风吹上坡
吹上坡
哥啊
你可听见阿妹叫阿哥……

〔在歌声中，灯光渐暗。〕

尾　　声

〔灯亮。

〔《小河淌水》的歌声逐渐演化成《西南联大校歌》的音乐。少女推着轮椅上的唐忠义出现在舞台。〕

唐忠义　这就是我的西南联大，这就是我在西南联大的故事。

少　女　爷爷，您哭了？

唐忠义　中华民族不屈不挠的精神滋养了西南联大，云南人民培育了西南联大！

少　女　我也爱上云南了，爷爷，您又在看什么？

唐忠义　他们来了。

少　女　谁？谁来了？

唐忠义　我的同学，我的校友——看，那是杨振宁……那是李政道……那是邓稼先……那是朱光亚……那是宋平……那是王汉斌……那是彭佩云……那是钱伟长……那是孙孚凌……还有黄宏嘉……王希季……邹承鲁……屠守锷……唐傲庆……郝诒纯……黄昆……刘东山……陈芳允……汪曾祺……王浩……

〔随着唐忠义说出的名字，一幅幅照片映在天幕上。〕

唐忠义　孩子，扶我站起来（少女扶唐忠义从轮椅上站起，唐忠义背朝观众向天幕深深鞠躬），我要给我的西南联大行礼……

〔音乐渐强。幕落。

〔剧终。〕

2008 年 9 月于大理古榕山庄

2016 年 1 月改于大理山水间

· 话剧 ·

贞德堂纪事

时间：20 世纪 80 年代初

地点：大运河漕运码头，古城边

人物：沈　昆　沈　仑　少良妈　沈一荻　沈克俭　沈老三
徐广昌　姜　民　冯大宝　沈少良　崔萌萌

序　　幕

〔幕启：仲夏之夜。

〔大运河漕运码头。

〔皓月千里，波光粼粼，洞箫悠扬。

〔城边一栋古楼，飞檐上吊着三个大红灯笼，映出了“贞德堂”三个大字。

〔近处一湾芦苇，几个女人正在芦花丛中裸身洗澡。伴随着野性的嬉笑声，依稀可见晃动的胴体……〕

沈　仑　（疾步而上，感慨万端地）大运河，漕运码头，贞德堂……妃子楼，天呀，我这不是做梦吧？

崔萌萌　先生，别做梦了，您踩了我的裙子了。

沈　仑　（蓦然发现身边坐着一个姑娘）哦，对不起……小姐，你是谁？

崔萌萌　我也不知道我是谁。

沈　仑　我是说……你是大运河的人吗？

崔萌萌　快是了。

沈　仑　噢，我明白了，你是从外边嫁到这里来的。

崔萌萌　对，嫁给他。

沈　仑　嫁给谁？

崔萌萌　嫁给大运河呀。

沈　仑　姑娘，你说得太好了。在远离祖国的地方，每当我夸起咱这条大运河的时候，都会有中国人或者外国人问我：你们那大运河，究竟有多美？我说：有多美？反正男人见到它，就想跳下去；女人见到它，就想嫁给它。哈哈……

〔芦湾后边传来了一片噼噼啪啪的拍打声和说唱声：噼噼啪噼噼啪，姑娘比"妈妈儿"，比比谁的大，统统一般大；噼噼啪噼噼啪，妈妈比"妈妈儿"，比比谁的大，统统往下塌……〕

沈　仑　那是在干什么？

崔萌萌　她们在打屁股花儿。

沈　仑　打屁股花儿？（兴奋地比画着）哎呀太好了……（忍不住欲趋步向前）

崔萌萌　别去！那边都是女人。

沈　仑　啊……

〔芦湾后一个声音：女人就是不能生孩子，你看人家沈一荻，结婚十多年了，那小身条儿还跟黄花闺女似的，要哪儿有哪儿。

〔沈一荻：你想要哪儿呀？

〔芦湾后一个声音：就要你那两只小白兔儿。

〔沈一荻：真不要脸。

〔众女人：哈哈……〕

徐广昌　（驾舟而归，唱着渔歌儿，渐近芦湾）

驾小舟游江湖乐在其中，

攀荆棘爬峻岭自在逍遥。

世上哪儿有咱渔樵乐，

胜似为官一品当朝……

〔芦湾后一个声音：徐广昌，你别过来！〕

徐广昌　我要登岸拴船。

〔芦湾后一个声音：不行，我们都没穿衣服。〕

徐广昌　你们把身子蹲下去，我不看不就得了嘛，吃横水竖水的人都不长眼睛。（说着靠岸停船）

沈一荻　（裹着一条浴巾出来）徐广昌，你真不是玩意儿！

徐广昌　怎么了？讲礼的街道，不讲礼的河道，谁让你们在这儿光着屁股洗澡的？

沈一荻　我们愿意，这大运河不是你们男人的，也有我们女人的份儿，就许你们男人整天价泡在河里头？

徐广昌　那就没的怨了。我们男人光屁股洗澡，从来就不怕你们女人看。

沈一荻　你臭不要脸。

徐广昌　（央求地）一荻，跟我回去吧，你离开家都三个多月了……我一个人，还要伺候我老爹……这日子……

沈一荻　我不是跟你说过了吗，咱不能在一块儿凑合了。

徐广昌　那你打算怎么办？

沈一荻　咱们还是离婚吧，求求你了。

徐广昌　什么，离婚？姥姥！甭想！没门儿！告诉你沈一荻，你不是白嫁给我的，当初我是花三千块钱把你买来的。你这会儿拍拍屁股就想离开我，没那么便宜！

沈一荻　我记着这笔债呢，我还你。

徐广昌　你还多少？十三年了！我就是买头母牛，也给我下好几窝了，你不是连个蛤蟆骨朵儿都没给我留下吗？

沈一荻　少说废话，你要多少？

徐广昌　我要三万，不算讹你吧？可是你有吗？你要是把三万块钱给我拍出来，我立马儿跟你离婚。

沈一荻　你屙屎别坐回去。

徐广昌　除非你把妃子楼卖了，你有这权力吗？（愤愤而下）

〔芦湾后一个声音：一荻，徐广昌走了吗？

〔沈一荻：走了，你们出来吧。

〔芦湾后一个声音：一荻，快来呀，吴大娘们给你做了一个水牛儿……（嬉笑声隐去）〕

沈　仑　姑娘，这城里哪家旅馆好一点儿？

崔萌萌　您不是要到贞德堂去吗？还找旅馆干什么？

沈　仑　你怎么知道我要到贞德堂去？

崔萌萌　（学着沈仑的腔调）大运河，漕运码头，贞德堂——妃子楼……天呀，我这不是做梦吧？

沈　仑　哈哈……

〔芦湾后又骤然响起大运河女人那野性的嬉闹声……〕

第一幕

〔仲夏某日。时值贞德堂掌门人沈昆的八十寿辰。

〔幕启：这是一个有着光辉历史的家族。贞德堂是乾隆皇帝御赐的堂号，而当地人却称之为妃子楼——这是因当年贞德堂生产的贡品妃子糕得名，当然亦与那位风流皇帝有关。

〔贞德堂耸立在大运河的端头，废弃的漕运码头记载着往昔的繁华与昌盛，也记载着贞德堂的骄傲。

〔一座两层小楼，颇具贵族气派：雕梁画栋，飞檐翘脊，琉璃吻兽，古色古香。

〔展现在观众面前的是一楼的正面大厅，中间是一供桌，供奉着贞德堂老祖奶奶的肖像和列祖列宗的牌位；大厅左侧通楼梯，右侧通卧室；卧室旁边还有一门通后面的厨房。

〔供桌上摆着水果、鲜花、点心，香炉上香烟缭绕。

〔大厅的两根圆柱上，贴着一副醒目的对联：忠厚传家久，诗书继世长。

〔早晨，门外集市上的嘈杂声和吆喝声断续传入。

〔少良妈跪在供桌前祈祷着……

〔沈一荻从楼梯上下来，看了看少良妈，没说什么。她走到一台老式的衣柜前照着镜子，整理着衣装，看样子像是要出门。

〔少良妈叩首起身，朝沈一荻走过来。〕

沈一荻　我说大嫂，您也真是的。整天价给老祖奶奶烧香磕头，管什么用？

少良妈　他姑，可别这么说，心诚则灵。

沈一荻　就算灵吧，老祖奶奶都死了二百多年了，您还忍心让她老人家为咱操心？

少良妈　要是小事，俺也就不搅扰她老人家了。这少良出去十多天了，俺这心里老不踏实。

沈一荻　我早就说过不让他去做买卖，您这当妈的也不管管他。

少良妈　他连你的话都不听，我能管得了吗？

沈一荻　他可是你的儿子。

〔大门吱扭一声响了，沈老三挑着一担青菜进来了。〕

沈老三　（谦卑地）大嫂、一荻，你们起来了。

少良妈　我说老三，你这是干啥呀？

沈老三　我送来一担青菜，有黄瓜、豆角、西红柿……

少良妈　你平时都是先在集市上把菜卖了，剩点儿筐底儿才往这儿送，今儿这是怎么了？

沈老三　哎呀我的大嫂，今儿是啥日子呀？今儿不是咱爹的八十大寿吗？

少良妈　难得你有这份孝心……

沈一荻　大嫂，您把这菜过过秤，算算该给三哥多少钱。

沈老三　一荻，你这是干啥啊？

沈一荻　你刚到梨花渡几年呀，怎么说话也啥啥的了？

沈老三　大嫂不是一直说啥吗？

少良妈　我们河东都说啥，怯河东嘛。

沈一荻　你在怯河东当农民，种这点儿菜也不容易是不是？

沈老三　你……你把俺当成啥人了？

沈一荻　你觉着自个儿是啥人呀？

沈老三　你不是也说啥了吗？

沈一荻　我学你呢。

沈老三　俺好歹也是沈家的亲骨肉。

沈一荻　别忘了你现在姓周。

沈老三　你……

〔咚的一声，一个荷叶包从墙外扔了进来，众皆一惊。〕

沈老三　（正赌着气无处去撒）谁呀？吃饱了撑的？

〔少良妈有悟，忙奔过去拾包。

〔徐广昌笑嘻嘻地进来了。〕

沈一荻　（厌恶地瞪了他一眼）你出什么幺蛾子？

徐广昌　不是有这么一说嘛，嫁出去的闺女给爹妈过生日，要从墙头扔进一块肉。这叫……

少良妈　（搭话茬儿）这叫亲骨肉回来了。

沈一荻　多事。

徐广昌　取个吉利嘛。我这是从丁一刀的肉杠上砍的，一刀下去，连皮带骨，五花三层，正好六斤六两六。

沈一荻　我不是说今儿不让你来吗？

徐广昌　都知道今儿是咱爹的八十大寿，我这当女婿的要是不露面，人家肯定说我狼心狗肺人事不懂。

沈一荻　你要来就来吧，你来我走。（气怒而下）

徐广昌　（忙追出去）哎哎哎……一荻，我走还不行……

少良妈　（拿着一沓钱从后面出来）老三，这钱你还是拿着吧。

沈老三　她让您给我钱您就给？

少良妈　你知道，贞德堂而今她说了算。

沈老三　合着粉碎了“四人帮”，贞德堂又出了个女皇。

少良妈　别说得那么难听。

〔沈昆从室内惊起，喊叫着出来：老二！老二！是老二？是老二回来了吗？〕

少良妈　（忙迎上去）爹，是老三回来了，他送来一挑子青菜。

沈老三　爹，您起来了。

沈　昆　我说的是你二叔。

沈老三　我二叔不是在台湾吗？

沈　昆　我眼瞅着他进了院子，穿一身白衣裳，提一只黑箱子……

沈老三　您不是在做梦吧？

沈　昆　我干瞪着两只眼，根本就没睡着。

沈老三　那您在屋子里，怎能看见二叔进了院子呢？

沈　昆　（若有所悟）唉，老了，是老了。老糊涂了……

〔沈老三扶沈昆坐下，少良妈给他端来茶。〕

沈　昆　少良还没回来吗？

少良妈　他知道今儿是您的生日，会回来的。

沈　昆　他到底去做什么买卖？

少良妈　不知道……

沈　昆　跟你也没念叨一声？

少良妈　说是要开发贞德堂……

沈　昆　开发贞德堂？咋开发？

少良妈　他没说……

沈　昆　我总觉乎着要出什么事。

少良妈　能出什么事呢？

沈　昆　这年头怎么都疯魔似的做起买卖来了呢？

沈老三　您没听说吗？十亿人民九亿商，还有一亿赔个光。

沈　昆　逢商必奸，要是十亿人都变成了奸商，这国家还有救吗？

沈老三　（心神不宁地转悠着，想把少良妈打发走）大嫂，您炉子上坐着锅呢吧？

少良妈　我煮了几个猪蹄儿。

沈老三　别熬干了锅。

少良妈　干不了，我放的汤挺宽的。

沈老三　大嫂，这大清早的天有点儿凉，您再给爹找件衣服。

沈　昆　（瞟了瞟沈老三）老三，你有事啊？

沈老三　没……没事呀。

沈　昆　没事干吗变着法儿地想把你大嫂支走啊？

沈老三　没……没有呀。

少良妈　爹，俺到车站看看少良回来没有。

沈　昆　少良妈，你别走，就在这儿听着。老三，你知道不知道？这些年贞德堂遭了大劫大难，是靠着两个女人支撑过来的。一个是你大嫂，一个是你妹妹一荻。这也是老祖奶奶有德，贞德堂离不开女人。

沈老三　这我明白。

沈　昆　明白就好。贞德堂里里外外，大事小事，都不瞒着这两个女人。有什么事你就说吧。

沈老三　（尴尬地）没……真的没事。

沈　昆　没事？没事也好。少良妈，你扶我进屋吧。

沈老三　（急忙拦住）爹，您等等。

沈　昆　你不是没事吗？

沈老三　其实……是没事……事不大，就不丁点儿的一件小事。（从怀里掏出一份材料递上去）爹，您看看这个，麻烦您在上边签个字。

沈　昆　（没接材料）

沈老三　这是我给派出所写的一份申请书。

沈　昆　申请什么呀？

沈老三　我想把名字改过来。

少良妈　（急了）他三叔，你这是要跟少良争贞德堂啊！

沈老三　大嫂，您别这么说呀，这贞德堂的继承人，不是还没明确是沈少良吗？

少良妈　这不是明摆着吗？你……

沈　昆　（制止住少良妈）少良妈，你别说话。

少良妈　爹，这么多年了，俺在贞德堂啥苦都吃了，啥罪都受了，啥气也都忍了。少良爹死得屈，俺孤儿寡母的，您可得给俺做主啊！

沈　昆　让你别说话你就别说话。

〔沈一荻悄然进来，站在门口听着里面的谈话，没有人注意到她。〕

沈　昆　老三，你刚才说写了个申请？

沈老三　我也要求给我落实政策。

沈　昆　你把申请给我念念。

沈一荻　（走上前，从口袋里掏出一张纸）爹，还是我替三哥念吧。

沈老三　（惊愕且警惕地看着沈一荻）

沈一荻　（念纸上的字）……男方沈克礼自完婚之日起，台甫更为周志富。日后有嗣，皆承周姓，并与原地主之家庭断绝一切瓜葛，其出身成分亦按周家之贫农待遇。对其生父沈昆生不养、病不医、死不葬，不负担任何赡养之义务，亦不继承任何地主家庭之遗产。空口无凭，立此为证；一诺千金，永不反悔。

沈　昆　（不满地）一荻，你这是干什么呀？

沈一荻　爹，您别忘了，十五年前，我三哥就是拿着这张字据，逼着您在上面签字的。

沈老三　你这是从哪儿来的？

沈一荻　你忘了，爹签完字以后，你把我拉到漕运码头上大哭了一场，把这张字据撕得粉碎。你走了，我又把那些碎片捡起来，拼在了一块儿。我本想让你永远记住这耻辱，没想到今儿却在这儿用上了。

沈老三　爹，我对不起您，我那会儿年轻，没经过事。睁开两只眼，前边是河，后边是井，我只好走周家这根独木桥了……

沈　昆　老三，用不着难过，我没有责备你。包括你二哥在内，这么多年了，我都没说过一句埋怨的话。你大哥倒是条硬汉子，管啥？鸡蛋还碰得过石头吗？到头来还不是把自个儿毁了？

沈老三　（释然地）爹，您……同意了？

沈　昆　同意什么？

沈老三　在这上边签字啊！

沈　昆　当初你那张纸上是怎么写的？

沈老三　您不是说，当初是形势所迫吗？

沈　昆　形势再怎么"迫"你，你别答应啊！既然答应了人家，就得说话算数。仁义礼智信，为人得讲个"信"字。再者说了，人家周家是因为没有儿子才招你入赘的。你要是把姓改过来，不就断了人家周家的后吗？

沈老三　我本来就不姓周，我姓沈。

沈　昆　你姓沈不假。可你当初在沈家混不下去了，是人家周家收留了你。人家给了你媳妇，给了你房子，给了你吃香得益（读三声）的好成分。怎么着？这会儿形势变了，你又想把周家一脚蹬掉，这缺德不缺德啊？咱贞德堂不能办这忘恩负义没良心的事！

〔沈昆起身朝自己的卧室走去。〕

沈老三　（边追过去边喊着）爹，您听我说，我没把周家一脚蹬掉啊。我就是把姓改过来，那媳妇还是我的媳妇，孩子也还是我的孩子……

少良妈　（感激地）他姑，你又把俺少良救了。

沈一荻　大嫂，瞧您说哪儿去了。您的儿子不就是我的儿子吗？

少良妈　（小心地）他姑，俺就把少良托付给你了。有你这棵大树给他遮风挡雨，俺就放心了。

沈一荻　您没看见吗？这孩子大了，翅膀硬了，越来越不听我的了。

少良妈　你该咋说就咋说，该咋管就咋管，俺不嗔着。

沈一荻　大嫂，我让姜民给爹做了一身衣服，差几个算盘疙瘩他怎么也打不好。

少良妈　像他这么年轻的裁缝哪儿会打算盘疙瘩啊？

沈一荻　我把衣服拿回来了，顺便跟您学学，赶明儿咱也教他一招儿。

少良妈　我屋里正好还有几个现成的呢。要是不够，咱再一块儿打几个。（沈一荻和少良妈上楼）

〔沈昆自卧室出，沈老三依然紧跟在后面。〕

沈老三　爹，我把名字改过来，绝不是要争贞德堂的继承权。我只想堂堂正正地做一个贞德堂的人。

沈　昆　你真要是把自个儿当成贞德堂的人，就到后边给你大嫂帮把手。十几个人的菜饭，她一个人忙得过来吗？

沈老三　行，行。我这就去，这就去。真格的了，我还能做几个拿手菜呢。（沈老三下）

〔沈少良踌躇满志、兴致勃勃地回来了。〕

沈少良　爷爷，爷爷……

沈　昆　（阴沉着脸看了看孙子，没理睬他）

沈少良　（讨好地）爷爷，今儿是您的八十大寿，我没忘。您瞧，我还给您买来一个生日蛋糕。

沈　昆　少良，这些天你到哪儿去了？

沈少良　（立即放下蛋糕，打开文件包，从里边拿出一份文件）爷爷，我现在正干一件大事。

沈　昆　不是篡党夺权吧？

沈少良　您想我点儿好事行不行？

沈　昆　出息不小啊！

沈少良　您先听听这个，您听好了，听完之后请您多提宝贵意见——该产品有二百多年的历史，是贞德堂独家生产的有着独特配方独特风味的饮食珍品；自从乾隆年间起，就成了专供皇妃贵族享用的贡品……

沈　昆　（打断了沈少良）你先等等，你说的这是啥呀？

沈少良　咱贞德堂的传家宝妃子糕啊！

沈　昆　妃子糕？妃子糕在哪儿呢？

沈少良　您不是有秘方吗？

沈　昆　秘方？

沈少良　妃子糕的秘方不是传到您的手里了吗？

沈　昆　秘方在我手里？

沈少良　爷爷，您……到底有没有秘方？

沈　昆　有秘方就有妃子糕吗？

沈少良　这您就不用操心了。您看，工商、税务、卫生、环保，还有经委、计委、土规委……一切手续我都办好了。

沈　昆　有了这些手续，就能生产妃子糕吗？

沈少良　当然还需要有厂房、设备、流动资金……

沈　昆　你说得倒轻巧，这些是啥？这些是钱！

沈少良　钱好办，有人出钱。

沈　昆　谁那么冤大头啊？

沈少良　算是合作嘛。

沈　昆　你先告诉我，跟谁合作啊？

沈少良　甭管是谁，有人出钱不就行了吗？

沈　昆　有人出钱还要咱干啥？

沈少良　咱出牌子，出秘方呀。

沈　昆　就是说，有人要用咱的牌子、咱的秘方去赚钱？

沈少良　赚了钱两家分呀。

沈　昆　你这不是在卖咱的祖宗牌吗？

沈少良　咱贞德堂除了这个祖宗牌，还剩什么呀？

沈　昆　你混账！

〔沈一荻从楼上下来。〕

沈一荻　爹，您的衣服姜民给您做好了，您试试吧。

沈　昆　（赌气地）我不穿。

沈一荻　少良，你出去这么多天了，怎么刚回来就惹爷爷生气？（把衣服放在沈昆面前，走到沈少良身边）少良，你是不是要开发妃子糕，爷爷不同意？

沈少良　姑，您……您知道了。

沈一荻　你本来也不该瞒我，让我知道了，我不是还能帮你做做工作吗？

沈少良　您……真的肯帮我？

沈一荻　瞧你说的，不信问问你妈，在哪件事上，我不是站在你一边呀？

沈少良　姑，您要是同意，咱一块儿干吧。

沈一荻　我可不想从你的碗里抢粥喝，你也别把我当贼防着。我还是先帮你劝劝爷爷吧。

沈少良　（不放心地）姑，您要是劝爷爷，得讲点儿策略。千万别说……

沈一荻　不说哪儿行啊？

沈少良　先别说我跟谁合作，因为……

沈一荻　（不等沈少良说完，就急忙走向沈昆）

沈少良　（更加不放心地）姑，姑……

沈一荻　爹，您别跟少良生气。其实，他想开发妃子糕，振兴贞德堂，还是蛮有志气的嘛。

沈少良　就是嘛，咱总不能窝在这破楼里坐吃山空吧？

沈　昆　振兴贞德堂我不反对，可这里边得有个原则。

沈一荻　爹，您也得换换脑筋了。

沈少良　就是嘛，贞德堂也得适应改革开放的潮流。

沈一荻　爹，少良说得不错。您想想啊，八国联军烧过咱圆明园吧？日本搞过南京大屠杀吧？美帝国主义一直跟咱誓不两立吧？现在怎么样？不是都把人家请进来了吗？投资、开工厂、办公司，政策还挺优惠。

沈少良　就是嘛，咱别再捧着金饭碗当叫花子了。

沈一荻　爹，将国事比家事，冯大宝他……

沈少良　（急忙打断沈一荻）姑……

沈　昆　等等，你跟我提冯大宝干啥？

沈少良　姑……您跟爷爷说说妃子糕。

沈一荻　爹，我是说，咱跟冯家虽说有仇，可冯大宝的钱还是可以利用的。

沈　昆　啥？你想要冯大宝的钱？

沈一荻　少良不是要跟他合作开发妃子糕吗？

沈少良　姑……您？

沈　昆　少良，你姑说的是真的？

沈少良　是真的又怎么样？

沈　昆　（拍案而起）是真的你就给我滚出去！

沈少良　滚就滚！（气怒地朝外走去）

沈一荻　（急忙追过去把他拉住）少良，别耍小孩子脾气。

沈少良　（不满地甩脱沈一荻）哼……

沈　昆　你让他走，出了这个门就再也别回来。

〔少良妈闻声从楼上下来。〕

少良妈　少良，今儿是爷爷生日！

〔沈少良放慢了脚步。

〔沈克俭进来了，手里拿一纸卷，差点儿跟沈少良撞个满怀。〕

沈克俭　少良，你……要出去？

少良妈　哟，他二叔回来了。少良，快给你二叔倒茶去。

〔沈少良站着没动。

〔沈克俭来到沈昆面前。〕

沈克俭　爹。

沈　昆　（抬头看了看他，没说什么）

沈克俭　爹，您八十大寿，我也没给您买什么礼物。

沈　昆　回来就好。

沈克俭　我带回来一样东西。

〔沈一荻帮助把纸卷打开，赫然现出“贞德堂”三个大字。〕

沈　昆　（惊愕地）这是……

沈克俭　咱家在这大厅里不是照过一张全家福吗？我请人放大了这张照片，大小跟那金匾一样。

沈　昆　好，挂起来，挂在这大厅上。

〔众人七手八脚地把金匾照片挂在大厅上。〕

沈老三　（从后边闻声跑出来）二哥，真有你的，你算是给爹带来一件开心的物件。

沈　昆　（感慨万端地）二百多年了，“贞德堂”三个大字，就挂在这大厅上。紫檀木，镏金字，乾隆爷的御笔……没啦！少良，你过来。

少良妈　（拉着沈少良）快去，爷爷叫你呢。

沈　昆　（对沈少良）你只知道妃子糕，你知道贞德堂吗？

沈少良　（不语）

沈　昆　克俭，你把贞德堂的事跟他们讲讲，让他们别忘了祖宗。

沈老三　爹，这事我可没忘。当年乾隆爷带着三宫六院七十二偏妃从漕运码头下江南，每次都到咱贞德堂来吃妃子糕……

沈　昆　老三，没人把你当哑巴卖了。

〔冯大宝悄然而入，听着沈家人的谈话。〕

沈克俭　据县志记载，乾隆皇帝第一次来的时候，是乾隆二十一年秋天，也就是1756年。那一天咱老祖奶奶正在厨房里筛糠箩面准备做妃子糕，来不及梳洗就出来见驾。乾隆皇帝见到咱老祖奶奶，虽然是满面粉糠，却依然唇红齿白、明眸生辉，随口吟出了两句诗：汗流粉面花含露，糠铺蛾眉柳带霜……然后就要带老祖奶奶进宫。老祖奶奶急忙跪下说：我去年刚死了丈夫，公婆年高体病，我一边要尽孝，一边要守节，实在不能受圣上恩泽。乾隆皇帝听了，又爱怜，又感动，提起笔来写下了"贞德堂"三个大字……

〔冯大宝在后边鼓起了掌，众人皆把目光转向他。〕

沈少良　冯厂长，咱开发妃子糕的事没戏了，我爷爷不同意。

冯大宝　当初我就跟你说过，你爷爷他不会同意的。

沈　昆　冯大宝，你来干什么？

冯大宝　沈大伯，刚才二哥的故事讲得挺精彩……

沈　昆　那不是故事，那是历史。

冯大宝　可是还有一段历史被二哥漏掉了，这得请教大伯您了。您说，老祖奶奶到底姓什么呢？

沈　昆　当然是姓沈了。

冯大宝　那贞德堂呢？

沈　昆　贞德堂也理所当然地姓沈。

冯大宝　可是，老祖奶奶当初嫁给的是谁家，又给谁家尽孝、给谁家守节呢？

沈　昆　不错，是你们冯家。可你别忘了，乾隆皇帝那块金匾是赐给老祖奶奶的，不是赐给你们冯家的。

冯大宝　可也不是赐给你们沈家的呀！

沈　昆　老祖奶奶姓沈。

冯大宝　别忘了三纲五常夫为妻纲。

沈　昆　这件事你们冯家从来没有服气过。有皇上的时候，你们告过；民国的时候，你们也告过。直到土改划成分的时候，你们怕戴上地主的帽子，才声称贞德堂跟冯家不沾边。

冯大宝　我知道这是一场打不清的官司。二百多年了，你们沈家人一辈一辈地往下传，一定不要让贞德堂改姓；我们冯家人也一辈一辈地起誓发愿，一定要把贞德堂夺回来。可到了我这一代，我想明白了，我不在乎贞德堂姓什么了。

沈　昆　那你为什么还削尖了脑袋往贞德堂里钻？

冯大宝　我只想用贞德堂赚点儿钱，这对你们沈家也有好处。

沈　昆　我要是不同意呢？

冯大宝　那我就再给您加个条件。

沈　昆　什么条件？

冯大宝　我帮助贞德堂把那块御赐金匾找回来。

沈　昆　你知道金匾在哪儿？

冯大宝　不知道。

沈　昆　那你到哪儿去找？

冯大宝　我有钱。这年头，有钱就没有办不了的事，您信不信？

沈　昆　（没言语）

冯大宝　好了，今儿是您的八十大寿，我不给您添堵了。我提的条件您考虑考虑，告辞了。

〔冯大宝走后，沉默有顷。〕

沈　昆　（突然地）一荻，小姜师傅给我做的衣服呢？

沈一荻　在这儿呢。

沈　昆　你帮我换上。

〔沈一荻扶父亲进卧室。〕

沈老三　（走到沈克俭身边）二哥，我跟你说的事你别忘了。

沈克俭　什么事呀？

沈老三　你瞧是不是，不是谁的事谁不往心里搁。眼下地主都摘了帽子了，可我还给人家当儿子呢。

沈克俭　你不就是想回贞德堂吗？

沈老三　是啊。

沈克俭　你没见今儿爹心里烦吗？提这事有好吗？

沈老三　我是说等爹一会儿高兴了……

〔外边呼救声骤然响起：救人啊——快救人啊——有人跳河了。

〔沈少良急忙跑了出去。

〔沈一荻陪父亲从卧室出来。

〔沈昆一身长袍马褂六合礼帽……〕

沈　昆　（威严地走到供桌前）贞德堂的老祖奶奶，贞德堂的列祖列宗，受您这些不孝儿孙一拜吧！

〔沈昆跪下。

〔全家人随跪下。

〔四起八拜……

〔沈仑上——白西装，黑色密码箱。见状，亦悄然跪拜。

〔拜毕，二老相视而立，良久。〕

沈　昆　老二？老二……是你吗？

沈　仑　大哥……大哥——

〔二老相搀相抱，众皆愕然。

〔沈少良背崔萌萌上。

〔众帮助救护，齐入内室。

〔大厅里只留下了二老。〕

沈　昆　五十年了，你到底回来了？

沈　仑　我找到了贞德堂，见到了这块金匾。

沈　昆　金匾？

沈　仑　乾隆皇帝的御赐金匾。

沈　昆　这金匾是假的。

沈　仑　假的？那真的呢？

沈　昆　真的没了！

沈　仑　没了？

沈　昆　“文化大革命”……

沈　仑　啊……

〔幕徐徐落。〕

第 二 幕

〔一个月以后；

〔时值七月十五河灯节；

〔夜晚。〕

第 一 场

〔大运河畔头，古漕运码头。

〔幕启　长空朗月，大河碧波。

〔满河灯盏顺流而下，如繁星闪烁。

〔童谣声欢快无邪，神秘得有如来自天籁：

河灯河灯水上流，

高高山上一头牛，

牛牛没犄角，

这是什么牛？

小——牛！

河灯河灯水上走，

门前卧着一条狗，

拉它它不动，打它它不走，
这是什么狗？
死——狗！
河灯河灯水上漂，
前边来了一只猫，
碰到一只小耗子，
伸伸腿，弯弯腰，
喵喵儿地过去了，
这是什么猫？
瞎——猫……

〔徐广昌驾着小舟驶向岸边。

〔他拴好船，登上岸。

〔沈一荻早已在码头上等着他。〕

徐广昌　（讨好地）一荻，饭我都做好了，屋子我也收拾干净了，爹让我接你回去。

沈一荻　（递给徐广昌一包钱）这是三万块钱，你点点吧。

徐广昌　（怕烫似的向后躲闪着）一荻，你……你怎么动真格的了？

沈一荻　我向来也没有把这当儿戏。

徐广昌　我那是一时说的气话，算我犯浑还不行？

沈一荻　广昌，你这是何苦呢？咱俩不能在一块儿过了，咱过不下去了。

徐广昌　（又一时火起）我就不明白，有什么过不下去的？你瞧瞧别家的两口子，整天价姥姥奶奶地卷，拳头棒子地打，还照样一锅里抡马勺，照样一床上睡觉生孩子。咱怎么了？自打结婚到如今，我骂过你一句脏话没有？捅过你一个指头没有？我总是把你当戚儿似的礼儿宾着。可你呢？整年价驴脸瓜奋的，从没正眼看过我。十三年了，就是一块石头也该把它焐热了吧？

沈一荻　可人不是石头，人是有感情的。

徐广昌　你能说我对你没感情吗？有好吃的，我济着你吃；有钱，我济着你花。脏活儿累活儿，我舍不得让你干，心疼你。再者说了，我怎么了？我不喝酒，不要钱，不像冯大宝似的在外边搞女人，就是抽点儿叶子烟也是自个儿种的，你还让我咋样啊？

沈一荻　广昌，我没让你咋样。你没有错，你挺好的。在许多女人的眼里，你都是个好丈夫。按说我也该知足了，有多少次，我都咬着牙强迫自己去爱你，去跟你好好过日子。可是不行……

徐广昌　为什么不行？

沈一荻　我管不住我自己的心。

徐广昌　你心里是不是有了别人？

沈一荻　你让我说实话吗？

徐广昌　你说吧，我扛得住。

沈一荻　我本来不想告诉你，也不该告诉你，这是很伤人的。

徐广昌　他是谁？

沈一荻　是我中学时的一个同学。

徐广昌　他在哪儿？

沈一荻　在我的心里。

徐广昌　多长时间了？

沈一荻　二十多年了。

徐广昌　这么说，你从来就没爱过我？

沈一荻　也可以这么说吧。

徐广昌　你跟我结婚，跟我一锅里吃饭，一张床上睡觉，一间屋子里过日子，心里却总是想着他。闹了半天你是在蒙我啊！你是在拿纸糊的玩意儿糊弄我啊！我他妈成什么了我？（痛苦地蹲在地上）

沈一荻　（同情而又两难地）广昌，我……我对不起你。这些钱你还是拿着吧……再娶一个……娶一个能跟你好好过日子的。

〔沈一荻放下钱，转身离去了。

〔徐广昌傻子似的看着她的背影。

〔沈老三提着河灯走上来。〕

徐广昌　（极其痛楚地）一荻，我……我真的爱你啊！

沈老三　这样狠心的娘儿们，有什么值得爱的？

徐广昌　三哥……

沈老三　算了，走，跟我放河灯去。放完河灯咱到金潞园去喝酒。

徐广昌　不，三哥，我离不开她。我这心里头……不能没有她。

沈老三　她心里有你吗？

徐广昌　她心里有一个人。

沈老三　谁？

徐广昌　她说是她中学时的同学。

沈老三　姜民？

徐广昌　哪个姜民？

沈老三　就是给咱爹做长袍马褂的那个小裁缝，我早就看出了他们在狗恋单。刚才我过来的时候，正看见他在北浮桥底下猫着呢。

徐广昌　他们在约会？

沈老三　广昌，走，带着你的鱼叉，三哥为你两肋插刀了。

徐广昌　三哥，这……

沈老三　咱大运河里涮出来的男子汉，怎能当活王八？

徐广昌　三哥，别……别把一荻往绝路上挤。

沈老三　哎呀，你怎么连裆都支不起来？这口气你咽得下，我都咽不下。走，三哥替你做主了！

〔沈老三拉徐广昌下。

〔沈少良和崔萌萌捧着两个河灯上。〕

沈少良　萌萌，把河灯点上。

崔萌萌　（点亮河灯）往河里放吗？

沈少良　等等，先等等。（恋情中燃烧着诗情）萌萌，你看，今天的月亮真圆。

崔萌萌　（颇受感染地）你看河里的那个大月亮，像是在偷偷地瞧着咱笑。

沈少良　一会儿咱拜完月，就跳下去游泳。

崔萌萌　糟了，我没带游泳衣。

沈少良　我们这儿的人，从来都不穿游泳衣。讲礼的街道，不讲礼的河道嘛。

崔萌萌　真野蛮。

沈少良　听说国外有一种天体浴场，男男女女地在一块儿游泳，都是赤身裸体的。

崔萌萌　人家那叫回归自然。

沈少良　噢，中国人光屁股叫野蛮，外国人光屁股叫回归自然，这理跟谁讲去？

崔萌萌　跟月亮讲。

沈少良　好，来吧。

崔萌萌　干什么？

沈少良　拜月啊。

崔萌萌　（犹豫不决地）

沈少良　（无察觉）老年间婚姻由父母包办的时候，我们这儿就有了这风俗：青年男女私订终身，都要在七月十五河灯节这天来拜月，拜了月就等于婚姻合法了。

崔萌萌　就是说，拜了月我们就算是夫妻了？

沈少良　那当然了。来，把裤腰带解下来。

崔萌萌　（惊慌地）干……干吗呀？

沈少良　让你解你就解嘛。

崔萌萌　（不知所措地）不，少良，你听我说……不是我不爱你，也不是我不愿意……只是……只是我们的结合挺神圣的是不是？我们不能苟合是不是？我想……还是等我们结了婚再……

沈少良　哎呀，你想哪儿去了？我让你解裤腰带，又不是让你脱裤子！

崔萌萌　那……那你要干什么？

沈少良　用咱俩的裤腰带打一个“同心结”。让月老做证，咱俩的命运就连在一起了。

崔萌萌　（释然地）嘻嘻，差点儿把我吓神经了。

〔崔萌萌解下裤腰带；

〔沈少良打着“同心结”；

〔后面传来了冯大宝的声音：少良，你在这儿呀，让我好找。

〔冯大宝上来，见到崔萌萌，二人均一惊。

〔崔萌萌抱起两个河灯避开了。

〔冯大宝愣愣地看着她的背影。〕

沈少良　冯厂长，您找我有事啊？

冯大宝　（惊醒般地）啊？

沈少良　我问您找我干吗呀？

冯大宝　噢……是这么回事。你不是说，你爷爷对我提出的那个条件很感兴趣吗？

沈少良　是啊，他做梦都梦见那块金匾找回来了。

冯大宝　那为什么你二爷又跟你姑合作了？

沈少良　他们合作什么？

冯大宝　你还蒙在鼓里呢，开发妃子糕啊！

沈少良　这……不可能吧？

冯大宝　你二爷把三万块钱的好处费都给了你姑了。

沈少良　有这事？

冯大宝　少良，为这事我可投进十来万块钱了，你可别把我撂在冰上。

沈少良　放心，谁折腾也没有用，反正是秘方在我爷爷手里攥着呢。

冯大宝　可你还不是贞德堂的继承人。

沈少良　这还有跑儿吗？

冯大宝　难说，蒸熟的鸭子都能飞了。

沈少良　……

冯大宝　少良，刚才……那小姐？

沈少良　她叫崔萌萌。

冯大宝　就是你从大运河里救上来的那个姑娘吧？

沈少良　您认识她？

冯大宝　她没有走？

沈少良　她不走了。

冯大宝　你们要在这儿拜月？

沈少良　我要跟她结婚。

冯大宝　噢……好，也好……

沈少良　您是说萌萌好？

冯大宝　别忘了我刚才说的那件事。

〔冯大宝离去；

〔崔萌萌怏怏而归；

〔徐广昌回岸边，愁苦地坐在船上。〕

崔萌萌　他走了？

沈少良　他叫冯大宝，是大运河食品厂的厂长。

崔萌萌　……

沈少良　那两个河灯呢？

崔萌萌　放了。

沈少良　咱还没拜月呢，你咋就把河灯放了？

崔萌萌　少良，我……我不想跟你拜月了。

沈少良　啊？刚才不是说得好好的吗？

崔萌萌　我……我不能嫁给你。

沈少良　可是你说过你爱我，你要嫁给我的。

崔萌萌　我……说过，我是说过那样的话。

沈少良　那你为什么又变卦了？

崔萌萌　我……受不了。

沈少良　受不了什么？

崔萌萌　受不了我自己……你知道，我说出那样的话来心里有多难受？我的心总是在命令我要跟你说实话……

沈少良　你跟我说的不是实话？

崔萌萌　可我又怕说出实话来会失去你……

沈少良　这到底是为什么？

崔萌萌　因为……因为我太爱你了。正是因为我爱你，才越是觉得不该欺骗你。

沈少良　欺骗我？你欺骗我什么了？

崔萌萌　一个月以前，是你从大运河里把我救上来的。可是你知道不知道，你救上来的不是一个人？

沈少良　还有谁？他在哪儿？

崔萌萌　（指肚子）在这儿。

沈少良　孩子？

崔萌萌　我怀孕了。

沈少良　谁的孩子？

崔萌萌　（沉默不语）

沈少良　到底是谁的孩子？萌萌，你跟我说实话吧，求求你了！

崔萌萌　我说的都是实话。别问了，你让我走吧。

沈少良　你要到哪儿去？

崔萌萌　不知道，也许会去海南岛。

沈少良　去海南岛？你一个人？

崔萌萌　还有他，我的孩子。

沈少良　那怎么行呢？

崔萌萌　你放心，我不会再寻短见了。

沈少良　可是……你走了以后，我……我怎么办呢？

崔萌萌　娶一个清清白白的姑娘吧，你这么好的人，会有人爱你的。

沈少良　不！我谁也不要。我就要你！我只要你！

崔萌萌　别说傻话了，你会后悔的。

沈少良　萌萌，我爱你，我太爱你了！只要你跟我说清楚，我不会计较的。我一定把你的孩子，当成我自己的孩子。萌萌，相信我吧。

崔萌萌　我相信你，我相信你说的都是真心话。如果你真的这样爱我，真的要娶我，就别问这孩子，行吗？

沈少良　……

崔萌萌　少良，我知道这不公平。不过，我实在是不能告诉你。

沈少良　为什么？

崔萌萌　也别问为什么，好吗？如果你非要问不可，我宁可不嫁给你，也不能告诉你。

沈少良　……

崔萌萌　少良，对不起了……（掩面而下）

沈少良　萌萌，萌萌……

〔沈少良追下；

〔徐广昌解缆撑篙；

〔远处，童谣声复起。〕

第二场

〔贞德堂后花园。

〔幕启：

〔一座假山；

〔几簇修竹花荫；

〔木凳石桌；

〔放河灯的童谣依稀可闻；

〔贞德堂二老在品茗谈话。〕

沈　昆　你是说，台湾也有一座贞德堂？

沈　仑　有一座。

沈　昆　是你盖的？

沈　仑　我盖的。

沈　昆　跟这一模一样？

沈　仑　一模一样。就是缺了乾隆皇帝的金匾。

沈　昆　那就更一模一样了，这儿的金匾不是也没了吗？

沈　仑　就不能再找一找了吗？

沈　昆　这么说，这些年你发了？

沈　仑　你知道我是怎么发的吗？

沈　昆　我还真想听听。

沈　仑　我是靠经营咱贞德堂的传家宝发的财。

沈　昆　传家宝？

沈　仑　妃子糕！

沈　昆　（惊愕地）你经营妃子糕？

沈　仑　这生意相当不错。

沈　昆　你……你从哪儿弄到的秘方？

沈　仑　我没有秘方。

沈　昆　那你怎么做的妃子糕？

沈　仑　是我自己研究出来的。

沈　昆　哈哈哈哈……

沈　仑　大哥，我知道你肯定会笑话我的。

沈　昆　等等，让我想想……你今年六十八了吧？

沈　仑　不错，我正好比你小一轮。

沈　昆　可妃子糕已经失传七十年了。你知道妃子糕什么样吗？你知道妃子糕什么味吗？你知道妃子糕是怎么做出来的吗？哈哈哈哈……

〔沈仑打开石桌上放着的一个精美的包装盒，托到沈昆面前。〕

沈　仑　大哥，您先尝尝这个。

沈　昆　这是什么?

沈　仑　您先尝尝。

〔沈昆取出一块放进嘴里，慢慢地品味着。〕

沈　昆　这甜是淡淡的，香也是淡淡的，焦嫩酥脆，沾口则化……

沈　仑　只要吃那么一口儿，回味三日而不绝。

沈　昆　嗯，是个好东西。

沈　仑　更主要的是，这种食品是纯天然原料制成的，含糖量极低，吃了不但不会发胖，还能减肥；还能使皮肤白皙娇嫩，容光焕发。近些年来，人越活越活不够，越活心气越高，恨不得把整个地球都消耗光才肯老、肯死、肯罢休。所以凡是经营减肥美容食品的，大抵都能发财。

沈　昆　你就是靠这个发的财?

沈　仑　你不也说它是个好东西吗?

沈　昆　可它毕竟不是妃子糕。

沈　仑　我一直叫它妃子糕，贞德堂正宗的妃子糕。

沈　昆　你就这样蒙人家?人家信吗?

沈　仑　海峡两岸互相封闭的时候，没有人不信。可是去年有个记者回了一趟大陆，回去就发表文章，说我那妃子糕是冒牌货。

沈　昆　本来就是冒牌货嘛。

沈　仑　大哥，你知道不知道，生产冒牌货是要治罪的!

沈　昆　治什么罪?

沈　仑　弄不好，我不但要破产，还得去坐牢!

沈　昆　有这么厉害?

沈　仑　大哥，五十年了，我在外边像一片叶子似的飘飘落落，什么苦都吃过，什么罪都受过，真真的九死一生啊!到老了，我才混到了一碗安生饭……要是我真的吃上这场官司，我只好跳进大海，死无葬身之地了……大哥，现在只有你能救我了。

沈　昆　你让我怎么救你?

沈　仑　……妃子糕的秘方。

沈　昆　妃子糕的秘方？

沈　仑　我必须把真正的妃子糕拿出来才能证明我无罪。

沈　昆　唉……

沈　仑　大哥，看在咱一母同胞的分儿上，你就拉我一把吧！

沈　昆　我要是真能救你就好了。

沈　仑　大哥，你不肯把秘方给我？我不是白要的，你提什么条件，我都答应。

沈　昆　我要是没有秘方呢？

沈　仑　你是贞德堂的继承人，秘方就在你手里。我真不明白，你为什么死死地攥着秘方不放，你真的要把它带进棺材里？

沈　昆　按照老祖奶奶的遗训，我必须把它传给我的继承人。

〔后花园的门一响，沈一荻只穿着一件衬裙，非常狼狈地进来了；

〔二老一惊，沈一荻欲进不能，欲退更不能。〕

沈　昆　一荻，你怎么这副样子？

沈一荻　我放河灯掉在河里了，把衣服都弄湿了。

沈　仑　（关切地）快去换身衣服吧，小心着凉。

〔沈一荻进了楼。〕

沈　仑　大哥，你能不能告诉我，你准备把谁立为贞德堂的继承人？

沈　昆　（为难地摇着头）

〔沈仑叹了一口气，沮丧地离去了；

〔少良妈拿着一件衣服出来了。〕

少良妈　爹，二叔呢？

沈　昆　（无语）

少良妈　（把衣服给沈昆披上）爹，天不早了，您早点儿歇着吧。

〔换好了衣服的沈一荻出来了；

〔沈少良怒气冲冲地闯进来；

〔后边紧跟着沈老三；

〔沈老三把一包东西放在花荫下，又朝后招呼着。〕

沈老三　二哥，你快进来呀。

沈克俭　（走进门）这么晚了，你把我找来干什么？

沈老三　没别的，就让你做个证，主持个公道。

〔沈昆疑惑地看着众子孙的突兀到来。〕

沈少良　爷爷，您同意了？

沈　昆　我同意什么了？

沈少良　您同意我姑和我二爷合资了？

沈　昆　合什么资？

沈少良　他们要合资开发妃子糕！

沈　昆　又是妃子糕妃子糕，你们还有完没有？

沈少良　这么说您不知道？

沈　昆　我知道什么？我什么都不知道！

沈一荻　少良，黑更半夜的你这是干吗呀？至于这样兴师问罪的吗？

沈少良　我要把事情弄清楚！

少良妈　少良，别没大没小的，不许跟你姑这样说话。

沈少良　妈，您别管，这是个阴谋。

沈一荻　嗬，还阴谋。什么阴谋？就算我跟你二爷想干点儿什么，也是以贞德堂的名义，得到好处不是也有你一份儿吗？

沈少良　那钱呢？

沈一荻　什么钱？

沈少良　二爷给了您三万块钱，您为什么一个人独吞了？

沈一荻　（猝不及防地）这……

沈　昆　一荻，你拿了你二叔三万块钱？

沈一荻　（无奈地）拿了。

沈　昆　卖贞德堂的钱？

沈一荻　就算是吧。

沈　昆　钱呢？

沈一荻　没了。

沈　昆　没了？哪儿去了？

沈一荻　我给徐广昌了。

沈　昆　那不还是你一个人独吞了吗？我还没死呢，你就把我一脚踢开了。怪不得有人说粉碎了“四人帮”，贞德堂又出了个女皇。我还护着你，闹了半天你真的这么霸道。谁给你这么大的权力？啊？

沈一荻　（看了沈老三一眼）爹，我知道这些嚼舌根子的话是从谁嘴里说出来的，我懒得搭理他。既然今儿个您又把这话提起来了，我得为自个儿说两句了。您问谁给我这么大的权力，在贞德堂我还不该有这点儿权力吗？没有我沈一荻，贞德堂能熬到今天吗？别的甭说，“文化大革命”一来，您老人家被专了政；我大哥钻了井筒子；我二哥跟您划清了界限；我三哥更名改姓倒插门儿给人家当儿子去了……当时我正在潞河中学读书，本来我是可以跟同学一起去黑龙江兵团的。可为了支撑这个家，我回来了。那一年少良得了急性脑膜炎，弄到医院人家硬是不收。贫下中农看病，有“六二六”指示，有“合作医疗”，地主狗崽子只能先付押金，开口就要三千块。那会儿全家被赶出了贞德堂，住在生产队的一间机井房里，穷得拿高粱秆儿当筷子用，上哪儿去弄三千块钱？不是就这样我才把自个儿卖给了徐广昌吗？少良，我真没想到你今儿个竟说出这样没良心的话。你知道我给徐广昌那三万块钱是干什么用的吗？那是我赎身的钱！

少良妈　（关切地）他姑，你真的要跟广昌离婚？

沈一荻　一个女人，把自个儿卖了，跟一个根本不喜欢的男人一锅里吃饭，一床上睡觉，不是一天两天，也不是三年五载，一挺就是十三年。这苦巴苦熬、忍屈受辱的滋味儿你们谁知道？你们谁同情过我，谁可怜过我，谁为我想过吗？

沈老三　就算是跟他离婚，也犯不上给他那么多钱呀！

沈一荻　这十三年，连大街上的烤白薯都涨了十倍，我还不该涨十倍吗？再者说了，当年徐广昌那钱来得也不容易，他爹为了弄钱，三九天钻冰窟窿摸鱼，落下了老寒腿的病根，至今还瘫在床上。人这一辈子，有几个十三年？可这十三年是我一生中最好的十三年。我再不把自个儿赎出来，我这辈子不就完了吗？

沈　昆　一荻，这些年让你受苦了，这我心里有数，大伙儿心里也有数。可我就不明白，你心急火燎地闹离婚，到底想干什么呢？

沈一荻　我想好好活一回。

沈　昆　咋个活法儿？

沈一荻　我先得赚钱。

沈　昆　你拿什么去赚钱？

沈一荻　这就得问您了。我也不明白，您为什么死攥着妃子糕的秘方不撒手呢？眼下政府允许咱老百姓发家致富了，贞德堂这棵摇钱树，连外人都瞧着红了眼。可您呢，瞪着两眼看着全家咬着牙过穷日子，又瞪着两眼看着满地的票子从脚底下滚走，您这到底动的是什么心思啊？

沈克俭　爹，一荻说的也在理儿。上次少良跟冯大宝合作，您怕咱贞德堂改了姓，这俺理解。二叔又不是外人，现在又兴搞合资，这不是一件好事吗？

沈　昆　（没理睬沈克俭，依然对沈一荻说）既然你没有妃子糕的秘方，那你跟你二叔搞什么合作？

沈一荻　您别忘了，我二叔手里可有妃子糕。

沈　昆　那是假的。

沈一荻　只要把咱这个贞德堂的牌子打出去，就没有人敢说是假的了。

沈少良　我说姑，您这招儿可够损的。从锅底下把柴火一撤，爷爷手里那妃子糕的秘方，可就成了一张废纸了。

沈老三　这不就等于她把贞德堂一锅端走了，把别人都撂在冰上了吗？

沈一荻　这是我们沈家的事，外姓人没权力说话。

沈老三　（被噎得哑口无言）

沈一荻　爹，不是我挤对您，您要是不把妃子糕的秘方拿出来，我就只好这么做了。

沈　昆　（拍案而起）你要是敢这么做，我就敢到工商局去告你！你这是为贞德堂好吗？你这是在败坏贞德堂！把乾隆皇帝赐给贞德堂的好名声都糟蹋了，把老祖奶奶二百多年的脸都丢尽了！

沈老三　（抓住了机会）爹，真正丢人现眼的事您还不知道呢，您知道外边说咱贞德堂什么？

沈　昆　说什么？

沈老三　我说出来您可别生气。

沈　昆　你快说！

沈老三　人家说，贞德堂的老祖奶奶是靠守节尽孝得到的金匾，而今金匾没了，贞德堂的女人竟搞起破鞋来了……

沈克俭　老三，别胡说。

沈　昆　谁他妈这么糟蹋贞德堂？我找他算账去！

沈老三　您找谁算账去啊？人家要是说的是这么回事呢？

沈一荻　三哥，你得把话说清楚。要是成心往谁头上扣屎盆子，可别怪我翻脸不认人。

沈老三　放心，说得清楚。不就是捉贼捉赃、拿奸拿双吗？你等着。（到花荫下取出那包衣服，当众打开）爹，您瞧准了。这连衣裙是谁的您认识，这套男人的衣服是那个小裁缝姜民的。他们俩人的衣服怎么跑到一块儿去了，您还不清楚吗？

沈一荻　（仇恨地）原来是你害的我们！

沈克俭　老三，你这是干什么呀？

沈老三　是她先把我挤到墙角上的，别忘了，兔子急了还咬人呢！

沈　昆　（怒不可遏地）一荻，你说，这到底是咋回事？

沈一荻　（掩面而去）

沈　昆　孽障！你们一个个都是孽障……

第三场

〔大运河端头，古漕运码头。

〔幕启。

〔蟾蜍西坠，夜色冥蒙。

〔河灯节的喧嚣已经逝去，唯有大运河涛声不绝。

〔沈一荻孤零零的身影。〕

沈一荻　走了，全走了。刚才还那么热热闹闹，还那么眼花缭乱，还那么咬牙切齿地争斗，还那么有你没我地厮杀，这会儿……全没了。一阵风似的就全没了，像是一场梦。这梦醒了吗？这正是该睡的时候。这贞德堂，这漕运码头，这大运河，都该睡了。我也该睡了……

〔徐广昌缆舟上岸，远远地看着沈一荻。〕

徐广昌　她这是怎么了？

沈一荻　是啊，我怎么了？我这是怎么了？当初，在最困难的日子里，为了贞德堂，为了少良，我什么都豁出去了，一点儿都没为自个儿想。如今，日子过好了，我怎么竟跟侄子争夺起家产了呢？我是这种人吗？我还是我吗？

徐广昌　那你是谁呢？

沈一荻　还是他说得对，这些年来，我都是为别人活了，现在该为我自个儿活一回了。

徐广昌　这话是谁说的？是不是姜民那个野小子？

沈一荻　十三年前，我就已经不是我自个儿了，我把自个儿卖了。

徐广昌　要不是那世道乱了，我一个臭打鱼的，怎么能当得上贞德堂的姑爷呢？

沈一荻　我要成为我自个儿，就得花钱把我买回来。

徐广昌　没那么容易。

沈一荻　姜民啊姜民，你干吗那么痴情啊？你干吗苦苦地等了我十三年啊？

徐广昌　别以为我徐广昌是软棉花捏的，我宁可当一辈子活王八，也不能让你们合适！

沈一荻　三万块钱，我只需要三万块钱。当初，为了那三千块钱我都没发这么大的愁；如今，为了这笔钱我却花了那么多心思，使了那么多手腕，把全家人都得罪了……

徐广昌　（走上前，诚恳地）一荻，这三万块钱你还给二叔吧。

沈一荻　你找我来就为这事？

徐广昌　一荻，别犯拧了，我都知道了。

沈一荻　你都知道什么？

徐广昌　我什么都知道了。

沈一荻　知道了你为什么还来找我？

徐广昌　我想帮助你。

沈一荻　帮助我？帮助我这个破女人？

徐广昌　一荻，别这么说，这些年来都是我不好，我没有把你的心拢住，让你受了委屈。

沈一荻　广昌，是我……对不起你。

徐广昌　一荻，啥都别说了，还是先把眼前这道坎迈过去吧。

沈一荻　不，这是你娶媳妇的钱，我不能……

徐广昌　我宁可一辈子打光棍儿。

沈一荻　广昌，你是个好人，我一辈子……都忘不了你。

徐广昌　一荻，贞德堂是不是有这么一条规矩，无论男女，只要姓沈，谁先有了儿子，谁就是贞德堂的继承人？

沈一荻　你问这干什么？

徐广昌　可必须是沈家的亲骨肉是不是？

沈一荻　那当然。

徐广昌　来，你过来。

沈一荻　干什么？

〔徐广昌引着沈一荻朝河边走去。

〔徐广昌指点着……

〔雄鸡唱晓，天色微曦；

〔沈老三挑着一担青菜到河边来洗；

〔徐广昌解缆撑船而去；

〔沈一荻走过来，见到了沈老三。〕

沈一荻　（一反常态地）三哥，起得好早啊。

沈老三　（顾自洗菜没有理她）

沈一荻　三哥，还生我的气哪？我可都被贞德堂赶出来了。

沈老三　那是你自找的。

沈一荻　得，咱俩一报还一报，扯平了。

沈老三　一荻，三哥劝你一句话，恩一个人是一条路，得罪一个人是一堵墙。你但凡让我过得去，我也不至于跟你抓破了脸。我知道，这种事一抖搂出去，你就不好做人了。

沈一荻　三哥，你也忒小瞧我了。不错，一个有羞有臊的女人要是让人家捉了奸，只有往大运河里扎了。可那是过去，眼下外边都开放到什么份儿上了你知道吗？不管是一个有头有脸的男人，还是一个有模有样的女人，有一两个“情儿”算什么？这是本事、魅力，你懂吗？也就咱贞德堂还抱着老祖奶奶的贞节牌坊不放，把这种事看得比脸还大。

沈老三　这么说，你不在乎？

沈一荻　我在乎的不是这个。

沈老三　那是啥？

沈一荻　我问你，你帮助沈少良把我从贞德堂赶走了，他给了你什么好处？

沈老三　……

沈一荻　他答应你改姓沈是不是？

沈老三　……

沈一荻　告诉你，这不可能！

沈老三　你……你还想阻拦？

沈一荻　你怎么还不明白呢？阻拦你回贞德堂的就我一个人吗？首先是咱爹不同意吧？少良妈能同意吗？你别看二哥不说什么，他能站在你一边吗？别忘了，你要是回贞德堂，你就是贞德堂的继承人，因为你有儿子。

沈老三　到时候，我不亏待少良不就得了吗？

沈一荻　小算盘打得不错啊，不过我劝你还是死了这份心吧。咱家少良可不是仨瓜俩枣就能糊弄得过去的小玩闹。你知道学校老师怎么评价他？说他是有大志向的、有开拓精神的、能干大事业的年轻人。他要干大事，就得拿贞德堂做根基，他能扎挲着两只手把这根基送给你吗？

沈老三　照你这么说，我就得当一辈子孤魂野鬼了？

沈一荻　你这辈子想姓沈算没戏了，不过，你儿子行，闹好了，或许还能当上贞德堂的继承人。

沈老三　我都姓不了沈，我儿子倒行？你别拿我打镲了。

沈一荻　我可以帮你支一招儿。

沈老三　别绊马腿儿。

沈一荻　你可以把儿子过继给我。

沈老三　你要我儿子？

沈一荻　因为我姓沈。

沈老三　你姓沈不假，可你在贞德堂还占地方吗？

沈一荻　三哥，咱俩不管怎么吵怎么闹，可毕竟是一条娘肠子里爬出来的亲骨肉，你的儿子不就是我的儿子吗？我能让他跟着我活受罪吗？

沈老三　这么说，你又有了出头之日？

沈一荻　别忘了，贞德堂没灰人，姑奶奶也不是善茬子！

第三幕

〔翌年春日。时值贞德堂第四代满月大喜。

〔贞德堂大厅。景同一幕。

〔幕启。

〔崔萌萌正在给孩子喂奶，抑制不住一种初为人母的激动和喜悦。沈少良从外边走进来。〕

崔萌萌　宝宝，吃饱了吗？笑一个，给妈妈笑一个……

沈少良　萌萌，你怎么把他抱出来了？

崔萌萌　不是说到了满月就可以出暗房见世面了吗？

沈少良　哎呀，还没到时候呢，得剃完了胎头才算出满月呢。

崔萌萌　少良，你看，宝宝冲着你笑呢，笑得多可人儿啊！都一个月了，也不给俺取个名字，让俺叫一辈子宝宝呀？

沈少良　我不是告诉你了吗？孩子的名字得由爷爷来取，爷爷是贞德堂的一家之主。

崔萌萌　贞德堂的规矩真多。（抱孩子下）

〔后面传来了沈老三和少良妈的声音。

〔沈老三：大嫂，水烧热了没有啊？

〔少良妈：烧热了，就差放花椒果子了。

〔沈老三端着铜盆上，兴高采烈地叫着。

〔少良妈紧随其后。〕

沈老三　剃满月头啰——剃胎毛啰——各位爷爷奶奶叔叔大爷，秃姑瞎姨烂眼二舅妈，快来添盆啊！

少良妈　萌萌，快把孩子抱出来。

崔萌萌　（抱着孩子出来）宝宝，冲奶奶笑一个，叫奶奶。

少良妈　这一眨眼儿，我都当了奶奶了。快让三爷看看。真发实，真鬼头，跟少良小时候一个样儿。

沈老三　没差儿，就是比少良多俩酒窝儿。

沈少良　我小时候就这样啊？

沈老三　那可不，都是你妈一把屎一把尿把你拉扯大的，你可得好好孝顺你妈。

〔沈克俭急匆匆地赶来了。〕

沈克俭　大嫂，我来得不晚吧？

少良妈　不晚不晚，正合适。

沈克俭　给您道喜了。

少良妈　同喜同喜。

沈克俭　（掏出一个红包儿）来，给咱大孙子添个盆。

沈老三　还有我的。（亦把一个红包儿扔进铜盆里）

少良妈　让二爷三爷破费了。

〔沈昆又穿起那身长袍马褂，手捧着一本线装书，喜气洋洋地走上来。〕

少良妈　爹，给您的重孙子取好名了吗？

沈　昆　取好了。

沈少良　叫什么？

沈　昆　（咬文嚼字地）“太上有立德，其次有立功，其次有立言……”这是《左传》上的一句话。就叫沈立德吧，等以后你们哪房有了第四代人，就挨肩排下去，叫立功、立言……

崔萌萌　（把沈少良拉到一边）这名字太陈旧了，像个历史人物。

少良妈　你没见爷爷是从线装书上找出来的吗？能新潮得了吗？

少良妈　萌萌，快让立德去见见太爷爷。

沈　昆　（更加兴奋地）好小子，一副灵秀之气，不愧是沈家的后代！

沈克俭　爹，沈立德是孩子的大号，是不是还得有个乳名啊？

沈　昆　取乳名是当奶奶的事儿，少良妈，你给孩子想个名儿吧。

少良妈　要我说，就叫蛋蛋。

沈少良　蛋蛋？妈，这名字也太难听了。

少良妈　难听什么？球球蛋蛋，不怕磕磕绊绊。长得骨（读二声）力，活得结实，好拉扯。

崔萌萌　妈，您看这样行不行？要不就叫圆圆吧，圆圆不也是球球蛋蛋的意思吗？

沈　昆　圆圆好，圆圆满满，团团圆圆。吉利，喜兴，叫着又响亮。还是俺萌萌有学问。

少良妈　爹，该给圆圆剃胎头了吧？

沈　昆　老三，我让你找的那个全福人，你找来了吗？

沈老三　早来了，多福巷的姚二奶奶，五男二女，四世同堂，大全福人了。

沈　昆　那就快把俺圆圆抱过去，剃完了胎头一会儿陪太爷爷喝酒。

沈老三　剃胎头啰——满月剃胎头，一辈子不发愁。

少良妈　胎头剃得光，不长虱子不长疮。

沈老三　胎头剃得白，到哪儿都发财。

沈克俭　胎头剃得溜溜圆，不中举人中状元。

〔沈老三端着铜盆，崔萌萌抱着孩子入内室。

〔徐广昌提着一包礼物兴冲冲地来了，众皆一惊。〕

徐广昌　爹、大嫂，我跟一荻给您道喜了。这是我跟一荻给侄孙添的盆。

沈　昆　一荻怎么没来？

徐广昌　一荻到机场接我二叔去了。

沈　昆　你二叔来了？

徐广昌　是一荻把他老人家请回来的。

沈　昆　（疑惑地）一荻把你二叔请回来了，他们要干什么？

徐广昌　这……

沈少良　姑父，您到这儿来我姑知道吗？

徐广昌　这话说的，我是你姑正式合法代表。

沈少良　那您跟我姑……

〔沈一荻搀扶着沈仑进来。〕

沈一荻　爹，我二叔来了！

沈　仑　大哥，大喜啊！咱贞德堂到底见到第四辈人了，快让我见见咱未来的小主人。

少良妈　二叔，您先歇会儿，您的重孙子正剃胎头呢。

沈　仑　剃胎头？噢……那句话怎么说来的？胎头剃得亮光光，能治国来能安邦。说不定咱贞德堂要出个大人物了。哈哈哈……

沈少良　（把沈一荻拉到一边）姑，您跟我姑父……又不离婚了？

沈一荻　你不是知道嘛，你二爷那三万块钱我退回去了。（自嘲地）没有钱，我只好第二次把自个儿卖了。

沈少良　（愧疚地）姑，我要是挣了钱，第一个先给您……

沈一荻　别别，你的好意我领了。我这个人是唱《国际歌》长大的，从来就不相信救世主，全靠自己解放自己。

沈少良　姑，以后贞德堂的事还得靠您帮助我。

沈一荻　这句话应该我说。

〔沈一荻甩下沈少良，朝门外走去；

〔沈少良困惑地看着她；

〔冯大宝进来，差点儿与沈一荻撞个满怀；

〔冯大宝扛着一辆儿童车；

〔沈一荻极不友好地看着他。〕

沈一荻　你来干什么？

冯大宝　今天是贞德堂大喜的日子，我来……

沈一荻　我记得咱两家可不过这个。

沈　昆　一荻，你大宝哥是我请来的客人。

沈一荻　您请来的……客人？

冯大宝　大伯，给您老人家道喜；二伯，您也回来了……

〔崔萌萌从内室出来，见到冯大宝，欲避之不及。〕

崔萌萌　妈，圆圆的胎头剃好了，姚二奶奶说让您在他的脑门儿上点个红点儿。

少良妈　对，奶奶点个红，骡马成群不受穷。（遂进内室）

冯大宝　（拦住崔萌萌）萌萌，孩子……挺好吧？

崔萌萌　嗯。

冯大宝　（递上儿童车）这是送给孩子的。

崔萌萌　我的孩子还小，用不上这个。

沈　昆　萌萌，咋说话呢？快把礼物接过来。

崔萌萌　（接过童车）谢谢你了，冯大哥……

沈　昆　怎么叫大哥呢？应该叫大叔。

崔萌萌　嗯，知道了。（放下童车，转身而去）

沈　昆　这孩子，真不懂事。

冯大宝　大伯，您别埋怨她。刚当母亲，她的心思都拴在孩子身上了。

沈　昆　少良，给你冯大叔倒茶。

冯大宝　大伯，我还有点儿事，先跟您告会儿假，车在外边等着呢。

沈　昆　那一会儿你可得过来喝酒。

冯大宝　一准儿来，我还得敬您跟二叔两杯呢！（向众人告辞而去）

沈一荻　（急切且不满地）爹，咱沈家和冯家向来誓不两立，您怎么反倒引狼入室呢？

沈　昆　（没理睬沈一荻，转向沈仑）老二，你今儿回来得正是时候，一是咱贞德堂第四辈人的满月；二是按照老祖宗的规矩，我得宣布贞德堂的继承人；三是要决定开发贞德堂的方针大计……少良妈，把所有的人都叫出来，咱们开个家庭会议。

沈少良　三叔，爷爷说先让您上楼歇会儿，等喝酒的时候我再去叫您。

沈老三　怎么，要赶我走？我为你卖了那么大的命，你还把我当外人呀？你这会儿还没当上贞德堂的继承人呢，就他妈翻脸不认人，你的良心让狗吃了。

沈少良　三叔，您别生气，咱贞德堂不是有贞德堂的规矩吗？

沈老三　什么他妈规矩？你们都不讲规矩，就给我一个人立规矩，我不干！

沈　昆　老三，不许撒野！我早就跟你说过，你到这儿来，只能算是贞德堂的亲戚，不能算是贞德堂的家庭成员。

沈老三　行，我走。爹，我走了以后，您要宣布贞德堂的继承人了是不是？

沈　昆　这用不着你操心。

沈老三　可有一件事我得跟您交代一下。（上前掏出衣兜里的文件）您看，这是户口本，这是公证处的公证书，还有……

沈　昆　你这是干什么？

沈老三　跟您明说吧，您不让我回贞德堂，我死了这股心了。可我的子孙后代不能陪着我当孤魂野鬼呀！

沈　昆　你到底想干什么？

沈老三　我把我的儿子过继给沈一荻了，她不是姓沈吗？

沈　昆　一荻，这是你的主意？

沈一荻　是我跟三哥商量好的。

沈　昆　你是不是也想搞出点儿名堂来呀？

沈一荻　我都这么大了，也该有个儿子了，到老了好有个依靠。

沈　昆　我告诉你，就算你有了儿子，也当不上贞德堂的继承人。不错，老祖奶奶是留下过话，无论男女，只要姓沈，谁有了儿子都能当贞德堂的继承人。可你别忘了，先得济着贞德堂的男人，只要贞德堂的男人没绝户，脸朝外的人就别想往里挤。你大哥先有了少良，自然成了继承人。你大哥死了，你二哥没儿子，老三要是不更名改姓，兴许还有盼头。如今少良有了儿子，你说这继承人该是谁的？

沈老三　爹，那儿子跟儿子可不一样，不能拴个笼头就是马。

沈　昆　老三，你的事说完了吧？这会儿总该离开了吧？

沈老三　让我离开也行，还有一个人也得离开。

沈　昆　谁？

沈老三　我要是揭发出来，您可不许护犊子。

沈　昆　你总得说出点儿道理来吧？

沈老三　刚才，您翻着那本老书，给谁取名来的？

沈　昆　那是我重孙子！

沈老三　那是您的重孙子吗？

沈　昆　你疯了？咬吃到孩子头来了。

沈老三　爹，别瞧您不要我，我可一直为您揪着心。您这么大岁数了，瞪着两只眼睛让人家蒙，我心疼啊！

沈　昆　你胡吣什么？

沈老三　不信，问问您的孙子。（转向沈少良）少良，我问你，这孩子姓什么？

沈少良　姓沈，怎么了？

沈老三　姓沈？他是沈家的种吗？

少良妈　老三，就算少良有啥对不住你的地方，你也不能这样往他脑袋上扣屎盆子啊！你还像个当叔的吗？

沈老三　大嫂，您要是不相信，就问问您的儿媳妇吧。（转向崔萌萌）萌萌，这孩子是沈少良的吗？你敢告诉你爷爷，告诉你婆婆，告诉贞德堂的老老少少，这孩子是谁的吗？

崔萌萌　（垂头不语）

沈老三　爹，您别做梦了。什么办满月，什么贞德堂的第四辈人，什么您的重孙子，都是假的，假的！他是个野种！

沈　昆　少良，你三叔说的可是真事？

沈少良　（恐慌地跪下）爷爷——

沈　昆　苍天啊，我可没办什么亏心事啊……

〔沈昆昏倒，众皆上前呼救，搀扶入内室……

〔大厅里只剩下了崔萌萌孤零零一人；

〔灯光由暗复明；

〔人们陆续出来。〕

少良妈　萌萌，你说话呀，这孩子到底是谁的？

崔萌萌　……

少良妈　你跟我说句撂底儿的话，你三叔要是给你造谣，我跟他拼了！

崔萌萌　不，他没有造谣。

少良妈　那……这孩子真的不是少良的？

崔萌萌　不是。

少良妈　那是谁的？

沈克俭　少良，这事给你爷爷的打击太大了，我得跟你谈谈。这孩子甭管是谁的，他不能姓沈。

沈老三　当然不能姓沈了，我这个正宗贞德堂的种都不能姓沈，他一个……

沈少良　唉……

少良妈　萌萌，你别想不开。要是在别的家里，这事兴许就马虎地过去了，可这是贞德堂啊！

沈克俭　少良，你跟萌萌商量商量，这孩子不能姓沈。

沈少良　（无奈地走到崔萌萌面前）萌萌，这孩子不姓沈你同意吗？

崔萌萌　不姓沈姓什么？

沈少良　姓什么都可以。如果你能把那个人说出来，姓他的姓也行。

崔萌萌　（坚决地）我告诉过你，我不能说。

沈少良　你不说，让我怎么办？

崔萌萌　我不连累你！（转身冲向内室）

沈少良　萌萌……（紧跟进去）

沈老三　要我说，你们也太好心眼了，是姓沈不姓沈的问题吗？这孩子根本就不能留在贞德堂！你们没见把爹都气昏过去了吗？要是把这孩子留下，让街坊四邻怎么说，你封得住谁的嘴？还贞德堂呢，把老祖奶奶二百多年的老脸都丢光了！

沈克俭　依你说，这孩子不留下怎么办？

沈老三　送人！往远远地送——云南、贵州、海南岛……

少良妈　孩子送人，萌萌怎么办？不管是谁的孩子，也是萌萌的亲骨肉。

沈老三　她要是舍不得孩子，就让她一块儿滚蛋！

沈一荻　（从内室探出头喊着）你们别吵了好不好，快来看看爹吧！

〔众皆入内室；

〔崔萌萌复出；

〔沈少良跟在后边。〕

沈少良　萌萌，你要干什么？

崔萌萌　我走。

沈少良　你到哪儿去？

崔萌萌　放心，我不会再往大运河里扎了。

沈少良　那你也不能走。

崔萌萌　我不走怎么办？你以为我听不出来吗？表面上是逼着孩子改姓，实际上是逼着我把孩子扔出去。你们这个体体面面的贞德堂，能容下我这破女人吗？

沈少良　你嫁的是我，不是贞德堂。你是我老婆，我容你！

崔萌萌　你要是容了我，贞德堂就连你都不容了。

沈少良　萌萌，你别走。你走了，我怎么办？

崔萌萌　再娶个好女人吧，让她给你生一个纯种的沈家人，好好当你贞德堂的继承人吧。

沈少良　萌萌，我爱你，我离不开你……

崔萌萌　反正我不能在贞德堂待下去了。

沈少良　要走，我跟你一块儿走。

崔萌萌　（惊愕地）你说什么？

沈少良　我跟你一块儿离开贞德堂！

崔萌萌　你不要贞德堂了？

沈少良　（坚定地点了点头）

崔萌萌　为了我？

沈少良　为你，为了我们的爱情。

崔萌萌　不，少良，你不能这样。

沈少良　萌萌，别说了，我已经下了决心。

崔萌萌　这太不公平了，我不能把你拖累得无家可归。

沈少良　萌萌，我想好了。二百多年前，老祖奶奶在创建这座贞德堂的时候，不也是一无所有吗？五十年前，二爷离开贞德堂的时候，不也是赤手空拳吗？大丈夫四海为家，靠自己的双手创出一番事业。干吗非得跪在老祖宗的那点儿产业上你吃我、我咬你地互相残杀呢？

〔冯大宝悄然进来，听着这一对年轻人的谈话。〕

崔萌萌　（激动地）少良，我没看错人，我嫁给你嫁对了。这辈子，我跟着你，就是把天下的苦都吃遍，把人间的罪都受遍，也心甘情愿……

沈少良　萌萌，我们走，现在就走！

崔萌萌　带上我的孩子。

沈少良　带上我们的孩子！

崔萌萌　（忍不住扑在沈少良的怀里）少良……

冯大宝　（走上前）你们真的要走？

〔两个年轻人迅速分开，惊愕地看着冯大宝。〕

冯大宝　（对沈少良）你不就是没有当上贞德堂的继承人吗？那就至于走？要走，也且轮不上你们呢！

沈少良　大叔，我没有办法跟您合作了，真对不起。

冯大宝　现在不是你跟我合作，是你爷爷跟我合作。今儿个是你爷爷把我请来跟他签订合作协议的。

沈少良　这……跟我就没关系了。

冯大宝　怎么没关系？我任命你为总经理！

沈少良　（惊喜地）您……任命我……总经理？

冯大宝　（肯定地）你当总经理，这个合资企业就归你管！

沈少良　您……有这个权力？

冯大宝　我是董事长，你爷爷也不会反对的。

沈少良　这么说，我可以当总经理了？

冯大宝　我现在就去跟你爷爷谈。（匆匆进内室）

沈少良　（颇有点儿失态地扑向崔萌萌）我可以当总经理了，萌萌，我可以当总经理了……

崔萌萌　（陌生而恐怖地向后躲闪着）

沈少良　萌萌，咱不走了，不走了！我当总经理，你可以当我的秘书，或者当公司办公室主任。咱要大干一场，咱要在贞德堂发展起来，好日子就要到来了……

〔沈少良忘乎所以地抓住了崔萌萌；

〔崔萌萌挣脱沈少良，朝里面跑去。〕

沈少良　萌萌，萌萌……你怎么了？（追入）

〔沈仑搀扶着沈昆出来。〕

沈　昆　没事儿没事儿，我没事儿了。刚才就是一口气憋住了，这会儿缓过来了。冯大宝来了，一会儿我还得跟他签合同呢。

沈　仑　大哥，我把你叫出来，就是想先问你一句，你为什么非要跟冯大宝合作啊？二百多年了，冯家和咱沈家……

沈　昆　是啊，二百多年了，冯家和咱沈家一直誓不两立，可轮到我这儿，我倒成了内奸了……不肖子孙啊！贞德堂的不肖子孙啊……

沈　仑　大哥，你到底是怎么想的？

沈　昆　我是怎么想的，没有人知道。我这心里头苦啊，憋了满肚子的话，没处去说啊……

沈　仑　大哥，你跟我说说，行吗？

沈　昆　老二，大哥对不起你，对不起贞德堂，也对不起我这一大帮的儿孙……自打贞德堂“落实”回来以后，这里里外外就没有踏实过。不知情的，还以为我这些孩子一个个都见利忘义呢。不怨他们，一点儿都不怨他们……他们跟着我，没过上一天的好日子。好不容易才熬到了改革开放，眼瞧着左邻右舍都发起来了，连冯大宝这样的都成了什么“大款”，他们能不动心吗？都知道贞德堂的祖上留下来一棵摇钱树，可我却让孩子们守着摇钱树过穷日子……

沈　仑　大哥，你为什么要这样呢？

沈　昆　你离家五十年了，在外边遇上了坎儿，回来求我……跟我要妃子糕的秘方也好，跟一获合作也好，这都不为过，我都该支持……可我……我办不到啊！

〔崔萌萌背着孩子，手里提着包袱，从内室出来，见二老在大厅里，只好躲在柱子后面。〕

沈　仑　大哥，这……到底是怎么回事啊？

沈　昆　我要是真有妃子糕的秘方，干吗放着人情不做，放着好日子不过，放着河水不洗船啊？

沈　仑　这么说，妃子糕的秘方……你没有？

沈　昆　没有。

沈　仑　咱爹当年没有传给你？

沈　昆　传了。

沈　仑　那秘方哪儿去了？

沈　昆　秘方……在那块金匾里。

沈　仑　我懂了。

沈　昆　这是比秘方还要命的秘密。要是有人知道了妃子糕的秘方在金匾里，那金匾就更找不回来了。

沈　仑　冯大宝可以找回金匾？

沈　昆　我要是跟冯大宝合作，还能保住贞德堂的半壁江山；不这样，就只好任它鸡飞蛋打了……

〔崔萌萌趁机溜了出去；沈一荻、沈老三、沈克俭、徐广昌等从内室出来。〕

沈一荻　爹，您真的决定跟冯大宝合作了？

沈　仑　一荻，别难为你爹了。事到如今，也只好如此了。

沈一荻　为什么只好如此？您在冯大宝手里有什么短儿吗？

沈　仑　别问了，我替你爹求求你，行吗？

〔冯大宝拿着一纸合同，不可一世地走了过来；

〔后边跟着沈少良和少良妈。〕

冯大宝　沈大伯，这合同书我起草好了，您过过目吧。

沈　昆　（接过来看着）怎么，你要把这贞德堂划归合资公司的财产？

冯大宝　这算您投资入股嘛。

沈　昆　那我这一家子人到哪儿去住？

冯大宝　我可以帮您在外边租房。

沈　昆　你要把我们扫地出门？

冯大宝　要做生意，总得先下本钱啊。我出资金，您出地盘儿，这不是天经地义、公平合理的事吗？

沈　昆　你到底还是要把贞德堂夺走。

冯大宝　沈大伯，您别误会，我这可是为咱公司今后的发展着想。

沈　昆　别唱高调儿，你那心里揣的是刀子还是票子，我清楚。

冯大宝　您对这合同有意见？

沈　昆　我要是不同意呢？

冯大宝　那我只好表示遗憾了。

沈　昆　嗯，行。冯家到了你这辈儿，真出了个有出息的人。

沈　仑　冯先生，不是还有一个条件吗？

冯大宝　是啊，我在上边写了，我什么时候把金匾找回来，这合同就什么时候生效。

沈　仑　我要是花钱买那块金匾呢？

冯大宝　二伯，我知道您财大气粗，可是您花多少钱呢？

沈　仑　你要多少钱？

冯大宝　这就不好说了，那金匾本来就属于贞德堂的，您总不能花钱买自己的东西吧？

沈　仑　那就算我付给你找回金匾的劳务费。

冯大宝　您要花钱雇我？

沈　仑　也可以这样说。

冯大宝　二伯，这就不大合适了吧？我虽说在您面前是个晚辈，可在世面上，也一名二声地算个企业家呢。您也不能太让我掉价了是不是？

沈　昆　老二，啥都别说了。这个合同——我签！

沈一荻　（急切地）爹，您不能签！

沈克俭　爹，您可不能犯糊涂啊！

沈老三　爹，您只要在上面一签字，这贞德堂可就姓冯了！

冯大宝　贞德堂姓什么很重要吗？少良，你说呢？

沈少良　我说什么？你也太欺负人了！我没想到你会这样跟我们签合同，就算你让我当总经理，到时候我不是也成了给你打工吗？爷爷，这合同您不能签，这是在出卖贞德堂，咱不干！

冯大宝　看来你们全家都反对跟我合作。那好，咱买卖不成仁义在。

沈　昆　大宝，你等等。

冯大宝　大伯，您老英明，关键时刻还得您掌航把舵。

〔冯大宝把一支签字笔递给了沈昆；

〔沈昆颤抖着双手；

〔全家的目光都集中在了沈昆的手上；

〔气氛紧张得令人窒息；

〔外面传来了崔萌萌愤怒的喊叫声：冯大宝，你别欺人太甚！

〔众皆惊愕地转过头；

〔崔萌萌立在了门前——肩上背着孩子，怀里抱着一块金匾……

〔沈少良首先奔过去：萌萌……

〔崔萌萌没有理他……

〔二老踉踉跄跄地奔扑过去，接过金匾，抚摸着，端详着……〕

沈　昆　紫檀木……

沈　仑　镏金字……

沈　昆　乾隆皇帝的御笔……

沈　仑　老祖奶奶的金匾……

沈　昆　天啊，这不是做梦吧？

沈　仑　是它，就是它，这是真的！

少良妈　萌萌，你这是从哪儿找来的？

崔萌萌　（指冯大宝）这您得问他。

冯大宝　崔萌萌，你不该这么毁我啊！

崔萌萌　我恨你！我一辈子也饶不了你！

沈　昆　（仇恨地）这么说，这金匾一直在你那儿？就在你手里匿着？

冯大宝　大伯，您别屈枉人。当年，“红卫兵”要把它当“四旧”砸了，是我把它抢救出来的……

沈　昆　萌萌，我的好孩子。你把金匾找回来了，为贞德堂解了大难，立了大功，贞德堂得好好谢谢你！

崔萌萌　爷爷，该说谢谢的是我。是贞德堂救了我的命，是贞德堂收留了我，又是贞德堂让我生下了这个孩子……你们不是总问我这个孩子是谁的吗？我不能说，我一说就得离开贞德堂……（指着冯大宝）是他欺骗了我，他说要娶我的……有了这个孩子，他又抛弃了我，把我逼上了死路……

〔崔萌萌竭力压抑着自己的感情，向贞德堂的长辈们深深地鞠了一躬，转身而去……

〔众皆呼叫着追了出去：萌萌，萌萌……

〔台上的二老抱着金匾，冯大宝站在他们的对面，三个人都呆若泥塑……

〔幕落剧终。〕

1992年5月　初稿于丛林庄静苑

1994年12月　重写于桑梓轩

文火慢熬

（根据易中天同名小说改编）

时间：当代

地点：某大城市大学人文学院

人物：田一飞　男　32岁，人文学院讲师。学术水平很高，处世清高，宅心仁厚

马　源　男　42岁，教授，人文学院院长。田一飞的师兄和铁哥们儿，圆滑，假义气，迷恋权力

任平平　女　28岁，一个边远山区大专学校的教师，到该校来进修的，一心想留在该校。漂亮，聪明，又很现实。田一飞的恋人，同时也被陈雨亭追求

陈雨亭　男　33岁，讲师，人文学院图书馆馆长。田一飞的师兄和情敌，来自农村，精于钻营

魏立言　男　48岁，讲师，一个可怜可悲可厌的老实人，勤勤恳恳的庸人

柳玉枝　女　40岁，校长夫人，人文学院工会主席。热心快肠但假模假式

文执中　男　35岁，讲师。老校长之子，不苟流俗，远离名利，自视甚高，有点儿油滑，貌似一个清醒的旁观者

杨　芳　女　24岁，本系学生，马源的研究生考生。山里出来的美人，单纯干净

王智慧　男　30余岁，讲师，兼院党支部书记。既是紧跟形势的先进分子，又是道德楷模

林　静　女　45岁，魏立言之妻，癌症晚期患者

汪明华　女　40岁，人文学院秘书，寡妇

师生若干人

1

〔舞台是空灵的，背景及道具都是象征性的。

〔舞台上有若干个表演区，主要靠灯光的明灭来切分。

〔空灵的舞台和象征性的道具，给观众以更多的想象空间，演员在舞台上的随机性和随意性，给表演以更大的自由和创造性。

〔天幕的设计应该是浪漫的，甚至是荒诞的。可以与剧情有关，也可以脱离剧情。但应该与整个舞台协调一致，与该剧的主旨相适应。

〔音乐是必需的，因为舞台的非现实主义，剧情的氛围，情节的发展以及人物内心的变化要依托音乐来表现和烘托。

〔幕启。

〔舞台的中央是黑暗的，朦胧中，可以依稀看见一圈人围坐在一张长条桌子旁，仅仅是一个轮廓，如剪影。

〔田一飞从黑暗中走出来，动作慢得有点儿夸张，迈着幽灵般的脚步，神色也是恍惚的，似乎是被外面的阳光晃住了，显得一切都不真实。他从口袋里掏出烟，叼在嘴上，却没有点燃。

〔杨芳从边幕后走过来，怀里抱着书本。〕

杨　芳　田老师，您在这儿做什么？

〔田一飞用一种奇怪的目光看了看杨芳，掏出火来点烟。〕

杨　芳　田老师，我是杨芳啊，我一直在听您讲《山海经》，过一个暑假您就忘了？

田一飞　我死了。

杨　芳　您说什么？

田一飞　我说我死了。

杨　芳　（奇怪地看着田一飞，拉住他的衣襟，伸过鼻子闻着他的嘴，动作略显亲近）您喝酒了？

田一飞　无酒不成席啊。

杨　芳　谁把您灌成这样了？

田一飞　中文系，呵呵，教师节，AA 制，然后……他们就开始杀人了，然后我就被杀了。

杨　芳　您喝多了吧？

田一飞　我死了。

杨　芳　您这不活得好好的吗？

田一飞　我被人谋杀了，哈哈哈。

杨　芳　谁？谁杀死了您？

〔黑暗的舞台中央响起了追问。〕

文执中　谁？到底是谁杀死了田一飞？

〔当观众的注意力转向舞台中央的时候，灯光亮了。田一飞和杨芳淡出。

〔中文系的教师们围着一张长条形的桌子，桌面上有狼藉的杯盘和残羹剩酒。

〔他们在玩一场非常流行的“杀人游戏”，到了侦查凶手的阶段。

〔站在显要位置上的是“法官”文执中。〕

文执中　大家各抒高见，到底谁是凶手？

〔陈雨亭举手。〕

文执中　陈雨亭，你说。

陈雨亭　我认为魏立言是凶手。

魏立言　天底下有我这种慈眉善目、胆小怕事的凶手吗？

汪明华　这不好说，往往蔫人出豹子。

魏立言　你们这是想借刀杀人，转移视线，嫁祸于人，欲盖弥彰。

文执中　那你说谁是凶手？

魏立言　就……是他陈雨亭。

陈雨亭　你这叫反咬一口。

魏立言　你有……杀人动机。

陈雨亭　什么杀人动机？

魏立言　你跟田一飞是情敌，你这是情杀。

任平平　你别猫打架狗撕皮好不好？

魏立言　我说陈雨亭是田一飞的情敌，又没提你，你急赤白脸的干吗？不打自招了吧？

〔众笑。柳玉枝举手。〕

文执中　柳大姐，你说。

柳玉枝　要我说，杀死田一飞的是王智慧。

文执中　理由。

柳玉枝　没有理由，直觉。告诉你，女人的直觉最准了。昨天早上，我刚出家门，就碰见一男一女……

文执中　打住，不要谈与本案无关的话题。

柳玉枝　好。要说理由嘛，也不是绝对没有。你们看他多淡定啊，越是心里有鬼，越是不动声色，这叫故作镇静。

王智慧　你这是有罪推断，接着是不是该刑讯逼供了？

柳玉枝　我柳玉枝把话撂在这儿，你们谁敢跟我赌？最后翻牌揭晓，每人一根雪糕。

文执中　请注意，不许打赌。

任平平　也许杀人凶手不在我们中间。

文执中　这不符合游戏规则，我是法官，我发的牌。

〔汪明华举手。〕

文执中　你说。

汪明华　告诉你们，杀死田一飞的是……

文执中　是谁呀？

汪明华　是我！

王智慧　你二百五呀？

汪明华　你才二百五呢，凶手确实是我。

王智慧　那你是自首了？

汪明华　我先畏罪自首，省得你们互相猜忌、互相揭发。

文执中　本游戏不允许自首……

〔马源神采飞扬地上场。〕

马　源　我刚出去接个电话，你们就玩上了，不喝了？

王智慧　马主任，酒不怕凉，我们边玩边等您。

马　源　（端起桌上的酒杯）诸位，暂停游戏，端起酒杯。我现在宣布一个好消息，一个振奋人心的好消息……

〔众人夸张地期待，他先干一杯，却忽然咳嗽起来，几个人积极上前帮他拍背，嚷着：你说啊你说啊。〕

马　源　校办通知，马上……评职称了！

〔众皆愕然，呆呆地看着马源。

〔有人小声地：评职称?〕

马　源　对，评职称，从下周开始！

〔骤然乐起，石破天惊。

〔琵琶曲《十面埋伏》。

〔灯光渐暗。

〔游戏诸人像进入了一种恍惚状态，互相打量着，缓慢地起身，莫名其妙地互相提防着离去。

〔文执中站在舞台中央，无视马源，无视离去的人们。〕

文执中　嘿嘿，看着吧，一场真正的杀人游戏开始了。

〔灯暗。〕

2

〔暗场。

〔人影杂乱，步履匆匆，浮躁不安。

〔或叽叽喳喳，或吵吵闹闹，或窃窃私语，或议论纷纷。大多听不出来在说什么，间或有几句很清晰的声音——

〔还要考外语？古汉语不是算外语吗？

〔我学的基斯巴国语，小语种，谁会出题啊？

〔老人老办法，新人新办法。谁是老人，谁是新人？

〔什么叫滚动指标？什么叫戴帽指标？什么叫占用指标？

〔申报还要缴费？缴多少？

〔怎么又出一个量化考核？怎么考核？

〔生孩子要指标，评职称要指标，放屁打嗝也要指标吗？

〔杂乱的人影和纷纷议论渐渐隐去。

〔光柱照射在舞台的一侧。

〔这里像是操场上的一片草坪。

〔田一飞和任平平背靠背地坐在草坪上，状如Kappa品牌的LOGO，静场。〕

田一飞　呃，周末到我家去一趟吧。

任平平　干吗？

田一飞　你说干吗？丑媳妇总得见公婆呀。

任平平　（转身扑向田一飞）你敢说我丑？

田一飞　（躲闪着）呵呵，你不丑，不管俊与丑，总得拉出去遛遛吧？

任平平　你还敢把我当牲口啊？

田一飞　不不，你就是我的乖乖兔。
任平平　那也还不是人。
田一飞　你不是属兔的吗？多漂亮的小兔兔啊。
任平平　属兔不好。谁都敢欺负。
田一飞　瞎说，网上那流氓兔多厉害啊。
任平平　你就会乱比。兔子的尾巴长不了，就像我们。
田一飞　我们怎么了？这不是挺好的吗？
任平平　哪儿好啊？
田一飞　好歹也算男才女貌，恨不得天天男欢女爱。
任平平　你就知道……那个好，也不想个天长日久。
田一飞　嘿嘿，谁说我不想天也长、日也久啊。
任平平　我掐死你，就知道要流氓。
田一飞　我是说真的，这就带你回家啊。
任平平　我不能到你家去。
田一飞　为什么？
任平平　你家又不是我家。
田一飞　你嫁给我，不就是你的家了吗？
任平平　我不能嫁给你。
田一飞　你不爱我吗？
任平平　我都已经是你的人了，还要怎么爱？
田一飞　那你为什么不嫁给我？
任平平　我是来进修的，再有一个月就到期了，我只能回我那该死的蛮山师范去了。
田一飞　你跟我结婚，就可以留下啊。
任平平　我问过，学校说了，只有高级职称的教职员工，才能安置家属。
田一飞　那……你先回去，等我评上副教授再调动呗……
任平平　我离开蛮山的时候就自断后路发了死誓，我就是在外面当孤魂野鬼，也不回去了。我们那个校长……恨死他了。

田一飞　那……我就去参评呗。

任平平　没有别的办法，你必须评上副教授，为了我……一飞，为了我……行吗？算我求你了……

田一飞　评不评得上……这个还难说啊。

〔田一飞把任平平拢在怀里。灯光暗灭。〕

〔朦胧中，马源匆匆地走着，杨芳在后面追着。〕

杨　芳　马院长，我的研究生到底能不能录取呀？您倒是给我个痛快话呀。

马　源　我正忙着系里评职称的事儿，你这事嘛，日……后再说。

杨　芳　我报了您的专业，要不行的话，我得赶紧改报别的老师的了。

马　源　你报了我的……专业？光报专业还是不够的吧，今儿太忙，改日再说……放心，所有考生中，我就看得上你。

杨　芳　又是改日改日，唉。

〔马源匆匆走了。〕

杨　芳　马院长，马院长……

〔杨芳追下。〕

〔宾馆房间。

〔柳玉枝穿着性感的睡衣，在室内有些急不可耐地徘徊，一边玩着手机一边朝卫生间张望着。

〔卫生间里传出了哗哗的水响，依稀可见一个男人的身影。

〔柳玉枝甜腻腻地自言自语着。〕

柳玉枝　亲爱的，快点儿啊。我们都一个月没约了，大姐我今天就要跟你拼了。哎，你说我这是怎么了？自从被你约出来开房谈工作，弄得就跟老房子着火了似的。大兄弟，姐也算冰清玉洁了半辈子的女人，没想到被你这个野小子给点着了。咱也不图什么天长地久，可千万别最后烧了半条街啊。快来吧，咱也放一点儿音乐，浪漫一回是一回。

〔柳玉枝打开手机音乐，放出来的竟然是斗牛舞曲。

〔男人头顶着红色浴巾踩着夸张的舞步出来，观众看不出是谁，他顺手一按开关，灯灭。黑暗中传来呻吟。〕

柳玉枝　你这个小畜生，啊……我要前戏，前戏……

〔另一个表演区的光柱亮起来，这是魏立言的家。

〔林静斜卧在床上，魏立言将煎好的药端上来，放在床头柜上。〕

魏立言　还有点儿烫，先晾晾。

林　静　家里瘫着的婆婆还没走，我这又先躺下了。孩子刚刚上中学，一边是要钱的，一边是要命的，唉。

魏立言　别胡思乱想的，你这病能治好。

林　静　你也甭安慰我。既然老天爷要把我收回去，我认命。可我……我就是不甘心呀！

魏立言　有什么不甘心的？大家不是都得挣命吗？

林　静　不一样，原来大家都生活在人间，后来少数人噌噌噌蹿上了天堂，大多数人稀里哗啦地掉进了粪坑。

魏立言　社会就是这样，唉，慢慢熬吧。

林　静　慢慢熬，呵呵，小时候挨饿，我爸就说，慢慢熬吧，等树叶野菜长出来了，我们就死不了了；上小学的时候，邻居女孩儿有花裙子，我羡慕得掉眼泪，我妈说，慢慢熬吧，等我卖鸡蛋攒够了钱，给你缝一条花裙子；后来我一心要离开那个穷山沟，老师说，慢慢熬吧，等考上大学，你就彻底脱离农村了……我们这辈子，就是这么天天想，夜夜盼，一点儿一点儿咬着牙熬过来的。可是现在我不想熬了，我累了，我熬不动了，上帝要让我解脱了。可是你还得熬，为了两头的父母，为了孩子，还有我。你得替我熬啊，两个人的熬头都压在你一个人的头上了，你得挺住啊老魏……

魏立言　林静，别说陈谷子烂芝麻了，喝药吧，快凉了。

林　静　不，老魏，你让我把话说完。我死以后，就靠你一个人支撑这个家了。学校有了新规定，八年评不上高级职称的，就要解聘。你要是离开这个学校，我们这个家就垮了。人这一辈子，有些东西是熬出来的，可有些东西是熬死熬活也熬不出来的，必须得争。与其熬死熬活，不如拼死拼活。说了归齐，你就是太老实了。当初我嫁给你，就图你老实。那时候老实是优点，是可靠，是让人放心。现在呢？老实就是脑残，就是废物。过去说谁老实，那是夸他；现在说谁老实，那是骂他。过去三次评职称，你就是因为太老实，连边都摸不上。这次，你可一定要争。老魏，你答应我，你一定要答应我。

魏立言　好，我争。

林　静　不行，你不能这样随随便便地答应我。

魏立言　那你让我怎么答应你？

林　静　你站起来，像当初站在我面前求婚那样，像站在列祖列宗面前一样，像对上帝发誓一样。

〔魏立言站起来，庄严郑重。〕

林　静　你说，你说呀！

魏立言　好，我说，这次评职称，我一定以命相争。

林　静　不行，你不能这样说。

魏立言　那怎么说？

林　静　你说，我向上帝发誓，向列祖列宗发誓，向即将离开我的爱妻发誓……

魏立言　我向上帝发誓，向列祖列宗发誓，向即将离开我的……不，林静，你不能……不能离开我啊……

〔魏立言扑跪在林静的床前，两个人紧紧地抱在了一起。

〔乐起。灯光骤暗。〕

〔文执中怀里抱着几本书，匆匆走着。

〔柳玉枝在后面边追边喊：执中……小中……〕

文执中　哦，柳主席呀，又要发什么福利吗？

柳玉枝　你叫我什么呢？

文执中　您不是工会主席吗？

柳玉枝　我不是告诉你了吗？这主席可不是你叫的。

文执中　哦，柳大姐。

柳玉枝　老校长怎么样？在乡下还适应吧？

文执中　再也不用开会学文件做报告了，高兴得很。要不是我妈拦着，他恨不得参加村妇联的秧歌队了。

柳玉枝　高兴？冲你也高兴不起来。

文执中　我怎么了？

柳玉枝　跟我装糊涂。上个星期我还跟阿姨通电话了，她最不高兴的就是你。

文执中　我可是个孝子。

柳玉枝　真要是孝子，就让他们早点儿抱孙子。

文执中　嘿嘿，这个……目前我国还不允许单细胞繁殖啊。

柳玉枝　（从包里掏出一张照片）你看看这个，校团委的，马上提书记了……

文执中　呵呵，团派的啊？咱惹不起。万一处不好，那不得被人骂死。

柳玉枝　你小子啊，就爱乱喷。人家跟你一样，也是高干家庭出身，又红又专的大姑娘。

文执中　那是红二代啊，更惹不起。这年头，大姑娘，大姑娘，嘿嘿，不像大姑就像娘。你还是给我换个二手的吧……

柳玉枝　小中，大姐得提醒你一句了，你好歹也是大学讲师，为人师表，得注意点儿影响。

文执中　什么影响？

柳玉枝　你知道大伙儿背后说你什么吗？

文执中　说什么？

柳玉枝　说你不务正业，贪杯好色。

文执中　嘿嘿，群众的眼光还真是雪亮的啊。

柳玉枝　也老大不小的了，赶紧娶个女人收收心吧。

文执中　非得要娶个女人吗？原来吧早婚超生要罚款，现在是不是不婚独身也要罚款了啊？

柳玉枝　你呀，真是越来越不正经了。

文执中　我说姐啊，你是喜欢正经的还是不正经的呢？我那姐夫唐副校长，在家也很正经吗？

柳玉枝　我……我撕烂你这张臭嘴。

〔柳玉枝追着文执中下。〕

〔舞台的一角，田一飞与杨芳在一起。〕

田一飞　马源跟你怎么说？

杨　芳　马主任跟我讲规矩。

田一飞　讲什么规矩？

杨　芳　官场的规矩。

田一飞　你考的又不是公务员，他讲什么官场规矩。

杨　芳　他说，现在一切都向官场看齐，以公务员为标准。譬如，大学教授相当于正局级，副教授相当于副局级，讲师相当于正处级，读硕士就像是提正科。

田一飞　扯淡，相当得了吗？他还说啥？

杨　芳　他说，在官场上，讲究的是“提前进步”“日后提拔”。他这是什么意思？

田一飞　“提前进步”“日后提拔”……哼。

杨　芳　田老师，您知道这是什么意思吗？

田一飞　知道。

杨　芳　您能告诉我吗？

田一飞　我不能告诉你。

杨　芳　您是说……

田一飞　我什么都没说！

〔人文学院办公室。

〔王智慧埋头写着材料，突然想起来什么，抬起头来呼唤着。〕

王智慧　汪秘书……小汪……明华！

汪明华　（抱着一大摞材料进来）来了来了，叫魂儿呢？

王智慧　我还真想要你的魂儿了，你却总是不给。

汪明华　王书记，我真要给了，只怕你又接不起。

王智慧　我让你给我找的《精神文明论文集》呢？

汪明华　哎呀，这几天忙的都是评职称的事儿，哪儿顾得上给你找那玩意儿呀？

王智慧　什么叫那玩意儿？我那也是要用来评职称的啊。

汪明华　好了好了，我给你找。也别耽误了你正事，到时拿我出气。

王智慧　喂，老妹，我啥时敢拿你出气啊？这年头，当个兼职书记跟做小媳妇似的——起床晚了得罪公婆，起床早了又得罪丈夫。领导群众都拿我出气，连老妹你也不心疼。

汪明华　别哥了妹了的，我扛不住，过敏。

王智慧　过敏没关系，哥给你脱脱……敏呀？

汪明华　我说王书记，你招谁都可以，可别招惹我们寡妇界的。

王智慧　嘿嘿，离婚的可不能叫寡妇，叫前妻俱乐部好不好？再说婚姻这事，婚不婚不重要，寡不寡才重要。就像我，结婚了也寡着，咱们也算同病相怜吧？

汪明华　别咱们咱们的，你可是院里的优秀党员、道德楷模。可别打进我们普通女群众中来。

王智慧　你这硬是要把我架在墙上，让我下不来的意思。

汪明华　只怕背地里，你也没少下来。呵呵，说实在的，你为什么不把老婆接出来呀？

王智慧　她一个独生子女，父母都是药罐子，她出来了，我那老岳父岳母怎么办？这叫忠孝难两全，懂不？

汪明华　常年这么绷着，也不容易。只怕你是故意给自个预留空间吧？

王智慧　你呀你，真的是著名毒舌。我都绷得爆胎了，你也会笑我像人肉炸弹。你这个秘书啊，一点儿也不懂心疼领导。

汪明华　真让我疼你？只怕到时真的弄疼你了。

王智慧　疼就疼，谁怕谁啊。

汪明华　你想吗？

王智慧　想啊。

汪明华　你想得美。呵呵。

〔灯暗。〕

3

〔这里是中文系的图书馆，依然没有实体，抽象的。至于怎么让观众相信这是一个图书馆，我们把这个展露才华的机会留给舞美设计了。

〔早晨，书声琅琅，鸟儿欢唱，一片鲜活的校园情趣。

〔田一飞被图书管理员小贾拦在了门口，两个人争吵起来。〕

田一飞　（气愤地）岂有此理，岂有此理嘛……

小　贾　田老师，您别生气，我只是按规定办事。

田一飞　什么狗屁规定？港台报刊阅览室只准副教授和副处级以上的进，请问是何道理？学校招待所设有雅座包间，专供各级领导使用。我们知道这是特权，忍了。没想到在精神食粮上你们也按级别供应。要论学术水平，副处级未必就比讲师高；要论思想觉悟，讲师也未必不如副教授。难道讲师助教看了港台报刊，就一定会和平演变，而副教授副处级看了港台书刊，就一定更加高举红旗？

小　贾　田老师，您别跟我发火呀，这规定又不是我定的，我只是照章办事。

田一飞　我还不该发火吗？知道这是什么吗？是等级歧视！你们破坏的是学术自由，伤害的是广大教师的尊严。尊严，你懂不懂？

〔陈雨亭从里面出来。〕

陈雨亭　一飞兄，何必大伤肝火？小贾只是个图书管理员，有什么需要跟我说。

田一飞　不让副教授进港台报刊阅览室，这是你规定的？

陈雨亭　你抬举我，我可没有这么大的权力。

田一飞　那谁的权力这么嚣张？

陈雨亭　反正我来接任这个图书馆馆长的时候，这个规定就在这儿摆着呢，我是萧规曹随。

田一飞　我说陈雨亭，你的课讲得不错呀，据说历史系有个女学生，为了听你的课，哭着喊着要求转到中文系。

陈雨亭　绯闻，绯闻，你怎么也相信这绯闻？

田一飞　我对你的绯闻没兴趣，我就是奇怪，你教好好的课，怎么跑到图书馆来了呢？

陈雨亭　唉，有什么办法？领导多次找我做工作，苦口婆心，差不多都是乞求我了。我这个人心眼软，脸皮薄，盛情难却，推托不掉啊！

田一飞　怕不是犯了官瘾吧？

陈雨亭　图书馆馆长也算官？

田一飞　苍蝇也是肉嘛。这年头，是荤就降素，大小当个官就能以权谋私。

陈雨亭　田师弟，我可没得罪你啊……哦对了，刚才你要进港台报刊阅览室，想找什么材料，告诉我，我给你拿出来。咱也以权谋一回私。

田一飞　谢了。让我看，我就看。不让我看，我既不巧取豪夺，也不求乞施舍。

〔文执中夹着书本上来。〕

文执中　嗬，这对情敌“蜜”上了，中文系一道特殊的风景啊！

陈雨亭　文执中，你可别再挑灯拨火了。

文执中　这有什么呀，一个诗人说过，没有竞争的爱情是乏味的，也是最脆弱的爱情。

陈雨亭　我哪谈得上竞争对手，我顶多算是个备胎。

文执中　据考证，每一个备胎都盼着前面爆胎。

陈雨亭　哥们儿，开玩笑得有分寸，别让田老师当真了。

田一飞　呵呵，没事，爱情也该竞争上岗嘛。我走了，恕不奉陪。

文执中　等等，我是来找你的。

田一飞　有何贵干？

〔文执中将田一飞拉出图书馆，两个人边走边聊。

〔稍顷，任平平走来，看了看田一飞和文执中的背影，犹豫了一下，进了图书馆。〕

文执中　你看，天蓝水碧，秋高气爽。我带你去有点儿意思吧。

田一飞　有点儿什么意思？

文执中　去喝一杯呀。

田一飞　大白天的，这算什么意思？

文执中　那儿的女老板极具风韵，吟诗作画，风情万种。

田一飞　有点儿意思。

文执中　不是有点儿意思，是“有点儿意思吧”。

田一飞　我说了，是有点儿意思呀。

文执中　是“有点儿意思吧”。

田一飞　你贫不贫呀？

文执中　我说的是那酒吧的名字。

田一飞　什么名字？

文执中　“有点儿意思吧”。

田一飞　你没完了？

文执中　听好了，那是个酒吧，酒吧的名字叫作：有、点儿、意思、吧。

田一飞　这名字取的是有点儿意思。

文执中　今天我请客。

田一飞　铁公鸡拔毛了？

文执中　哦，顺便向你讨教有关上古文学的几个问题。

田一飞　我说的呢，原来是撒米抠蛋呀。

文执中　嘻嘻，拜托了。

田一飞　不对呀，我记得你是搞“欧美比较文学”的，怎么突然对上古文学感兴趣了？

文执中　我现在正在写一部新的论著，那里面涉及中国上古文学，你是权威啊。

田一飞　都到什么时候了，你还有心思写书？

文执中　怎么了？

田一飞　马上就要评职称了你知道不知道？

文执中　知道啊。

田一飞　你现在只是个讲师。

文执中　是啊，咱们一样啊。

田一飞　下一步你要评副教授的。

文执中　我要副教授干什么？

田一飞　你说干什么？

文执中　我觉得没用。

田一飞　没用？

文执中　是啊，有什么用？

田一飞　没有副教授的头衔，你连港台阅览室都进不去。

文执中　我不进就是了，那里边也没有上古文学。

田一飞　你连参加分房子的资格都没有。

文执中　我父母就是这个学校的领导，他们退休回乡下养老去了，把房子留给我了。

田一飞　你牛。可是你不是副教授，从同事到同学，包括做饭的、看门的、烧锅炉的都瞧不起你。

文执中　我又不当他们家女婿，要他们瞧得起干吗？我自己瞧得起自己就好。

田一飞　这么说，这次评职称你不参加了？

文执中　不参加。

田一飞　可惜，太可惜了。

文执中　有什么可惜的？

田一飞　在咱们中文系的讲师中，你是最有实力的，是最有希望评上副教授的。

文执中　你认为我是最有实力的？

田一飞　大家公认的。

文执中　如果说，我是最有实力的，就是你最强的竞争对手对不对？

田一飞　可以这么说。

文执中　现在我退出了。

田一飞　……

文执中　就冲这，该不该你请我喝一杯？

田一飞　我靠，绕回来还是你一毛不拔啊？好吧，就去“有点儿意思吧”。

文执中　这才叫真的有点儿意思吧。

〔二人下。

〔灯光转移到图书馆。

〔陈雨亭将一个包装盒塞给任平平。

〔任平平推托着，陈雨亭硬塞给任平平。

〔暗场。〕

4

〔舞台上三个表演区，一个是中文系办公室，一个是田一飞的单身宿舍，一个是医院病房。

〔中文系办公室，王智慧在主持开会。

〔田一飞的单身宿舍，任平平正在为他计算量化考核的教分。

〔医院病房，魏立言照顾着病床上的林静。

〔三个表演区靠灯光显示，中间是中文系的办公室。

〔中文系的会开得有点儿乱，大家七嘴八舌，议论纷纷。〕

讲师甲　有的人一篇论文都没有，外语也不过关，却评了个副教授，我发表了二十多篇论文，英语考了六十九分，连续两次都不给我评，这理到哪儿去说？

田一飞　中国最没道理可讲的，就是评职称这事了。

讲师乙　一个企业赠送给系里一批购书卡，每张三百元，正教授发两张，副教授发一张，讲师一张没有。

陈雨亭　上次评职称时，有些优秀的讲师没评上，学校给了他们一个任职资格，只发资格证书，不发副教授聘书，以示安慰。田一飞，你就是这样吧？

田一飞　那是内部饭票，出了校门就没人承认。

文执中　你以为在校门内人家就承认吗？发购书卡不是照样没你的吗？

讲师甲　现在的职称早已经名不副实了，一大批连初中都没毕业的歌星，都弄个一级二级演员，名片上还写着“相当于副教授”，相当得了吗？她认识几个字？二十六个英文字母她念得下来吗？

文执中　老兄，他们说相当于副教授，你还挺委屈是吧？告诉你，那是抬举我们。副教授一个月拿多少钱？够人家一个晚上的台费吗？这叫作“金陵年少争缠头，一曲红绡不知数”。我们呢，“门前冷落车门稀，老大嫁作商人妇”。

讲师乙　怎么成“商人妇”了？

文执中　一开学术会就拉赞助，不是“商人妇”是什么？

田一飞　要我说呀，干脆把职称统统取消，恢复八级工资制，按工龄拿工资，保证天下太平。

王智慧：好了好了，咱还是书归正传，研究正题吧……

〔光暗。

〔医院病房。

〔医生给林静检查完，嘱咐魏立言：她身边不能离开人，有什么情况立即通知我们。

〔魏立言答应着。

〔医生离开病房。〕

林　静　老魏，你别管我了，你走吧，快走吧。

魏立言　你这样，我怎么能走呢？

林　静　我死不了，就算我死了，也不怨你。

魏立言　林静，我真的不能离开你。

林　静　眼下正是关键时刻，你不能缺席会议，一次都不能缺席。你知道当年文副校长是怎么被打成右派的吗？就是因为中间他上了一次厕所……

魏立言　评职称又不是打右派。

林　静　比打右派还厉害，当了右派还有改正的时候，这职称要是评不上，谁给你改正？

魏立言　医生刚嘱咐了，你身边不能离开人。

林　静　错了，是系里那个会上不能离开人。

魏立言　我不能走。

林　静　你走不走？

魏立言　林静……

林　静　你要是再不走，我就拔掉这针管……

魏立言　林静……

〔光暗。

〔田一飞的单身宿舍。

〔任平平面前一堆表格，她一边用计算器计算着，一边嘀咕着。〕

任平平　怎么回事呀？不会吧？

〔任平平继续算着，忍不住拿起手机。〕

任平平　（对着电话）一飞，这到底是怎么回事呀？我怎么算你的教分都不够……我说的是量化考核，讲师一年的工作量必须达到一百八十教分……你看，每课时一教分，做实验一教分，辅导一教分，出题阅卷一教分，指导毕业论文一教分……啊，科研四千字以下论文四教分，专著十教分，译注六教分，编写教材四教分……政治学习三教分……哎呀，我是一项一项给你算的，好了，等你回来，快点儿啊……

〔光暗。〕

〔中文系办公室，会议继续着。〕

汪明华　王书记，这政治表现怎么评？还要分三六九等，谁好谁坏分得出来吗？

王智慧　学校已经考虑到这一点了，有个具体的标准。

陈雨亭　政治表现还要具体标准？

王智慧　我这儿有个文件：第一等的，获得过省市精神文明建设标兵、模范党员、优秀教师、三八红旗手、新长征突击队员的；第二等，近两年评为校先进工作者的，评为优秀导师的；第三等的也是有条件的，一贯坚持资产阶级自由化观点，反对四项基本原则又屡教不改的，有重大经济问题正在立案审查的，不守师德上课迟到达十五分钟的。

田一飞　完了？

王智慧　完了。

田一飞　这不守师德仅仅表现在上课迟到十五分钟上吗？

王智慧　那你说还有什么？

田一飞　抄袭论文算不算师德？对女研究生搞潜规则算不算师德？

王智慧　这个……学校没提。

田一飞　那咱说学校提的吧，搞资产阶级自由化、反党反社会主义怎么跟迟到十五分钟相提并论？

文执中　田一飞同志，咱不较真儿会死吗？

田一飞　（看了文执中一眼）算我多事行了吧？

柳玉枝　好了，我这儿还有一堆试卷，算是这学期政治学习的测验，每道题都要答。

汪明华　（上前翻看着）嚯，这么多！

王智慧　对了，柳大姐，您说吧，这些试卷很重要，答好了，每个人算一个教分。

柳玉枝　你们看看，有党建基本知识、国防知识考查、时事政治测验、计划生育知识问答……

陈雨亭　天呀，这么多谁答得上来？

王智慧　可以拿回家去答。

讲师甲　拿回家不是也得答吗？光是找这些答案，没有三五天的工夫都不行。

文执中　等等，咱这是集体答卷是不是？

柳玉枝　对，集体答卷，人人有份。

文执中　既然这样，我倒是有个办法，何不来个联产承包？

王智慧　什么联产承包？

文执中　两三个人承包一份试卷，每一个人分几段，答出来算咱集体的，又快又好。

众　人　对对，好，好……这个办法好……

王智慧　（看着柳玉枝）这样行吗？

柳玉枝　我看也未尝不可，大家都知道是应付差事，怎么答不是答呀？

王智慧　那咱分配一下任务：陈雨亭，你牵头负责党建基本知识；汪明华，你牵头负责国防知识考查；文执中，你牵头负责时事政治测验；田一飞，你牵头负责计划生育知识问答……

文执中　我又不参评职称，别给我派活儿。

田一飞　我说王书记，我可还没结婚呢，你让我牵头答这题合适吗？

柳玉枝　越是没有结婚越是要掌握计划生育知识，免得到时候手忙脚乱地抓不到要领。

文执中　柳大姐说得对，计划生育的要领也要从娃娃抓起。

田一飞　足球要从娃娃抓起，计算机要从娃娃抓起，唯独计划生育这事儿嘛，还真不能从娃娃抓起啊。

柳玉枝　少废话，就这么定了。

王智慧　听柳大姐的，就这么定了。

〔魏立言满头大汗气喘吁吁地跑来，听到了最后一句话，急了。〕

魏立言　啊？你们都定了？

王智慧　老魏，你不是请假了吗？

魏立言　请假了。你们巴不得我请假是不是？

王智慧　你不是在医院照顾林静吗？

魏立言　还是林静说得对，这种会不能缺席，谁缺席谁吃亏。

王智慧　老魏，你说什么呢？

魏立言　你们趁着我不在，都定了是不是？

王智慧　我们定什么了？

魏立言　职称啊，你们把职称的名额啊都定下来了是不是？怎么定的？有我没我？

文执中　（开玩笑）老魏，你可得想开点儿，林大姐已经病了，你可不能有个三长两短啊。

魏立言　你们真的定了啊，真的把我甩了？

文执中　老魏，这次没评上还有下次呢，你好好照顾林大姐吧。

魏立言　（爆发般地哭起来）苍天啊，你睁开眼吧……你们太欺负人了……呜呜呜……

〔暗转。

〔田一飞的单身宿舍，已是晚间。〕

田一飞　我课没比别人少上，作业没比别人少批，辅导没比别人少做，论文没比别人少发，怎么会比别人少那么多教分呢？

任平平　出题阅卷少一分，编写教材少四分，政治学习少三分，这加起来就是八分，八分啊我的哥哥。

田一飞　出题阅卷他们拿补贴了，编写教材他们拿稿酬了，我为了让他们多挣点儿外快才不跟他们争的。怎么现在倒算教分了？再说政治学习，这跟我教学有关系吗？

任平平　好在你论文发表得多，又找回来五分，这样你还差三分呢。要知道，你不够一百八十个教分，连申报职称的资格都没有。

田一飞　那怎么办呀？这教分又不能偷、不能抢、不能花钱买。

任平平　你不是还写过一部报告文学吗？《一个企业家的中国梦》，我问了，你是教中文的，文学创作也算数，可以抵两个教分呢。

田一飞　别提那个报告文学。

任平平　怎么了？

田一飞　我丢不起那人。

任平平　你自己的作品，又不是抄袭的，有什么丢人的？

田一飞　我不让你报你就别报，还有别的办法吗？

任平平　那……只有一个机会了。

田一飞　什么机会？

任平平　政治考核，正好是三个教分。

田一飞　我最讨厌的就是所谓的政治考核，站在众人前面自己夸自己，自己给自己评功摆好，丢不丢人啊……

〔敲门声，田一飞一愣，开门。

〔出现在门口的是马源。〕

马　源　我来得不是时候吧？

任平平　马院长，您多想了，我是来帮助田一飞算教分的。

马　源　别说，我还真的是为找你来的？

任平平　找我？马院长有事请吩咐。

〔马源拿出一个长条形的锦盒，递给任平平。〕

任平平　（尴尬地）马院长……您……我这可是送给嫂子的。

马　源　我知道。平平，你别误会，现在正是关键时期，敏感，太敏感。

任平平　只不过……我只不过是一点儿心意……

田一飞　到底是怎么回事？

马　源　平平是为了你，完全是为了你。可是她不知道，咱哥俩是什么关系呀，用得着这个吗？俗了，平平，我不是批评你，真的俗了……好了，你们忙吧，我还要到系里去一下。

〔田一飞一时不知道说什么，尴尬地应付着。

〔马源拍了拍田一飞的肩膀，意味莫名。〕

马　源　放心，把心安放在肚子里。

田一飞　老马，您可……承诺过的。

马　源　还用得着你提醒我吗？相信老哥好了。

〔马源走了。〕

田一飞　你怎么想起给马源送礼来了？

任平平　眼下就是这个风气啊。

田一飞　你没听马源说吗？就凭我们俩的关系，用不着这样。

任平平　不对啊，如果你们俩关系真的很铁，他不应该把礼退回来呀！

田一飞　你想哪儿去了？怪不得马源说你俗呢。

任平平　在医院里，你知道给医生送红包吗？

田一飞　知道啊。

任平平　在手术前，就算是铁哥们儿、闺密、亲戚，红包该送还是要送的。医生要是收了你的红包，你心里就踏实；他要是拒收，十有八九这病就没治了。

田一飞　你是说，马源他不肯替我说话了？

任平平　你给我说说，你们关系怎么不一般了？

田一飞　我告诉了你，你可不许到外面乱讲啊。

任平平　那当然。

田一飞　上次他评正教授，论文的数量和质量都不过关，是我把一部即将出版的专著，署上了他的名字，而且还把他放在了前面。

任平平　那他到底对你有什么承诺？

田一飞　他说，下次只要有一个名额，就是你的。

任平平　嘁！

田一飞　怎么了？

任平平　听说过一个段子吗？

田一飞　你说说。

任平平　一次车祸，警察来了，看见一个农民正在埋死去的人。便问，共有多少人？农民说，五个。警察又问，都死了？农民说，有一个还有点儿气，说了一句话。警察问，他说什么了？他说他是干部，让我救救他。警察说，那你怎么给埋了？农民说，干部说话你也信？

田一飞　哈哈……这段子好。

任平平　就是啊，干部说话你也信？

田一飞　咦对了，你给马源送的什么礼物？

任平平　是送给马源老婆的。

田一飞　我看看。

任平平　没什么，一个小首饰。

田一飞　什么首饰？

任平平　啊，一个项链。

田一飞　（上前把锦盒打开）这么贵……是你买的？

任平平　是……

田一飞　（开始疑惑）到底是怎么回事？

任平平　是那天……陈雨亭送给我的……我不要，他非得……我便送给马源老婆了。

田一飞　陈雨亭送你项链，他什么意思？

任平平　他一直……你知道的。

田一飞　他一直追求你，可是你不是一直在拒绝他吗？

任平平　我是一直在拒绝他呀。

田一飞　那你为什么还收下他的项链？

任平平　我……我当时……身边有人……实在没有办法拒绝。

田一飞　唉……

〔又是敲门声，田一飞去开门，进来的是杨芳。〕

杨　芳　（犹豫地）任老师，你也在呀。

任平平　你来了，我这就走。

杨　芳　我……我是来给田老师补习英语的。

〔任平平抓起桌子上那个锦盒，气呼呼走了。〕

任平平　那，你就慢慢帮他补吧。

田一飞　平平，你等等。

杨　芳　田老师，要不……我换个时间再来吧。

〔灯光暗。〕

5

〔可以设想这是一个会场，有若干个表演区。

〔会场开始的时候比较正规，讲演者各自站在自己的位置上演说，随着演说越来越激烈，表演区被打乱了，讲演者的位置被打乱了，连演说的顺序也被打乱了。讲演者各说各话，互相穿插，嗡嗡嘤嘤，浑成一片。

〔在舞台适当的地方有一排桌子，坐在桌后面的是所谓评委会的成员。除了系主任马源、工会主席柳玉枝外，其余的我们都不认识。〕

王智慧　我忠于党，忠于社会主义，忠于毛泽东思想。我参加工作以来，三次被评为优秀党员。我所领导的中文系党支部，多次受到校党委的表扬，并连续三年被评为先进党支部……

陈雨亭　我受党培养教育多年，坚决执行党的方针路线，坚决拥护四项基本原则，坚决反对资产阶级自由化……

魏立言　我热爱党，热爱人民，热爱我们伟大的祖国，坚决跟党中央保持一致，跟工青团甚至妇联都保持一致……

王智慧　我自觉要求自己，不贪污，不腐败，不搞特殊化……

陈雨亭　我是革命一块砖，哪里需要哪里搬……

魏立言　我顾全大局，牺牲自己，从来不向党伸手……

〔在众讲演的时候，田一飞站在舞台中央，惊愕地看着讲演的人。

〔文执中站在舞台的边沿上，冷眼旁观。

〔任平平冲到田一飞的身边，推搡着田一飞。〕

任平平　你去呀，你倒是快去呀！

田一飞　你让我去干什么？

任平平　去讲演啊，人家都已经开始了，你没看见吗？

田一飞　你让我讲什么。

任平平　你听听人家在讲什么。

田一飞　他们讲的话我不懂。

任平平　你不懂？

田一飞　我也讲不出来。

任平平　你必须讲。

田一飞　为什么？

任平平　不讲，你的教分就不够，这可有三个教分呢。

〔田一飞犹豫着。

〔众人的讲演越来越激烈，声音也越来越慷慨激昂。〕

王智慧　我所写的都是精神文明建设的作品，《精神文明与传统文化》《精神文明与现代化》《精神文明与经济建设》《精神文明与互联网》……到目前为止，一共出版了八本……

文执中　应该是“八股”吧？

王智慧　对，也可以说是八部。

文执中　我说的不是“八部”，是“八股”。

王智慧　文执中，你什么意思？

文执中　你那些作品，无非是“一二三四，甲乙丙丁，ABCD”，纯纯粹粹的“八股”。

马　源　文执中，你不参加评职称，别说风凉话好不好？

文执中　我这不是群众评议吗？

马　源　等大家讲演完了，才到群众评议的环节。好了，继续。

陈雨亭　我响应系党支部的号召，主动到图书馆担任馆长……

魏立言　我勤勤恳恳，甘当革命老黄牛……

〔以下的话可以同时说，可以穿插说，基本上分不清是谁说的了。

〔我积极参加政治学习，不迟到，不早退，不请假……

〔我全心全意给学生做辅导，加班加点，任劳任怨……

〔我耐心给学生批改作业，辅导毕业论文……

〔我利用假期到农村搞社会调查，写出了多篇报告……

〔汶川地震，我积极参加学校募捐活动，还另外捐给中国红十字会三百元，我有邮局汇款的凭证……

〔我给希望工程捐款三次，每次一百元，还参加了一对一的对口支援……

〔我们班有一个藏区来的学生，生活非常困难，我常常把自己的衣物和饭票给他，还给他买过书和笔记本……

〔校门口有个小贩被城管砸了车子，我挺身而出，训斥了野蛮的城管……〕

任平平　一飞，你倒是说呀，快说呀。那些空洞的口号你不会喊，给自己评功摆好你还不会吗？

田一飞　我说不出这些无耻的话，也没有什么功和好值得摆上台面。

任平平　你出版过报告文学，那可是国家正式出版物。

田一飞　我不说，那件事情也不能说。

任平平　为什么不能说？

田一飞　你别管。

任平平　我要管，你不说我说……听着，我替田一飞说两句，早在两年前，他就创作过一部报告文学，影响很大……

〔任平平的话打破了嗡嗡嘤嘤讲演，顿时将大家震慑住了。〕

田一飞　任平平，你闭嘴！

任平平　我凭什么要闭嘴，你不说，还不让我说？那部作品出版以后，中国作协还专门开了研讨会，许多全国著名的评论家都充分肯定，好评如潮……

田一飞　（上前一把拉住任平平）你给我下来。

任平平　（倔强地）不，我就要说，当时的《文艺报》发了整版的推介和评论……

〔田一飞火了，啪的一声扇了任平平一个嘴巴。

〔任平平捂住脸呆愣住了，田一飞也愣然了。〕

任平平　你打我？

田一飞　对不起……

任平平　你居然打我？

田一飞　不让你说，你为什么还要说？

任平平　你凭什么不让我说？

田一飞　我们做人，总要有个底线吧。

任平平　这与底线有何关系？

田一飞　那不是我的成就，那是我的羞耻。我……我为了买一辆车，为了那企业家的钱……突破了我做人的底线。

任平平　你要是这么说，告诉你，我也有我的底线。

田一飞　你说。

任平平　我要嫁给一个有高级职称的人，我要作为家属留在这个学校，我再也不回那该死的蛮山了。

田一飞　我没法答应你，至少暂时不能答应你。

〔任平平哼了一声，气怒地走了。

〔田一飞抱着头蹲在了地上。

〔柳玉枝走过来，拉起田一飞，没有立即回评委台，站在了文执中的身边。〕

文执中　陈雨亭，田一飞“爆胎”了，该你这个“备胎”上了。

陈雨亭　我是那种乘人之危的小人吗？

文执中　嗯，靠谱。不过，你这儿也离不开是不是？得坚守阵地啊。

陈雨亭　你没见老魏吗？老婆在医院抢救呢，他还在这儿声嘶力竭。

魏立言　（指着陈雨亭）声嘶力竭的是你！（指着王智慧）还有你！何止是声嘶力竭，简直是歇斯底里！

文执中　（对柳玉枝）他们这是干什么？

柳玉枝　评职称讲演呀？

文执中　我看像是竞选总统。

柳玉枝　你能不能说点儿正能量的话?

文执中　我就是不明白，他们说这些跟评职称有关系吗?他们讲的这些“丰功伟绩”，跟大学教授的业务沾边吗?

柳玉枝　作为中国的高等教育工作者，就应该有坚定正确的政治方向。

文执中　（摇了摇头）不懂。

柳玉枝　对了，我给你介绍的那个姑娘，你们见面了吗?

文执中　见了。

柳玉枝　怎么样?快跟大姐说说。

文执中　还能怎么样?

柳玉枝　刚一见面就没感觉吗?

文执中　差不多。

柳玉枝　你不至于这么不堪吧?

文执中　怎么不至于?刚一见面，人家就问我，有房吗?我说没有。

柳玉枝　你怎么说没有?校园后面那栋小楼不是你的吗?

文执中　您说错了，那是我父母的。

柳玉枝　你父母的不就是你的吗?

文执中　她还问我，有车吗?我说没有。

柳玉枝　你不是有一辆桑塔纳吗?

文执中　在那个姑娘眼里，桑塔纳根本就不算车。她又问我，有高级职称吗?我说没有。

柳玉枝　你看你看，我苦口婆心地劝你参加评职称，你就是不参加。

文执中　就这么几块骨头，我再去抢，更得把人脑子打出狗脑子了。

柳玉枝　你呀，能不能留点儿口德?

〔会场上的讲演继续着，会风却变了，不见了刚才的慷慨激昂，渐渐地沉重起来。〕

陈雨亭　对，老魏说得对。我是声嘶力竭了，甚至是歇斯底里了。我为我的行为感到羞愧，我好歹也是个大学讲师，站在讲台上我也人五人六，也跟我的学生讲礼义廉耻……可现在，有辱斯文，斯文扫地啊。可话又说回来，谁让我这样的？没有人让我这样，我见别人这样我也就这样了。这叫什么？从众？随风倒？不管怎么说我变得这样了。可是不这样行吗？原来的读书人脸皮儿薄，耻于谈钱，耻于谈利，耻于谈名，谦虚得一塌糊涂。现在你不谈没有人为你谈，你不争没有人为你争。我知道我争不过王智慧，他是系党支部书记，是荤就降素，是官就有特权；我也争不过田一飞，他学问好，口才好，又仪表堂堂。任平平本来是我先追求的，田一飞一出现，她立即就贴上去了。我为什么要调到图书馆当馆长？当馆长就毁了我做学问的前途，我是做出了巨大牺牲的。就是因为我争不过他们，我才剑走偏锋另辟蹊径的……

王智慧　我知道大小是个官就招人恨，院党支部书记，也算官吗？听清了，我是兼职、兼职，你们明白吗？我还在系里任课，我的课时不比别人少。我还要辅导学生，还要编教材，还要搞研究，还要写论文……我的时间呢？我的精力呢？你们根本不知道，光是开会，每周占据了我多少时间？你们局外人根本想象不到会议有多么可怕，多得可怕。例会、支部生活会、党员积极分子谈心会、党课辅导会、时政报告会，还有各种各样名目繁多一个接一个、一个压一个的中心工作，什么课题研究会、教学交流会、校园安全会、公共环境保护会、学生思想动态汇报会、社会调查会、革命传统教育会……会议不是一个一个的，是一团一团的、一片一片的、一群一群的，黑压压地看不见边，熬不到头。我的生活，我的事业，我的爱情，我的梦想，就这样被生吞活剥了……有人说我写的著作是“八股文”，你们觉得写“八股文”很容易是吧？“八股文”也是需要“材料”的。你们知道什么叫“材料”吗？你们有谁认真学习过文件？有谁认真听过领导做报告？告诉你们，我连看《新闻联播》都做笔记。我容易吗我？

魏立言　我知道我窝囊，窝囊透了，窝囊废。原来有个说法，叫作夹着尾巴做人。我何止是夹着尾巴，我是夹着脑袋，把脑袋夹在自己的卡巴裆里。就这样，人家还是不依不饶。开始的时候，说我是工农兵学员，本来就不该留校。可是我后来拼着命地补习啊，我通过了自学考试，一样拿到了研究生的文凭。可是人家仍然不承认，说我的学历是"文凭学历"。知道什么叫作"文凭学历"吗？就是那些当官的，花点儿钱，到学校转个弯儿，请领导教授喝几次酒，就拿了个文凭。那是糊弄他们上级吓唬他们下级忽悠不明真相的老百姓的，我跟他们一样吗？我每过一关，也都是点灯熬油抠哧出来的。就这样我还是不能把脑袋抬起来，见谁都鞠躬，见谁都哈腰，见谁都赔着笑脸，我怎么了？我不就是比你们早出生几年吗？当然，我的底子潮，学问不扎实，课讲得马马虎虎，论文也不知所云……可是，我努力了，我拼命了，我……我就是这么笨啊我……（强忍着，还是哭了出来）老天爷啊，帮帮我吧，看在林静的面上，她已经是快死的人了……

文执中　田一飞，你都看见了吧，轮到你了。

马　源　田一飞，该你发言了，你要是不参加讲演，可是没有成绩的。

〔田一飞端正地站好，做出一副准备发言的姿态。

〔众皆看着他。〕

柳玉枝　小田，你可得好好说啊。

田一飞　我任职以来讲了三门课，一门基础课，两门选修课，出版了两本专著，发表了二十几篇论文，材料已经交到系里，请予评审。

马　源　完了？

田一飞　完了。

柳玉枝　小田，你怎么能这样敷衍了事呀？

田一飞　我是很认真的。

柳玉枝　你事先没准备好吗？

田一飞　不，我准备得很充分。

柳玉枝　你这……有点儿不把我们评委看在眼里啊。

田一飞　柳主席，我这可是太把你们看在眼里了啊……因为高看你们，我才只需要这么简单。

〔暗场。〕

6

〔舞台上两个表演区，一个是系图书馆，一个是田一飞的单身宿舍。

〔任平平在图书馆里跟陈雨亭抱怨着。

〔陈雨亭兴致勃勃地泡着咖啡。〕

任平平　怨谁呀？你说怨谁呀？我辛辛苦苦地帮助他计算教分，又辛辛苦苦地给他准备讲演稿，临门一脚了，他却玩起了清高，要起了傲骨。清高能算教分吗？傲骨能帮你评职称吗？完了，这回他算彻底完了，赖狗扶不上墙，累死扶狗的。

陈雨亭　来，喝杯咖啡，别再把姑奶奶气个好歹。

任平平　我能不气吗？他要是评不上副教授，我就完了，全完了。

陈雨亭　跟你有什么关系呀？

任平平　少废话。

陈雨亭　你真想在田一飞的这棵树上吊死？

任平平　你什么意思？

陈雨亭　告诉你，田一飞的讲演过关了。

任平平　过关了？

陈雨亭　照样给了他三个教分。

任平平　真的？

陈雨亭　据说马源在评委会上为他据理力争，舌战群儒。

任平平　马主任对田一飞真的不错。

陈雨亭　我就是不明白了，马源为什么那么为田一飞卖命？

任平平　你不知道吗？

陈雨亭　你知道？

任平平　我……我也不知道。

陈雨亭　你就跟我藏着掖着吧。

任平平　我真的不知道。

陈雨亭　这样吧，咱等价交换吧。

任平平　怎么交换？

陈雨亭　你告诉我一个秘密，我也告诉你一个秘密。

任平平　你先说。

〔田一飞的单身宿舍。

〔文执中进来，手里拿着酒菜。〕

文执中　看见了吧？牛栏山二窝头，五香花生米。

田一飞　《茶馆》里有句话，“花生米有了，牙没了”。

文执中　你不至于没牙了吧？

田一飞　牙倒是有，喝酒的心思没了。

文执中　三杯通大道，一醉解千愁。

田一飞　我真的佩服你，后退一步海阔天空。

文执中　你也可以做到的。

田一飞　我不行，我俗缘未了，六根不净。

文执中　我就是沾了父母的光，不缺房子不缺钱，站着说话不腰疼，实际上呢，更是俗人一个。

田一飞　哦对了，你不是研究《易经》吗？给我打一卦。

文执中　你不是向来反对我装神弄鬼吗？

田一飞　这不是病急乱投医吗？权当佐酒。

文执中　（从口袋里掏出几个铜钱，双手合十摇晃着）天灵灵地灵灵……

田一飞　用《易经》打卦，有天灵灵地灵灵吗？

文执中　这是我最近跟一个巫婆学的。

田一飞　说你咳嗽你还喘起来了，你严肃点儿好不好？

文执中　难得你这么虔诚，来，先备上酒。

〔田一飞把酒打开，倒进两个茶杯里，又把那包花生米摊开。〕

田一飞　先喝还是先打卦？

文执中　我得先喝一口，要不没有灵感。

田一飞　你纯粹是吃着狗肉敲磬，亵渎神灵。

文执中　不用打卦了，你心里有什么事问我吧，我比它灵。

田一飞　你看我这次评职称有戏吗？

文执中　没戏。

田一飞　你怎么张口就来呀，正经点儿。

文执中　我跟你说的就是正经话。

田一飞　马源已经告诉我了，我演讲过关了，给了我三个教分。

文执中　那也没戏。

田一飞　凭什么？

〔图书馆里。

〔任平平惊叫着。〕

任平平　啊？凭什么？

陈雨亭　学校鼓励支援新建用人单位，如图书馆、出版社，凡是自愿调到此类单位者，其晋升高级职称的指标由学校单独下达。

任平平　就是说，人文学院的指标当中，有一个是专门分配给你的。

陈雨亭　这叫“戴帽指标”。

任平平　你早就知道学校有这个政策对不对？

陈雨亭　当然。

任平平　所以你提前要求调到图书馆来了？

陈雨亭　Yes.

任平平　运作这一步，花了多少钱？

陈雨亭　这是第二个秘密，你得再拿一个来换，呵呵。

任平平　这么说，你的副教授已经定下来了？

陈雨亭　手拿把攥。

任平平　陈雨亭啊陈雨亭，你可真够阴险的。

〔陈雨亭绕过来，将手放在任平平的肩膀上。

〔任平平摇晃了一下肩膀，把陈雨亭的手甩掉。

〔陈雨亭又把手放在任平平的肩上。

〔任平平伸手将陈雨亭的手打开。

〔陈雨亭顺势抓住了任平平的手。

〔任平平抬头看着陈雨亭。

〔陈雨亭将任平平拉起来，欲吻。

〔门响了一下，两个人惊吓地分开。

〔汪明华站在了门口。

〔陈雨亭看着汪明华。

〔汪明华用力将门摔上，走了。〕

〔暗转。

〔田一飞的单身宿舍。

〔文执中用铜钱为田一飞打卦。〕

文执中　你这是个“坎”卦，卦象为险陷。一阳爻陷于二阴爻之中，有坑穴之象，如水中漩涡，故易陷落沉溺。不好，危险之极啊。

田一飞　你是说，我的职称没戏了？

文执中　够呛。

田一飞　我可听说，副教授职称，给了人文学院三个名额呢，现在筛来选去，能够入围的只有王智慧、陈雨亭、魏立言和我四个人。从哪方面说，也不该淘汰我呀。

文执中　不错，中文系是有三个名额，可是有一个是戴帽名额，这专门给陈雨亭的。

田一飞　陈雨亭这小子用心够深的。

文执中　那么现在还有两个名额，两个名额三个人争，你知道这叫什么吗？

田一飞　叫什么？

文执中　二桃杀三士。

田一飞　二桃杀三士？是谁设计的这条毒计？

文执中　也许仅仅是一种巧合。

田一飞　这么说，我们三个人都得死。

文执中　不，你们三个人活两个，有一个必死无疑。

田一飞　凭什么死的是我？

文执中　你不下地狱谁下地狱？

田一飞　下地狱的必须是我吗？

文执中　我说的是卦象，你不是让我给你打卦吗？我只说卦象。

田一飞　我不信你这狗屁的卦象，我这一辈子，也许信命，但从不认命；即便认命，也不能认输。

文执中　从卦象上看，这还不是最糟糕的。

田一飞　还有大灾大难？

文执中　一阳陷于二阴，似生命落水而不能自拔。坎为子夜，为暗。水潜地下，为暗流，为隐伏。

田一飞　你是说，还要中暗箭？

文执中　我只说卦象。

田一飞　卦象还说了什么？

文执中　卦象什么都说了，又什么都没说。

田一飞　这不是扯淡吗？

文执中　哈哈哈，喝酒！

田一飞　文执中，你有什么事瞒着我吧？

文执中　喝酒。

田一飞　（端起酒杯一饮而尽）说吧，我扛得住。

文执中　你真的扛得住？

田一飞　天塌了也只能把我砸到地里去，有什么了不起。

文执中　好，是条汉子，执中佩服你。

田一飞　说吧。

文执中　已经定了。

田一飞　你听谁说的？

文执中　柳大姐告诉我的。

田一飞　看来不是小道消息。

文执中　柳大姐让我劝劝你。

田一飞　是人文学院定的，还是校党委定的？

文执中　人文学院按照校党委的意见定的。

田一飞　马源呢？马源他就不能坚持自己的意见？

文执中　你呀，书呆子一个，书生气十足。

田一飞　马源对我是有承诺的。

文执中　马源也算为你两肋插刀了，但别忘了，马源是人文学院的院长，是官员，官场有官场的规矩。

田一飞　嗯，我靠……

文执中　你还真靠不着他。这酒还喝吗？

田一飞　干吗不喝？喝死拉倒！

〔两个人举杯豪饮。

〔暗转。〕

7

〔田一飞的单身宿舍。

〔田一飞衣着邋遢，精神萎靡，一副大醉初醒的样子。

〔门似乎没有关，蓦然间，任平平和陈雨亭站在了田一飞面前。

〔田一飞只是瞟了他们一眼。

〔任平平和陈雨亭尴尬地站着。

〔田一飞依然视而不见。〕

陈雨亭　一飞，你还好吧？

田一飞　呵呵，一时半会儿死不了。

陈雨亭　一飞，我很抱歉地告诉你，我和平平订婚了。

田一飞　好事啊，抱什么歉？

任平平　（拉着田一飞的衣袖）一飞，对不起。

〔田一飞使劲甩掉任平平，掸一掸衣袖。〕

任平平　一飞，真的对不起。我必须留在这个学校，我就是死也不能再回蛮山了。

田一飞　泰戈尔早说了——天空划过翅膀的阴影，而我已飞过！

陈雨亭　（对任平平）平平，你先回去吧，我跟一飞单独谈谈。

〔任平平出去了。〕

陈雨亭　一飞，你可以骂我，甚至可以打我。我和平平这样做，就是你不骂我，也会被人不耻；就是你不打我，也会有人戳我的脊梁骨。但是爱情是没有对错的，你知道我一直爱着平平的……

田一飞　嘿嘿，以前咱俩叫同学，以后得叫“同情”了吧。

陈雨亭　你别玩世不恭的，我是来跟你说点儿正事的。

田一飞　“同情”之间，除了决斗，还能有什么正经事？

陈雨亭　评职称的事，我可以帮助你。

田一飞　得了吧，咱不拿女人做交易。

陈雨亭　我和平平的事情，确实很抱歉，算是一点儿补偿吧。

田一飞　用不着。

陈雨亭　我这儿有一份材料，是小贾发现的。魏立言的四篇论文都是抄袭的……你自个看着办吧，还来得及……

〔田一飞一愣，抬头看着陈雨亭。〕

陈雨亭　你先翻翻，我是大开眼界了的，我告辞了。

〔陈雨亭走了，田一飞拿起材料，翻看起来……

〔杨芳进来了，将一个血染的手帕交给田一飞。〕

田一飞　这是什么？

杨　芳　林静让我交给你。

田一飞　上面是血？

杨　芳　她用自己的血写了“跪求”两个字，她说临死之前一定要见你一面。

田一飞　她见我干什么？

杨　芳　去吧，一个要死的人了。

8

〔医院，林静躺在病床上，打着吊针。

〔魏立言在一边守候着。

〔见到田一飞，林静挣扎着要坐起来。〕

田一飞　林大姐，您别动。

林　静　一飞，你来了，我谢谢你……我知道你会来的，你是一个好心的人，我要死了，我要去见上帝了……上帝说了，好心一定会有好报的。

田一飞　林大姐，您安心养病，别胡思乱想了。

林　静　人之将死，其言也善；鸟之将亡，其鸣也哀。一飞，大姐把你请来，就是想让你听听大姐临死前的哀鸣啊。

田一飞　大姐，有什么话您就说吧，我跟老魏是同事，您跟我别客气。

林　静　一飞，大姐有事求你啊。老魏，你去把门关上。

〔魏立言把病房的门关上。〕

林　静　老魏，你跪下，给一飞跪下。

〔魏立言犹豫着。〕

田一飞　（从怀里掏出一沓材料）老魏，这是真的？

魏立言　（羞愧地）我……我没有办法呀。

田一飞　再没有办法，你也不能做这种事情啊，你可是大学教师，是要一辈子教书育人的啊！

魏立言　别说了，我认罪……

林　静　田老师，你不会去告发吧？不会吧？

田一飞　……

林　静　田老师，你要是告发了，职称评不评是小事，你让老魏没法做人啊。

田一飞　老魏，我真的为你脸红，你真的不该啊！

林　静　老魏，你倒是跪呀，给一飞跪下呀！

〔魏立言依然犹豫着。〕

田一飞　老魏，你不能跪，你要是跪下，我马上就走。

林　静　一飞，我替老魏求你，我用命求你了……我是马上要走的人了，你可再不能逼死老魏啊，他是可怜人啊，我们还有俩孩子要活啊……

田一飞　实话告诉你们，你们就是不来求我，我也不会把这份材料交上去的。告密，打小报告，都是人渣干的事情。我田一飞即便也想评职称，尚不至于要踩着你老魏的尸骨往上爬。

林　静　田老师，真君子啊……

田一飞　林老师，真君子，我当不起；伪君子，我又不想当。这个材料，我当你们的面，现在就把它撕了。可是，老魏，这话，我还得说你几句……

魏立言　田老师，你虽然比我小，我一向尊重你，你说你说。

田一飞　老魏啊老魏，你我同院任教，也像是同朝为官，或者同船过渡，那也算是缘分。按老话说，我们该是为人师表的人啊。

魏立言　我惭愧，惭愧。

田一飞　古人说：师之所存，道之所存也。你叫魏立言，我们这些识文断字的人，被叫着知识分子的人，这辈子不敢妄想立功、立德，总还要争取立个言吧。著书立说，成一家之言，是你我的本分。可你这……这算是怎么一回事啊？就凭这些东拼西凑的东西，你就是当上教授博导，难道你不会暗夜脸红吗？

魏立言　田老师，你说得对，我也是读书人，礼义廉耻，礼义廉，这世上都没了，我也论不上，可我总算也是知耻的人。暗室欺心，我也汗颜。究竟是谁，把我们弄成这样不堪，就像老百姓笑话的——槽内无食猪拱猪，我是真的想不通啊……一代知识分子，活成这样，哪里还有什么颜面体面可谈啊？

〔魏立言说着，咕咚跪在了田一飞面前。〕

田一飞　老魏，你这是干什么？快起来！

林　静　一飞，你对我们恩重如山，我只能以死相报了……

〔林静说着，拼命挺起身，拔掉了臂上的针管。〕

田一飞　（惊愕地）林大姐……老魏，快去叫医生！

〔灯暗。〕

9

〔田一飞的房间。

〔杨芳和小贾进来〕

杨　芳　田老师，你真的要做君子？

田一飞　哼哼，君子。这年头到哪儿去找君子呀？连伪君子都快绝种了。伪君子至少还装成一副君子样儿，现在是连装，都觉得累，干脆做真小人了。长期以来，那些卖友求荣的小人活得很自在，很风光，自己心安理得，还得到许多人的追捧和羡慕，这是为什么？正是我们教育的结果。老魏是小人，可我要是去检举揭发他，那我就是在和他比小。我这辈子，只能跟人比高，绝不去跟人比小。

杨　芳　田老师，剽窃知识产权就是违法犯罪您知道吗？您不告发就是纵容。

小　贾　告发了魏立言，那个职称的名额自然就是您的了，您别犯傻呀田老师。

杨　芳　您要是不愿做，把材料给我，我发到网上，跟您一点儿关系都没有。

田一飞　不，我不做，我也不允许你们做。

杨　芳　为什么？

田一飞　大学教授抄袭论文，弄虚作假，把别人的劳动成果窃为己有，这不是个别现象，几乎成了人所共知的学术腐败。我也被人剽窃过，我也非常痛恨，一样恨得咬牙切齿。要是平时发现这些丑陋，我会毫不犹豫地把它揭露出来。但是现在，我不能这样做，你们也不能这样做。因为牵扯到了我的切身利益，什么事情沾上了私念私利，就不干净了，再正义的事情也不磊落了。你们还是让我做个干净人吧。

杨　芳　那您的职称怎么办？

田一飞　职称和人格相比，我选择后者。古人不为五斗米折腰，我也不能为了这个狗屁职称，降低我的人格。我还就不信，没有这个职称，我就不能在这个世上活了。

〔灯光渐暗，乐起。〕

10

〔又是本剧开始时的那个餐厅，人文学院大聚会。觥筹交错嘻嘻哈哈热闹非凡。

〔陈雨亭和任平平穿戴一新，双双出现在聚会上，格外引人注目。

〔魏立言戴着黑袖标，也得意扬扬，周旋在众同人周围。

〔文执中端着酒杯，依然是冷眼旁观与世无争。

〔柳玉枝跑前跑后地张罗着，整个聚会都让她给搅活了。

〔餐厅外面，杨芳站在马源面前。〕

马　源　你好像对读研究生不大上心了。

杨　芳　反正我的成绩在那儿摆着呢，该找的我都找了，考好考坏是我的事，录取不录取是你们的事。我也想开了，听天由命了。

马　源　你的成绩很好，还是很有希望的，这样吧，我给你疏通疏通。

杨　芳　您的意思是需要钱，对吧？

马　源　不提钱，提钱伤感情。

杨　芳　您的意思是谈感情？

马　源　谈感情又伤钱。

杨　芳　您不是又要给我讲规矩吧？

马　源　规矩还是要讲的，你懂的。

柳玉枝　（探出头来）老马，就等着你做开场白了。哦，这不是杨芳吗？来吧，一起参加我们人文学院的聚会。

杨　芳　我来合适吗？

柳玉枝　有什么不合适的，又不是花公款，他们几位评上职称的人请客，来者有份。

马　源　大家快入座，快入座，我还有重要的消息要宣布。

陈雨亭　好消息还是坏消息呀？

马　源　有好消息，也有坏消息。

陈雨亭　那就先说坏消息吧。

马　源　坏消息是……王智慧今天回不来了。

陈雨亭　他去哪儿了？

马　源　保密，绝密。

陈雨亭　那再给我们说说好消息。

马　源　不行，好消息不能先让你们知道。咦，田一飞呢？

〔一个西服革履、表情严肃的人进来了。〕

来　人　请问哪位是柳玉枝女士呀？

柳玉枝　我是，什么事？

来　人　请您借一步说话。

柳玉枝　什么事你就说吧。

来　人　最好是单独谈。

柳玉枝　这都是我人文学院的同事，什么事情都可以当着他们的面说。

来　人　恐怕不好吧？

柳玉枝　有什么好不好的，好事不背人，背人没好事，你就说吧。

来　人　我是唐校长的代理律师。

柳玉枝　唐校长的代理律师你找我干吗？

来　人　是关于您的。

柳玉枝　关我什么事？

来　人　我再问您一句，您真确定我可以当众说吗？

柳玉枝　当然了，你说吧。

来　人　唐校长要跟您离婚。

柳玉枝　什么什么什么？他要跟我离婚？笑话。

来　人　这是离婚协议书，请您看看。

柳玉枝　凭什么？他凭什么要跟我离婚？

来　人　您与陈雨亭开房的事情唐校长知道了……

〔柳玉枝完全呆愣了。

〔静场。

〔众人的目光逐渐转向了陈雨亭。

〔陈雨亭低下了头。

〔最先醒悟过来的是任平平，她突然冲向陈雨亭……〕

任平平　你……你……你跟她开过房？你……跟她？

〔陈雨亭无地自容地躲闪着任平平。〕

来　人　柳女士，我们还是单独谈谈吧。

柳玉枝　不，不用了，既然大家都知道了，我就在这儿坦白一下。是的，我是偷了，是跟陈雨亭开过房，还不止一次。你们知道为什么吗？我跟唐家祥结婚这么多年了，我们一直没有孩子，许多人都问我，我说是我的原因。我为什么要这样说，因为他是校长，我得给他留够了面子。这么多年，我一直守着活寡，我咬着牙不跟他离婚。可是我也是女人啊……他自己不行，我不抛弃他就很对得起他了。到如今他反而要跟我离婚。我同意，我离，把那结婚协议书给我，我签字。

任平平　（凑向陈雨亭）这么说，你们是真的？

陈雨亭　是真的，平平，我……对不起你……

〔啪的一声，一个大嘴巴扇在陈雨亭的脸上。

〔任平平捂着脸跑下，陈雨亭一把拉住了她。〕

任平平　放开我，你这个流氓，臭流氓。

陈雨亭　平平，你听我说，我是跟了柳大姐，柳大姐喜欢我，她待我不薄。

任平平　你要跟她结婚吗？

陈雨亭　我从来没有想过跟她结婚，她也没想过。

任平平　那你是为什么？

陈雨亭　为什么这还用说吗？在咱们人文学院，我算个什么？我跟文执中比得了吗？他是官二代，一切都不用他操心；我跟田一飞比得了吗？他比我帅，比我业务水平高；甚至我跟魏立言都比不了，他毕竟是有那么深的资历。我呢，我就是一个山里娃，我家祖祖辈辈都是农民，我是我们全村第一个大学生。我没有靠山，没有钱，在城里连个落脚的地方都没有。可是我也要进步，我也要出人头地，我也要高级职称。我靠什么？能靠上柳大姐就是我的造化。

〔众皆无语，场面非常尴尬。

〔汪明华跑上来，高叫着：王智慧回来了！

〔王智慧非常狼狈地上来，向大家抱拳致歉。〕

王智慧　栽了栽了，兄弟我这次真的栽了，让大家见笑了，见笑了，没脸面对大家了……

文执中　我说王书记，你也忒大意了，怎么落在他们手里了呢？

王智慧　这些天因为评职称，搞得我身心交瘁，昨天晚上我说去做做足疗解解乏，谁知道那些警察就在门口守着，出来一个抓一个。

马　源　你能这么快出来就算不错了，不是说要刑拘半个月吗？

王智慧　凭什么拘我半个月，法院都说了，打飞机不算嫖娼。

文执中　这么说你打飞机了？

汪明华　文老师，什么叫打飞机？

文执中　这……少儿不宜。

汪明华　什么少儿不宜，我都快当少儿的姥姥了。

文执中　（指着王智慧）你还是去问他吧。

汪明华　哼，没出息的东西。

马　源　（端起酒杯）好了，咱先把那些不愉快的事情放一放，无论如何，我们还是要庆祝一番的，祝贺王智慧、陈雨亭、魏立言荣升为副教授。还有田一飞……咦，田一飞呢？

汪明华　来了，刚才我还看见他了。

文执中　他在隔壁的餐厅里在写什么东西。

柳玉枝　杨芳，你快去把田一飞叫来。

田一飞　（上场）我来了。

马　源　（严肃地）田一飞，你先坐下，我有话问你。

〔田一飞坐下，紧张地看着马源。〕

马　源　寒号鸟是谁？

汪明华　寒号鸟不是一种鸟吗？

马　源　你别插嘴，我问田一飞呢。寒号鸟是不是你？

田一飞　怎么了？

马　源　你以寒号鸟的笔名出版了一本报告文学《一个企业家的中国梦》？

田一飞　是不是关于上税的事？说好了是税后的。

马　源　柳大姐，还是你告诉他吧。

柳玉枝　你说吧，我现在心里乱，长了草一样。

文执中　柳大姐，至于吗？不就是离个婚吗？学学人家 80 后 90 后，多大的事儿呀？

柳玉枝　嗯，我也想开了，我早就不想跟那头骡子过了。田一飞，那我就说说你的事吧。你那个报告文学获了一个大奖，国家级的大奖。这是咱学校第一次拿到这个奖项。因此，唐校长把他手里预留的最后一个指标拿出来给你，你的副教授职称解决了。

〔众皆惊呼：哇噻……这不是天上掉馅饼吗？

〔我说吧，吉人自有天助。

〔田老师，祝贺你……

〔田一飞始终面无表情，沉默不语。〕

马　源　一飞，说说获奖感言吧。

〔田一飞掏出一张纸，递给马源。

〔马源接过来看着。〕

马　源　怎么，你要辞职？

田一飞　本来我还没有下最后的决心，你们这样给了我一个副教授，我不想要。

魏立言　田老师，这是好事呀。你应该高兴啊。

田一飞　我现在只想骂娘，又不知道骂谁。

柳玉枝　不行，你不能辞职，从我这儿就不同意。你是咱人文学院的骨干，你年轻有为……

任平平　（嗫嚅地）一飞，别走了，好吗？

田一飞　（没好气地）我走，跟你没关系，一毛钱的关系也没有。

汪明华　先不说你辞职不辞职，吃完这顿饭再说。一飞，我让食堂给你煮上了你最喜欢吃的汤圆。你知道，煮汤圆耗工夫，需要文火慢熬。

田一飞　大姐，你们慢慢熬吧，我熬不住了。

文执中　一飞，吃完饭我们还要玩杀人游戏呢。

田一飞　饭呢，恕不奉陪；杀人游戏呢，对不起，我再也不跟你们玩了。

〔田一飞扬长而去。〕

魏立言　（追出来）田老师，请留步。

田一飞　有事吗？

魏立言　（将田一飞拉到一边，低声地）有句话，本来想向你敬酒的时候说的，现在你要走了，我就说了吧，这也是林静的遗愿。

田一飞　说吧。

魏立言　你是我的恩人，救命恩人，我魏立言知恩图报，一辈子不会忘记你的。

田一飞　你听着魏立言，我答应不告发你，是我不想比这更卑鄙。以后你们还要评教授，那时只怕竞争更惨烈更无耻，自己埋下的地雷早晚都要炸，你就好自为之吧。

魏立言　田老师……唉。

文执中　（拉着田一飞朝前走着）来，我送送你。

田一飞　别搞得那么悲悲切切的好不好？

文执中　说实在话，你离开人文学院真的很可惜。眼下，像你这样踏踏实实做学问的人实在不多了。特别是上古文学这一块，你要是走了，没有人能替代你。

田一飞　那又怎么样？没有谁地球都能转。

文执中　好了，那你自己转吧，多保重。

田一飞　你不是说送送我吗？

文执中　送你的人来了，我离开，你这个球会转得更好。

杨　芳　（追上来）田老师……

田一飞　你也来送我吗？

杨　芳　不，我是来跟你一起走的。

田一飞　你的研究生不读了？

杨　芳　我要陪在你身边。

田一飞　我没有目标。

杨　芳　我跟你一起去寻找目标。

田一飞　我也许要到处流浪。

杨　芳　那……你到处流，我就跟着你浪吧。

〔突然，后面响起了歌声：

〔人文学院全体教师忽然踩着舞步，唱着歌走了出来。〕

众同人　（唱）一把火点燃另一把火

一口锅架上另一口锅

满锅的汤圆分享着文火

满锅的汤圆连接着你我……

〔田一飞被感动了，突然振作起来，拉着杨芳也唱跳起来。

〔文执中搂着田一飞的肩膀，也激动地唱着。

〔中文系的同人们又聚集在一起，高声唱着：

满锅的汤圆煮出了漩涡

满锅的汤圆都要被挤破

老板告诉我这就是生活

自己问自己这是为什么……

〔灯光渐暗，剧终。〕

2016 年 4 月 24 日　初稿

2016 年 6 月 12 日　二稿

2016 年 7 月 9 日　三稿

2016 年 8 月 6 日　四稿

游 戏 机

时间：20 世纪 90 年代

地点：北京某游戏厅

人物：周师傅　男　50 余岁

富　姐　女　36 岁

小兔儿　女　20 岁

杨十七　男　17 岁

两三个玩游戏机的人

〔演出开始，电子游戏机的声音像潮水般地淹没了整个剧场。嘈杂、混乱、强烈、刺激、惊心动魄，有足球场上的声浪，有立体战争的疯狂，有星球大战的喧嚣，有古战场上的厮杀，有玛丽过关的惊险，有俄罗斯方块的滑稽……

〔幕启：小剧场的舞台上，放着四台电子游戏机，几个人在玩着不同的游戏。在喧哗震撼中，一个衣着时髦、百无聊赖的富姐在玩着麻将。舞台前面是一面大屏幕，显示着富姐麻将桌上的牌局。还有一个叫杨十七的年轻人在玩着扑克游戏，大屏幕上有时也显示出杨十七的战绩。他在与一个时髦的小姐玩 21 点，每赢一次，时髦小姐便脱一件衣服，杨十七玩得如醉如痴……

〔游戏厅的一角，有一个小吧台。吧台里面是一个玻璃门的冰柜，里面放着酒和饮料。

〔吧台后面站着的是周师傅，一个五十岁左右的下岗工人，他现在受雇于游戏厅，负责卖玩游戏机的硬币和吧台上的物品。此刻，他戴着一副老花镜，正在有滋有味地读着一本什么书。

〔一个迟到了的观众举着票进来，看见坐得满满当当的剧场和摆放着电子游戏机的舞台，困惑地向周师傅发问。〕

观　众　师傅，这儿对号入座吗？

周师傅　先买硬币再玩。

观　众　玩？玩什么？

周师傅　玩游戏机呀。

观　众　我不是来玩的。

周师傅　那你来干什么？

观　众　我是来看《游戏机》的。

周师傅　这不就是游戏机吗？

观　众　不，我是来看演出《游戏机》的。

周师傅　这儿玩游戏机，不演游戏机。

观　众　不是，我是来看戏的。

周师傅　看戏不也是玩吗？

观　众　看戏是玩？啊，对，是玩。

周师傅　那就买硬币吧。

观　众　多少钱？

周师傅　一元钱两个。

〔观众掏钱买硬币，走进游戏厅，见每台游戏机上都有人玩，无所适从。此时，那个富姐显然玩得不耐烦了，便起身离开游戏机。那个刚买了硬币的观众便忙过去补缺。

〔富姐朝吧台走来。〕

富　姐　周师傅，给我一杯威士忌。

周师傅　（放下书给富姐倒酒）怎么不玩了？

富　姐　没劲，忒没劲。人家打麻将都是三缺一，我可倒好，一缺三。

周师傅　那里面不是有人跟你玩吗？

富　姐　可毕竟不是有血有肉、能喘气能骂娘、能吃喝屙撒睡的大活人呀。

周师傅　那你干吗不找几位太太跟你玩？

富　姐　我懒得瞧她们那一副嘴脸，一个个傍上有钱的丈夫就美得那玩意儿都横过来了，至于吗？小眼子薄皮。

〔小兔儿闯进来，穿戴妖冶怪诞，举止放荡不羁，说话粗野，口无遮拦，概儿不吝。

〔周师傅忙拦住她。〕

周师傅　喂，小姐，你走错地方了吧？这儿不是歌厅，不是发廊，也不是桑拿浴，我们这儿不需要“三陪”。

小兔儿　你们这儿是什么？

周师傅　我们这儿是游戏厅，玩的地方。

小兔儿　本小姐今天就想玩。

周师傅　你不挣钱了？

小兔儿　本小姐今天不痛快。

周师傅　跟老板闹翻了？

小兔儿　本小姐不给他干了。（边说边朝游戏厅里面走）

周师傅　喂喂，你要玩先得买硬币。

小兔儿　我先参观参观不行吗？

周师傅　参观？行啊，你随便参观。

〔小兔儿朝里面走去，站在杨十七的背后看着他玩21点。

〔富姐端着酒杯又跟周师傅聊起了天。〕

富　姐　周师傅，你看什么书呢？还挺入戏。

周师傅　昨儿一个来玩游戏机的姑娘落在这儿的，我随便翻翻，你瞧，

《游戏人生》。

富　姐　《游戏人生》？这书名不错，谁写的？

周师傅　郑也夫。

富　姐　没听说过，这书有意思吗？

周师傅　咱学问浅，有些地方看不大懂，不过里面有句话说得挺实在。

富　姐　什么话？

周师傅　这话是席勒说的。

富　姐　席勒是谁？

周师傅　据说是个德国人。

富　姐　到咱这儿来投资吧？他开的什么公司？有没有联系电话？我正想找个纳粹玩玩呢。

周师傅　行，你还挺有追求。

富　姐　您别逗了，还追求呢。咱先听听这席勒说了些什么。

周师傅　这位德意志的席老爷子说，只有当人充分是人的时候，他才游戏；只有当人游戏的时候，他才完全是人。

富　姐　这话可说得够损的，人家不来玩你的游戏机，合着连人都不是了。

周师傅　话也不能这么说。

富　姐　你这是在替老板做广告吧？

周师傅　不瞒你说，到现在谁是我的老板我都不知道。

富　姐　你的老板没到这儿来过？

周师傅　没有。

富　姐　那他对这儿怎么管理呀？

周师傅　每天上午，来一个小会计，打开所有的游戏机，清出里面的硬币，我再把卖硬币的钱跟她结清。每个月的月初，她就给我送来一份工资。

富　姐　看来你的老板还挺信任你。

周师傅　我不办昧良心的事，他有什么不信任我的。

富　姐　这年头还有良心吗？

周师傅　别人有没有我不知道，反正我有。

富　姐　再给我来杯酒……

〔音乐声骤起。暗转。

〔嘈杂的音乐声中响起了滑稽怪诞的笑声，杨十七赢了游戏机里面的对手，非常兴奋，手舞足蹈。

〔大屏幕上，陪杨十七玩扑克的林黛玉脸上露出了夸张的难堪与羞涩，很不情愿地脱下外衣，露出了袒肩露背的绣花兜肚儿。

〔一直站在旁边观战的小兔儿急了，跟杨十七叫嚷起来。〕

小兔儿　你光让林黛玉脱，为什么不让贾宝玉脱？

杨十七　因为林黛玉是女的。

小兔儿　就女人不要脸是不是？

杨十七　这年头还就是女人不要脸。

小兔儿　你……

杨十七　（不示弱地）要脸还干这个？

小兔儿　你说谁呢？

杨十七　我谁也没说，我玩我的游戏机，碍你什么事了？

小兔儿　你这么玩弄女人，我瞧着心里不舒服。

杨十七　我赢了。

小兔儿　你赢谁了？

杨十七　我赢林黛玉了。

小兔儿　你为什么不跟贾宝玉玩？

杨十七　我花钱了，想跟谁玩就跟谁玩。

小兔儿　对，你花钱了。男人花钱就可以让女人脱衣服，女人拿了钱就该让男人玩。女人是男人的游戏机，男人想怎么玩就怎么玩，只要给钱……

杨十七　你瞎嚷嚷什么？有本事你也玩呀。

小兔儿　对呀，我干吗不玩呢？我也要跟你们男人玩，要赢男人，要男人成为我的游戏机。我想让男人脱衣服他就得给我脱衣服，想让他脱多少他就得给我脱多少，想怎么玩他就得让我怎么玩。我也要做一回男人，不，不是做男人，是做一回有钱的人。有钱能使鬼推磨，有钱鬼都让你玩。哎，你起来，让我玩会儿。

杨十七　你跟我争什么，那不是还有游戏机吗？

小兔儿　我没有硬币。

杨十七　你不会找周师傅去换吗？

〔小兔儿跟周师傅换硬币。

〔杨十七继续跟林黛玉玩着扑克。突然，大屏幕一闪，出现了一片空白，杨十七沮丧地站起身来。

〔小兔儿捧着一大把硬币走来。〕

杨十七　喂，你到这儿来玩吧。

小兔儿　你不玩了？

杨十七　我没有硬币了。

小兔儿　没有硬币不会去换吗？

杨十七　我没有钱了。

小兔儿　哈哈哈……男人也有没钱的时候。一分钱难倒英雄汉，男人没有钱就当不成男人了，男人没有钱就没法在女人面前威风了。

杨十七　你们女人没钱不是也一样吗？

小兔儿　那不一样，女人只要舍出脸去，就没有没钱的时候，你们男人行吗？

杨十七　臭不要脸。

小兔儿　你说对了，女人的脸就是钱。要脸就没有钱，要钱就别要脸。

杨十七　哼……（转身欲走）

小兔儿　你别走呀，来，跟我一块儿玩。

杨十七　我不花你的钱。

小兔儿　算你教我还不行吗？

杨十七　我不想教你。

小兔儿　怎么，生气了？

杨十七　我才懒得生气呢。

小兔儿　那为什么不跟我玩？

杨十七　（经不住游戏机的诱惑，站在了小兔儿的身边）往里面放硬币呀。

小兔儿　往哪儿放？

杨十七　这儿……不对，这儿……

小兔儿　你叫什么名字？

杨十七　杨十七。

小兔儿　什么？

杨十七　杨十七。

小兔儿　怎这么怪的名字？

杨十七　我妈有十七个孩子，我最小，排行第十七。

小兔儿　天呀，你妈生了十七个孩子，那不像母兔一样了吗？

杨十七　你妈才是母兔呢。

小兔儿　你说对了，我妈还真是母兔，要不干吗给我取名叫小兔儿呢？

杨十七　你叫小兔儿？

小兔儿　是呀，像吗？

杨十七　哎，你不是要跟贾宝玉玩吗？

小兔儿　贾宝玉怎么不出来？

杨十七　摁这儿，这个钮儿……

〔小兔儿和杨十七化干戈为玉帛，饶有兴致地玩起了游戏机。大屏幕上显示着他们的战绩。

〔暗转。〕

〔吧台内外。

〔富姐端着酒杯，一直在看着杨十七，目光里燃烧出一股邪恶的念头。

〔富姐犹豫了一下，掏出一沓钱，塞给周师傅。〕

周师傅　你……你这是干吗？

富　姐　帮个忙……

周师傅　我能帮你什么忙？

富　姐　我想找个男孩儿。

周师傅　你……你找男孩儿干什么？

富　姐　让他陪我玩玩，最好是处男。

周师傅　什么？你……（愤怒地把钱扔在她的身上）

富　姐　你觉得我太不要脸了是不是？

周师傅　你不觉得这是造孽吗？

富　姐　造孽？造什么孽？要说造孽，也是你们男人先造起来的。

周师傅　男人谁造孽了？

富　姐　我丈夫。

周师傅　你丈夫？

富　姐　就因为我跟他结婚的时候不是处女，就像欠了他八辈子的债，永远也还不清。

周师傅　那你为什么不跟他离婚？

富　姐　离婚？我为什么要离婚？公司是他的，房子是他的，汽车是他的，钱更是他的，离了婚我就什么都没有了，我不干这傻事。反正他不拿我当回事，我也不拿他当回事，他找，我也找……

周师傅　你也找？

富　姐　我不想找，我对男人早就看透了，我一点儿兴趣都没有，可是我为什么不找？不找不是太便宜他了吗？不是我想找，是我要找，没兴趣我也要找……

周师傅　就是为了报复你丈夫？

富　姐　你说对了，我就是要报复他。

周师傅　变态，我看你们都是变态，要不就是烧包。

富　姐　什么叫烧包？

周师傅　就是钱拿的，吃饱了撑的，好日子过腻了。

富　姐　你不理解，你一点儿也不理解，你也是饱汉子不知饿汉子饥。

周师傅　到底谁是饱汉子，谁是饿汉子？我问你，你挨过饿吗？

富　姐　饿谁没挨过？

周师傅　怎么挨的？

富　姐　不吃饭就挨饿呗。

周师傅　为什么不吃饭？

富　姐　赌气、心烦、没胃口。

周师傅　咱们伟大的祖国，在相当长的一个历史时期，吃饭是凭定量的，你知道吗？

富　姐　就是发粮票吧？我赶上过，不过我记得我们家的粮票总是吃不了，我妈常拿粮票跟农民换鸡蛋。

周师傅　你知道农民为什么拿鸡蛋换粮票吗？

富　姐　不知道。

周师傅　你知道在当时，谁最缺粮食？谁挨饿挨得最邪乎吗？

富　姐　不知道。

周师傅　是农民，是面朝黄土背朝天，土里刨食种粮食的农民。

富　姐　为什么？粮食不就是农民种的吗？

周师傅　农民种出了粮食，先要交给国家，供应咱们城里人。

富　姐　真高尚。

周师傅　城里人的粮食，不管定量多少，每个月都有，挨点儿饿也饿不死。可是农民就不行了，青黄不接的时候……

富　姐　什么叫青黄不接？

周师傅　闭上眼睛，发挥一下你的想象力。春天，黄土高坡上，天是黄的，地是黄的，坡坡坎坎都是黄的，连刮的风都是黄的。山上的草没长出来，地里的庄稼没长出来，树上的叶子没长出来，一点儿绿色都没有，看见的是黄土，摸到的是黄土，周围什么都没有。要是这个时候没有吃的怎么办？

富　姐　为什么没有吃的？

周师傅　去年打的那点儿粮食都吃光了。

富　姐　那只有挨饿了。

周师傅　对，干瞪着眼挨饿，这才叫挨饿，你懂吗？

富　姐　想象得到。

周师傅　想象得到就好，那你再接着想下去，在一个光秃秃、干巴巴的黄土高坡上，天上没有飞鸟，地上没有青苗，连一条活着的虫子都看不见……

富　姐　那有什么？

周师傅　只有我。

富　姐　有你？

周师傅　还有杏妮。

富　姐　杏妮？

周师傅　她就坐在我的对面，穿着露出棉花套子的空心棉袄。

富　姐　谁叫杏妮？

周师傅　一个十八岁的陕北姑娘，长得细腰长腿，高胸脯，大眼睛，还有一口白白的牙齿。她的牙真白，又白又整齐，瓷釉子一样。可是，她的牙齿再白也没有用……牙是用来吃东西的，没有东西可吃呀！

富　姐　你们俩干什么？

周师傅　饿着肚子坐着。

富　姐　也不说话？

周师傅　当然要说话。

富　姐　说什么？

周师傅　你想能说什么？

富　姐　谈恋爱？

周师傅　你呀，让我说你什么好呢？人饿着肚子有心思谈恋爱吗？

富　姐　那你们说什么？

周师傅　说吃的。

富　姐　说吃的？

周师傅　她问我，北京什么最好吃？

〔乐起。暗转。

〔黄土高坡上。

〔周师傅和杏妮面对面地坐着。

〔杏妮由饰小兔儿的演员串演。〕

周师傅　你知道北京烤鸭吗？又肥又大又……

杏　妮　有多大？

周师傅　（比画）这么大。

杏　妮　（比画）不，这么大。

周师傅　（比画）对，是这么大。

杏　妮　有多重？

周师傅　二斤多吧。

杏　妮　不，三斤多。

周师傅　三斤多也行。

杏　妮　要不，四斤。

周师傅　不行，鸭子太大了，就会老，老鸭子烤出来不好吃。

杏　妮　没关系，只要大就行，只要能吃就行。

周师傅　好，那我就给你烤一只又大又肥又不太老的四斤多的大鸭子吧。

杏　妮　怎么烤？

周师傅　要先把鸭子杀死，用开水把毛煺掉，洗得干干净净的。

杏　妮　真麻烦，快一点儿。

周师傅　然后，再把鸭子的膛打开，把肚子里的心肝肺弄出来……

杏　妮　心肝肺不能吃吗？

周师傅　吃是能吃，不过得……

杏　妮　能吃就不弄出来了，一块儿烤，一起吃。

周师傅　不行，那会有一股味儿。

杏　妮　什么味儿？

周师傅　脏性味儿，很难闻。

杏　妮　不怕，只要能吃就行。

周师傅　好吧，那咱就整个地烤。

杏　妮　怎么烤？

周师傅　用专门的烤鸭炉。烤鸭炉有这么高（比画），里面烧着果木，火苗子腾腾的，又高又旺，还散发着果木的香味，你知道果木的香味吗？

杏　妮　别说了，快烤吧。

周师傅　烤炉上面有一排挂钩，把开了膛的鸭子……

杏　妮　不是不开膛了吗？

周师傅　对，把没开膛的鸭子挂在钩子上，放在火苗子上呼呼地烤……

杏　妮　再把火烧旺一点儿。

周师傅　不行，火候一定要掌握好，既不能太小，也不能太大。太小了烤不焦，太大了就会烤煳。

杏　妮　没关系，煳了也能吃。

周师傅　别着急，你看，鸭子在火苗子上烤着，嘶嘶地流着油，一滴一滴的鸭油流下来，滴在火苗儿上，火苗儿也嘶嘶地叫起来。叫着叫着，原来又白又胖的鸭子开始变黄，又由黄变得深黄，又由深黄变成焦黄，又由焦黄开始发红……

杏　妮　可以吃了吧？

周师傅　不行，还没烤熟呢。

杏　妮　怎这么慢？快点儿。

周师傅　别着急，你闻，鸭子开始出味儿了。那味儿非常香，香得特别，就像……就像……什么都不像，世界上只有这么一种香味儿，烤鸭的香味儿。是一种肉香，又不完全是肉香，还有淡淡的松木的香味儿。那肉香和松木香混在一起，香极了。那香味儿在满屋子里飘呀飘，飘出了窗口，飘到了大街上。大街上的人都站住了，都闻这香味儿，啊……太香了……

杏　妮　（闭着眼睛，陶醉在周师傅的描述中，嘴里喃喃地呻吟着）啊……啊……

周师傅　啊……烤鸭终于熟了。

杏　妮　熟了，快吃吧。

周师傅　别忙，你知道怎么吃吗？

杏　妮　不管他，咱抱起来就啃。

周师傅　那不叫吃烤鸭，那叫啃猪蹄。

杏　妮　那就啃猪蹄。

周师傅　咱有烤鸭就不啃猪蹄了，再说也没有猪蹄。

杏　妮　那你再告诉我，烤鸭怎么吃？

周师傅　把烤鸭从挂钩上摘下来，放在一个不锈钢的大方盘子里，拿出一把刀，这把刀又长又细，特别锋利。用刀开始在烤鸭上削，削出来的一片一片又薄又均匀的鸭肉片。肉片的外面是皮，焦黄焦黄的皮，嚼在嘴里脆脆的，发出嘎吱嘎吱的咀嚼声。肉片的里面是鸭肉，鲜嫩鲜嫩的，有肥有瘦，放在嘴里，不用嚼，用舌尖紧紧地裹着，闭着嘴，那鲜嫩的鸭肉在嘴里慢慢地融化着。那香味儿通过舌尖儿传向两腮，传向整个嘴巴，又通过嘴巴传向食道，传向胃，不一会儿就传遍了全身。你就觉得全身呀麻酥酥的、软绵绵的，像喝醉了酒，像做着一个美梦，飘飘欲仙。这时候，你什么都不想了，什么都不要了，要的就是这种感觉，这种享受，这种……

杏　妮　（忍受不了了，大叫着）不，我不要这种感觉，我要大口大口地吃，使劲地嚼，拼命地往肚子里咽，把肚子填满、填饱，填得鼓鼓的、胀胀的……

周师傅　好，好，等烤鸭端上来就可以大口大口地吃了。吃烤鸭要有几样调料，不能乱吃。

杏　妮　什么调料？

周师傅　首先要有甜面酱。

杏　妮　什么叫甜面酱？

周师傅　比咱这儿的大酱细，还有淡淡的甜味儿。

杏　妮　知道了，快一点儿吧。

周师傅　还要有大葱、黄瓜条儿……

杏　妮　要那些干什么？

周师傅　还要有薄饼，一种又薄又嫩又软乎的饼，跟咱烙的春饼差不多。吃的时候，先把一张薄饼打开，抹上甜面酱，然后用筷子搛起两片鸭肉，放在饼上。再放大葱和黄瓜条儿，把薄饼一卷。把这几样东西一块儿塞进嘴里，把嘴巴填得满满的，用牙咔咔地嚼，一边嚼一边往肚子里咽，嚼的时候，嘴里的东西越嚼越多，两个腮帮子都撑得鼓鼓的。嘴里装不下了，鸭肉的油顺着嘴角流了出来，甜面酱也流了出来。你舍不得停下嘴，继续咔咔地嚼着。一边嚼一边用手抹着嘴角上的油和甜面酱……

杏　妮　（随着周师傅的讲述，杏妮夸张地咀嚼着）嗯……嗯……哼……哼……

周师傅　你还没忘记那放在不锈钢盘子里的烤鸭吧？那鸭肉都削下来了，还剩下一个挺大的骨架。那骨架上还有许多肉，都是又酥又嫩的细肉。把那鸭架放在锅里煮，做一锅又鲜又嫩的鸭架汤……

〔周师傅忘情地讲述着，突然发现杏妮的神态不对了。她大张着嘴巴，一动不动，两眼直瞪瞪地看着他，两只眼睛血红血红的，放射着凶恶贪婪的光。

〔周师傅慌了。〕

周师傅　杏妮，你……你怎么了？你……你干吗这么看着我……杏妮……你……你说话呀？你到底怎么了？你别这样看着我……我怕……我害怕……

杏　妮　（喃喃地）鸭子……

周师傅　杏妮……别这样……求求你……杏妮……

杏　妮　（喃喃地）鸭子……鸭子……

周师傅　杏妮……你怎么了？

杏　妮　（提高了声音）鸭子……鸭子……

周师傅　杏妮……你……你没事吧？

杏　妮　（瞪着血红的眼睛，朝周师傅探过身子）鸭子……鸭子……

周师傅　（向后躲闪着）杏妮……杏妮……你……别过来……

杏　妮　（突然发疯般地朝周师傅扑过来，嘴里大叫着）鸭子，鸭子，你就是鸭子，一只烧焦了烤熟了的鸭子……

周师傅　（被杏妮扑倒在地，挣扎着）杏妮……杏妮……

杏　妮　（压在周师傅的身上，拼命地撕扯着周师傅）鸭子……鸭子……我的鸭子……

〔两个人在黄土地上撕扯着、滚动着、叫嚷着……

〔发疯般地叫嚷渐渐地转向了一种生命原始的爆发力，叫嚷声从饥饿转向了欲望，越来越强烈，越来越生猛，越来越酣畅淋漓，最后化作了急风暴雨后的呻吟……

〔游戏机的声音尖啸起来，压过了杏妮和周师傅的呻吟声……

〔暗转。〕

〔游戏机旁，杨十七在聚精会神地玩着，非常投入。

〔小兔儿又从他的后面扭过来，饶有兴致地看着杨十七玩游戏机。

〔吧台上。〕

周师傅　就这样，她把一个姑娘最宝贵的童贞给了我。她很瘦，瘦得皮包着骨。浑身上下，都是硬邦邦的骨头架子。我压在她的身上，她的骨头硌着我的胸口。三十年过去了，每当我想起杏妮，想到这件事的时候，我就觉得胸口被硌得生疼……

富　姐　后来呢？

周师傅　她死了。

富　姐　死了？

周师傅　还是被饿死了。一个姑娘，一个花朵般的姑娘，来到这个世界上，活到十八岁，没离开过那个小乡村，没吃过几顿饱饭，到死也没见过北京烤鸭是什么样子……

富　姐　好在她还有个你。

周师傅　有我管什么？这么多年来，我就想买一只北京烤鸭，送到她的坟墓上，给她扫扫墓，磕个头。现在，也不知道她的坟墓还有没有。

富　姐　你一直没回去过？

周师傅　没有。

富　姐　为什么？

周师傅　这需要钱。

富　姐　这能用多少钱？

周师傅　也许你觉得很容易，可是对我却很难。近年来兴起了怀旧什么的，不少知青都回到过原来插队的地方，还写下了好多文章。当地政府也经常邀请插队知青回去，可是他们从来不邀请我。他们邀请的都是那些当了官的、发了财的或者出了名的。这些人让他们自豪，让他们巴结，让他们理直气壮。可我呢，从来没有人为我自豪过，我只有自己为自己自豪。

富　姐　能为自己自豪，也很了不起。

周师傅　你知道我自豪什么吗？我自豪的是我的一双手。我这辈子没有别的奢求，不求当官，不求发财，也不求出名，就想学一门手艺，有良田千顷，不如薄技在身。凭着自己从娘胎里带来的一双手，混碗干净饭吃，比干什么都踏实。我从小就有一双巧手，你看见了吧，我的这双手，很平常是不是？我告诉你，它不平常，它能做出许许多多不平常的事。六岁的时候，我就把我爸爸的一块手表拆了。你知道吗？那时候的一块手表，差不多相当于全部家当。我爸爸见他的手表变成了一堆碎零件，把我臭揍了一顿。可是第二天他就乐了，我又把他的手表原封不动地装上了，走起来嘎噔嘎噔的，比原来还准。我爸爸说，有这么一双手，你这辈子就不用愁了。

富　姐　你真了不起。

周师傅　可是没用，一点儿用处也没有。

富　姐　怎么没用？

周师傅　农村不需要巧手，只需要大手，需要粗手，需要有劲儿的手。农村干活用的是力气、是经验。你能一镢头刨一个坑，一肩膀扛一个麻包，两只手搬起一个碌碡，就算是英雄好汉。你的手再巧，也不能在庄稼地里绣花。

富　姐　真可惜。

周师傅　我三十岁从农村回来，进工厂当学徒工，学的是车工，可把我乐坏了。我想，我这双手可有用处了。三年拜师学艺，十年苦练基本功，我成了全厂最好的车工。我车出的零件，误差不超过 0.1 微米，不到头发丝的十分之一。我得意极了，我常常在暗地里看着自己的这双手，老周啊老周，你这个王八蛋，你怎么长了这么巧的一双手啊……你说，我有这样的一双手，该不该自豪？

富　姐　该。

周师傅　该不该受尊重？

富　姐　该。

周师傅　该不该挣到钱养家糊口？

富　姐　该。

周师傅　该不该下岗？

富　姐　该……啊……不……不该，怎么，你下岗了？

周师傅　废了。

富　姐　废了？什么废了？

周师傅　这双手废了。

富　姐　（抓过周师傅的手，看着）这不是好好的吗？怎么废了？

周师傅　车床装上电脑了……用电脑开车床，车出的零件来，误差不超过0.001微米，比我的手精确一百倍。我的手再巧，也比不了电脑啊……生产自动化了，工人没用了，我的手不就废了吗？

富　姐　这不是好事吗？把你从繁重的体力劳动中解放出来了，那些又苦又累又脏的活儿，都让电脑代替了……

周师傅　是呀，被电脑代替了，什么都被电脑代替了。算账有计算器，可以把珠算扔掉了；走路有汽车，可以把两条腿省下了；做工有装配线，可以让人下岗了。你没听说吗？现在演员都不练嗓子了，你的嗓门儿再大，能大得过麦克风吗？你看，脑子没用了，手没用了，脚没用了，嗓子没用了，人还活着有什么用？

富　姐　可以享受呀，玩呀。

周师傅　就说玩吧，你小时候都玩些什么？

富　姐　女孩子跳皮筋儿、跳房子；男孩子玩弹弓、抽汉奸……

周师傅　现在还有人玩这些吗？

富　姐　现在不是有游戏机了吗？

周师傅　游戏机也是电脑，把所有的玩法都装进了游戏机里。可以下棋，可以打扑克，可以打麻将，可以射击，可以踢足球，可以打仗，可以捉迷藏，还可以玩许多稀奇古怪的玩意儿，甚至玩上月球，玩出太阳系，玩遍整个宇宙……

富　姐　是呀，难道这不好吗？

周师傅　好是好，省事，省心，省力气。我这些天一直在琢磨，科学越是发达，人越是退化。我说句话撂在这儿，你爱信不信，早早晚晚，人还得变成猴，或者干脆变成猪，笨猪。

〔暗转。

〔游戏机旁，小兔儿跟杨十七也在聊天。〕

小兔儿　越有钱，人越不是人。有钱的人少，不是人的就少；有钱人多，不是人的就多。要是全世界所有的人都有了钱，都富得流油……我说句话撂在这儿，你爱信不信，早早晚晚，人还得变成猴，或者干脆变成狼，恶狼。

杨十七　你干吗那么恨有钱的呀？至于吗？这不是气人有笑人无吗？我妈最瞧不起这种人了。

小兔儿　你不恨有钱的吗？你连玩游戏机的钱都没有，还装什么大头蒜？

杨十七　没钱我不玩，你管得着吗？

小兔儿　不玩你受得了吗？

杨十七　我根本就不喜欢玩。

小兔儿　你骗谁呀？玩是人的天性，人都好玩，没有不喜欢玩的。我从小就爱玩，因为贪玩，我没少挨骂挨打。

杨十七　谁骂你打你？

小兔儿　我妈骂我，我爹打我。我妈和我爹，真是天生的一对，一个能骂，一个能打，绝对天下第一。

杨十七　这还有天下第一的？

小兔儿　你信不信，我妈骂起人来，那水平……嘿嘿！这么说吧，你要是让她骂……

杨十七　我不让她骂。

小兔儿　就讲这么说呗，她要是骂起你来，从早上睁开眼睛就骂，一直骂到天黑钻被窝儿。她可以不吃不喝，嘴一直不停，骂出的话来，一套儿一套儿的，保证连一句重样儿的都没有。多损的话，多解气的话，多丑的话，多脏的话，多磕碜的话，她都骂得出口，骂出来溜溜的，连个奔儿都不打……

杨十七　怪不得你这么厉害呢，闹了半天都是让你妈骂出来的。

小兔儿　要是跟我爹的拳头比起来，我妈的这张嘴就算不得什么了。我爹揍人可狠了，你要是犯在他手里……

杨十七　我凭什么犯在他手里？

小兔儿　就讲这么说呗。我爹打人，没轻没重，没远没近，没里没外。用大巴掌扇你嘴巴，用拳头捶你脑袋，用脚踢你肚子。还顺手抄起什么就用什么打，抄笤帚疙瘩，抄镐把，抄擀面杖，抄顶门杠，没脑袋带屁股就往你身上抡。他根本不像是在打人，像打虎、打狼、打仇敌，好像他不把你打死，他就要没命一样。有一回，他抡起扁担就朝我后腰上劈，扁担被打成了两截儿，一下子就把我打蒙了，两个钟头以后才缓过气来，那次差点儿就把我打死……

杨十七　他干吗那么打你？

小兔儿　因为我贪玩。

杨十七　他干吗不让你玩？

小兔儿　我能玩吗？我爹跟我妈结婚八年，像挤饺子似的噼里啪啦一连生了六个丫头，我是老大。吃饭的时候挤在锅台上像一群小猪崽儿，睡觉的时候炕沿上排了一溜小脑袋儿，我妈天天要数一遍，一二三四五六，一个不少才能吹灯。六个丫头六张嘴，六个填不满的小肚子，我爹我妈再能干，也喂不饱这六个饿死鬼呀。我刚会走路就会干活……

杨十七　干什么？

小兔儿　要干的活儿可多了，拾柴火，打猪草，挖野菜，捡粮食，还有刷锅洗碗扫院子，看二妹妹，带三妹妹，管四妹妹，哄五妹妹，喂六妹妹……

杨十七　你们家的妹妹真多。

小兔儿　要不我就没有时间玩了，从早晨扒开眼睛开始，到夜里趴在炕上挺尸，白天就没有闲着的时候。可是我的心又野，爱玩，越不让我玩我越想玩，手上干着活儿心里抓着挠儿，逮着个空子就没影儿了……

杨十七　哪儿去了？

小兔儿　玩去了。

杨十七　玩什么？

小兔儿　我们那儿好玩的可多了，下河摸鱼，上树掏鸟，山洞里捉迷藏，山坡上跑野马。还有更有意思的，唱二人转，扭大秧歌，踩高翘，跑旱船……

杨十七　是挺有意思的。

小兔儿　你知道我为什么要从家里跑出来吗？

杨十七　你是从家里偷着跑出来的？

小兔儿　当然了，我们家那么多活儿，我跑出来谁干？我不偷着跑行吗？多亏我的几个妹妹掩护我。

杨十七　你为什么要跑出来？

小兔儿　就是为了玩。

杨十七　玩？

小兔儿　在家的时候，我常常望着门口那座大山想，山外面是什么呢？山外面的世界一定很大，山外面的人一定很多，山外面的事一定很新鲜，山外面一定很好玩。我一定要到山外面去，好好地玩个够。

杨十七　玩够了吗？

小兔儿　玩个屁，我没玩过什么，倒成了人家的玩意儿，天天让人家玩。

杨十七　人家怎么玩你？

小兔儿　想怎么玩就怎么玩，想让我脱衣服我就得脱衣服，想让我躺下我就得躺下，想让我趴着我就得趴着，想让我撅着我就得撅着，想让我笑我就得笑，想让我叫我就得叫，想让我说什么我就得说什么，多甜的话要说，多肉麻的话要说，多脏多丑多磕碜的话也要说，幸亏我从小让我妈骂出来了，早就不把这些话当回事了……他们让我当人我就当人，让我当马我就当马，让我当狗我就当狗……

杨十七　为什么？为什么你这样听他们的？

小兔儿　因为他们有钱，大把的票子往你眼前一砸，你想要吗？想要，就别要脸，就别当人，就变成畜生，我刚才不是说了嘛，人越有钱，就越不是人……

〔游戏机的喧嚣声骤起，淹没了整个游戏厅。

〔吧台上，周师傅又给富姐倒了一杯酒。〕

富　姐　周师傅，从今天起，你收游戏机的钱就不要交给那个小会计了。

周师傅　干什么？

富　姐　你自己存着，什么时候把钱攒够了，就买只烤鸭到杏妮那儿去。

周师傅　你……

富　姐　我说了算。

周师傅　别忘了，我只是打工的，这游戏机可是老板的。

富　姐　我就是老板。

周师傅　你说什么？你是老板？你是哪儿的老板？

富　姐　我是这家游戏厅的老板。

周师傅　这游戏厅是你开的？

富　姐　是我丈夫开的。

周师傅　你丈夫是老板？

富　姐　不，我是老板。我丈夫给我开的，他到外面去玩女人，却让我玩这些游戏机。我不愿意跟这些没有生命的东西打交道，就雇用了你。

周师傅　这么说，我一直在给你打工？

富　姐　可以这么说。

周师傅　我明白了。

富　姐　我却不明白。

周师傅　你什么不明白？

富　姐　我一直在想，你说是人在玩游戏机，还是游戏机在玩人？

〔暗转。

〔游戏机旁边。〕

小兔儿　你怎么又脱起林黛玉的衣服了？咱刚才不是说好了跟贾宝玉玩吗？

杨十七　我对男人脱衣服没兴趣。

小兔儿　真流氓。

杨十七　你才流氓呢。

小兔儿　脱女人的衣服还不是流氓？

杨十七　我又没脱你的衣服，你管得着吗？

小兔儿　我就要管，是我花钱买的硬币，你得听我的。

杨十七　是我在玩游戏机，又不是你玩。

小兔儿　我要是玩肯定能把贾宝玉扒光。

杨十七　吹吧你，不服气咱比一比。

小兔儿　比什么？

杨十七　谁要是输一次，就脱下一件衣服。

小兔儿　太棒了，太刺激了，杨十七，你真是个天才，怎么想出这么一个好玩儿的招儿？

杨十七　都是让你把我挤对的。

小兔儿　你说，比什么？

杨十七　打飞机。

小兔儿　打飞机小费二百。

杨十七　什么小费？

小兔儿　你不是要打飞机吗？

杨十七　我说咱俩一块儿打，谁打下一架飞机来，就算赢一次，输了的就得脱一件衣服。

小兔儿　噢，你是说在游戏机里打飞机？

杨十七　那还能到哪儿去打？

小兔儿　你可真够单纯的。

杨十七　玩不玩？

小兔儿　当然玩了。

杨十七　来吧。

〔游戏机里显示着一场现代战争的游戏。

〔大屏幕上的空战异常激烈。

〔杨十七和小兔儿在聚精会神地参战。〕

杨十七　我打下一架 U－2 侦察机，脱！

小兔儿　（愣了一下）真脱？

杨十七　当然真脱了。

小兔儿　一会儿你要是输了呢？

杨十七　我也照样脱。

小兔儿　不许耍赖。

杨十七　谁耍赖谁王八蛋。

小兔儿　那好，我可脱了。

杨十七　脱吧，我不瞧你。

小兔儿　不瞧白不瞧，一会儿我瞧你。

杨十七　你爱瞧不瞧。

〔小兔儿非常大方地脱掉了外衣，露出了非常性感的紧身 T 恤衫。

〔两个人继续玩起了战争游戏。〕

杨十七　哈哈，我又打下来一架飞豹，脱！

〔小兔儿不废话，脱下了裙子，下身是白色的衬裙。

〔杨十七的情绪更加高涨。

〔小兔儿也毫不示弱。

〔空战的硝烟弥漫了整个游戏厅。〕

小兔儿　哈哈，我打下来一架 B－52，脱、脱、脱……

杨十七　你……你怎么也能打下来？

小兔儿　我当然能打下来了，就许你打下来？

杨十七　你学得还挺快。

小兔儿　少废话，快脱吧。

〔杨十七无奈，也脱掉了外衣，里面是一件花格衬衣。

〔两个人的竞争越发紧张起来。〕

小兔儿　哈哈，我又打下了一架，是轰七。快脱吧，接着脱。

杨十七　算我欠你一次，下次我赢了咱就拉平了。

小兔儿　不行，一次算一次，谁也不许欠账。

杨十七　等一会儿再脱不行吗？

小兔儿　咱说好的，你可不许打锛。

杨十七　谁打锛了，脱就脱。

〔小兔得意地看着杨十七，想看他赤裸上身的样子。

〔杨十七犹豫了一下，脱掉了衬衣。

〔小兔儿没想到，杨十七的衬衣里还穿着一件跨栏背心，非常失望。〕

小兔儿　你怎么里面还穿着背心？

杨十七　我愿意穿，你管得着吗？

小兔儿　你知道眼下"四土"是什么吗？

杨十七　什么"四土"？

小兔儿　就是土老冒的土，四样最土的事儿。

杨十七　不知道。

小兔儿　我告诉你，你听着：BP 机带链儿，够土的吧？

杨十七　这算什么土？第二呢？

小兔儿　手机戴套儿。

杨十七　第三呢？

小兔儿　男人穿背心。

杨十七　第四呢？

小兔儿　女人戴乳罩。

杨十七　这么说，你这T恤衫里面什么都没穿？

小兔儿　我这里面是个自由世界，只要你赢了我，这个自由世界就属于你的了。

杨十七　我不要你的自由世界。

小兔儿　那你还想要什么？

杨十七　我只要赢。

小兔儿　赢什么？

杨十七　赢就是赢，什么都不赢我也要赢。

小兔儿　你有病呀？

杨十七　我妈说，世界上只有两种人，一种是赢的，一种是输的。一种是赢得起的，一种是赢不起的；一种是输得起的，一种是输不起的。

小兔儿　你妈是干什么的？

杨十七　我妈叫垃圾公主。

小兔儿　（惊奇地）什么什么？什么公主？

杨十七　垃圾公主。

小兔儿　什么叫垃圾公主？

杨十七　我妈成年价捡破烂，收破烂，卖破烂，跟垃圾打了一辈子交道，所以人们都叫她垃圾公主。

小兔儿　那为什么不叫垃圾女王？

杨十七　我妈一辈子没结过婚。

小兔儿　没结过婚怎么生了十七个孩子？

杨十七　不是生的，是捡的。

小兔儿　捡的？

杨十七　像捡破烂一样捡来的。

小兔儿　捡了十七个？

杨十七　对。

小兔儿　真了不起。

杨十七　当然了不起了，我妈是世界上最伟大的妈妈，这话不是我说的。

小兔儿　谁说的？

杨十七　我大哥说的。

小兔儿　你大哥是干什么的？

杨十七　中国驻联合国一等秘书。

小兔儿　天呀，这么棒。

杨十七　那也没有我大姐棒。

小兔儿　你大姐是干什么的？

杨十七　国务院总理办公厅副主任。

小兔儿　看不出来，你有这么硬的关系。

杨十七　我们十七个兄弟姐妹，干什么的都有。

小兔儿　还有干什么的？

杨十七　有博士研究生，有作家，有画家，有公司总经理，有空中小姐，有开出租汽车的，有登山运动员，还有大校团长、二级警监……

小兔儿　你呢？

杨十七　我帮助我妈捡破烂，收破烂，卖破烂……

小兔儿　你妈有这么多好闺女、好儿子，怎么还捡破烂？

杨十七　我妈捡了一辈子破烂，到死的时候都没有放下那破烂筐。

小兔儿　你妈死了？

杨十七　她死了……就是最近死的，才一个月，我心里难受，才到这儿来的。我只要离开游戏机，我妈就在我眼前晃，我就忍不住要吆喝……

小 兔 儿　吆喝什么？

杨 十 七　（吆喝）有破烂来卖……有废铜烂铁来卖……有旧书旧报纸来卖……有旧酒瓶子来卖……

〔暗转。〕

〔一条古老的街道。

〔一个寂静的小胡同口。

〔杨十七吆喝着。

〔垃圾公主背着破烂筐紧跟在后面。

〔垃圾公主由饰富姐的演员兼饰。〕

杨 十 七　有废铜烂铁来卖……有旧书旧报纸来卖……有旧酒瓶子来卖……有破裤子烂袄来卖……

〔到了胡同口，杨十七犹犹豫豫地停住了脚步。

〔垃圾公主细心地观察着他。〕

垃圾公主　走呀，往前走呀。

杨 十 七　妈，咱回去吧。

垃圾公主　回去干什么？天还早呢。

杨 十 七　妈，要不咱到别的地方去吧。

垃圾公主　就朝这条胡同里走。

杨 十 七　妈，咱不进这条胡同行吗？

垃圾公主　不行。

杨 十 七　妈……

垃圾公主　十七，你为什么不敢进这条胡同？

杨 十 七　妈……

垃圾公主　这条胡同叫什么？

杨 十 七　这是苇坑胡同。

垃圾公主　你怕“苇坑三虎”是不是？

杨 十 七　妈……您……您怎么知道的？

垃圾公主　上次你自己来，脑袋被打破了，是不是“苇坑三虎”干的？

杨十七　妈……

垃圾公主　说呀，是不是他们打过你？

杨十七　是……

垃圾公主　你怕他们了？

杨十七　妈，您不是说，我们出门在外，不要惹事吗？

垃圾公主　没事的时候不要惹事，有事的时候也不要怕事，事都找到你的头上了，你想躲，躲得掉吗？

杨十七　妈，我要是打不过他们呢？

垃圾公主　打不过他们可以跑，好汉不吃眼前亏。可是你跑不是因为怕他们。这几个人侵街霸市，强买强卖，胡作非为，你越怕他们，他们越欺负你。我告诉你孩子，这个世界上，㞞的怕横的，横的怕愣的，愣的怕不要命的。你知道横人凭什么横吗？

杨十七　他们厉害。

垃圾公主　他们为什么厉害？

杨十七　他们有劲儿。

垃圾公主　不对。他们再厉害也是少数，再有劲儿也只有三个人。人可以弱，可不能㞞；人可以穷，可不能没志气；人可以没权没势没靠山，可骨头不能软。

杨十七　妈，跟他们打我不怕……

垃圾公主　那你怕什么？

杨十七　他们叫我野种……

垃圾公主　你本来就是野种，你妈生下你来就把你扔了，不是野种是什么？野种不可耻，不丢人。他们想叫就让他们叫，他们越叫你，你越要把头抬起来，理直气壮地做人。是人不是人，不在乎你是什么种，要看你自己怎么做人。

杨十七　妈，我懂了，我不怕他们了。

垃圾公主　孩子，朝前走，仰起脑袋朝前走，有妈在，看他们能把你怎么样？

杨 十 七　妈，您别去，我一个人去，我不怕他们。

垃圾公主　好孩子，有种。记住，打得赢就打，打不赢就跑。世界上只有两种人，一种是赢的，一种是输的。赢要赢得起，输也要输得起。

〔杨十七勇敢地朝前走去，一边走一边吆喝着："有废铜烂铁来卖……有旧书旧报纸来卖……有旧酒瓶子来卖……有……"

〔随着吆喝声，杨十七消逝在小胡同里。

〔有顷，小胡同深处发出了凶恶的叫喊声："站在，野种，你怎么又来了？"

〔杨十七："我就要来，这胡同不是你们家的。"

〔三虎："你小子找死呀？给我打！"

〔厮打声从小胡同里传出来，乒乒乓乓，打得很残酷……

〔垃圾公主紧张地朝里面望着，几欲上前，又止住了……

〔杨十七带着一身泥土，满脸伤痕回来了……

〔垃圾公主急忙迎上去……〕

垃圾公主　孩子，你吃亏了？

杨 十 七　（自豪地）没有，他们打了我，我也打了他们。

垃圾公主　你是跑回来的？

杨 十 七　不是，我告诉他们，有种的明天再来打。

垃圾公主　好，等明天干什么，现在咱就去，朝前走。

杨 十 七　（扯着嗓子吆喝着）有废铜烂铁来卖……有旧书旧报纸来卖……有旧酒瓶子来卖……

〔杨十七和垃圾公主消逝在小胡同里。

〔暗转。〕

〔吧台上。〕

富　姐　孩子，多么好的孩子呀。孩子是属于女人的，女人把孩子带到这个世界上来，女人又把孩子培养成人。世界是男人创造的，可女人创造了男人。女人是孩子第一个老师，也是孩子终生的依靠。孩子需要女人，女人也需要孩子。我要孩子，我需要一个孩子……

周师傅　你还想要个男孩儿？

富　姐　我想要个儿子，我的儿子，我想当一个母亲……

周师傅　你没有儿子吗？

富　姐　我有，我本来有一个儿子。十七年了……那一年我刚十九岁……

周师傅　你还没结婚？

富　姐　没有，那是我跟我师父的孩子……我的师父，是个畜生，是一个长着两条腿的老畜生，他强暴了我，让我怀了孕……我不敢说，直到肚子大得瞒不住了……是我奶奶帮助我把孩子生下来的……是个儿子……儿子生下来以后，奶奶抱着他给我看，我第一眼看到的是他那圆圆的小屁股……屁股蛋儿上有一个小小的胎记，长长的，尖尖的，像一颗子弹，一颗手枪的子弹……就是这颗子弹把我打蒙了……当我醒来的时候，我的儿子已经没有了……

周师傅　哪儿去了？

富　姐　我奶奶把他扔了。

周师傅　扔哪儿了？

富　姐　不知道……据说是扔在垃圾堆里了。

周师傅　垃圾堆……

富　姐　对，垃圾堆……一个小小的生命，就像垃圾一样地扔掉了……

〔富姐的目光转向了杨十七，深深地盯着他。

〔游戏机声大作。

〔杨十七和小兔儿争吵起来〕

小兔儿　你是垃圾。

杨十七　你才是垃圾。

小兔儿　你耍赖。

杨十七　你才耍赖。

小兔儿　那架佩刀 86 是我打下来的。

杨十七　胡说，是我打下来的。

小兔儿　你脱不脱？

杨十七　我不脱，本来就该你脱。

小兔儿　我不玩了。

杨十七　你爱玩不玩。

〔小兔儿拂袖而去，愤然往外走。

〔富姐拦住了她。〕

富　姐　小姐，别走呀，再玩一会儿吧。

小兔儿　我不玩了。

富　姐　看在我的面上，再接着玩吧。

小兔儿　我不想玩了。

富　姐　年轻人吵架拌嘴也是挺有意思的。

小兔儿　不是因为吵架拌嘴，我得上班了，我得赚钱。

富　姐　你一晚上能赚多少钱？

小兔儿　没准儿。

富　姐　你说个数。

小兔儿　干吗呀？

富　姐　叫你说你就说嘛。

小兔儿　少的时候三五百，多的时候一两千。

富　姐　好吧，我给你三千块钱，你就在这儿玩游戏机。（掏出钱，递到小兔儿的眼前）

小兔儿　什么？你给我钱，让我在这儿玩？

富　姐　是呀，你不是喜欢玩吗？

小兔儿　这个世界上，还没有人这样宠着我。

富　姐　今天姐姐宠你，你玩吧。

小兔儿　为什么？你为什么让我玩？

富　姐　我想看……

小兔儿　看什么？

富　姐　看……看你们玩。

小兔儿　你有这个瘾？

富　姐　不过有个条件。

小兔儿　什么条件？

富　姐　你还跟那个男孩儿比赛，并且要赢。

小兔儿　你想让我把那个男孩儿脱光？

富　姐　对。

小兔儿　哇塞——你想看光屁股的男孩儿？

富　姐　少啰唆，你到底玩不玩？

小兔儿　玩，有人花钱雇我玩我还不玩，我又不傻。

富　姐　（把钱交给小兔儿，又从柜台上抓了一大把硬币）去玩吧，记住，一定要赢。

小兔儿　没问题，您就等着开眼吧。

〔小兔儿走到杨十七面前，把一大把硬币放在游戏机上。〕

杨十七　你不是不玩了吗？

小兔儿　不行，我得赢你。

杨十七　我不想跟你玩了。

小兔儿　得得，算姐姐错了还不行，我保证不耍赖了。

杨十七　那我也不玩了。

小兔儿　你妈不是说，世界上只有两种人吗？一种是赢的，一种是输的，咱俩还没分出胜负来呢，你怎能不玩呢？

杨十七　要玩，咱就真玩。

小兔儿　当然是真玩了，我还怕你不玩真的呢。

杨十七　我杨十七从来不办那种没屁眼子的事。

小兔儿　好吧，是骡子是马，咱遛遛再说。

〔两个人并排坐好，玩起了游戏机。

〔游戏机的喧闹声铺天盖地。

〔立体空间战争异常激烈。

〔两个年轻人很快就被刺激得激动起来。

〔站在两个人后面的富姐也紧张得喘不过气来。〕

杨十七　好，我打下来一架幻影 2000，脱！

〔小兔儿毫不犹豫，脱下了一件衣服。〕

杨十七　啊，我又打下了一架苏 – 27，脱！

〔小兔儿毫不含糊，又脱下了一件衣服。〕

杨十七　哈哈哈，我又打下了一架飞豹 – 2，脱！

〔小兔儿绝不耍赖，脱得只剩下了内衣、衬裙。〕

富　姐　（忍不住地）小兔儿，加油！

杨十七　（同情地看了小兔儿一眼）还玩吗？

小兔儿　当然玩了，干吗不玩？

杨十七　你把衣服脱光了可别赖我。

小兔儿　先别吹牛，不定谁脱光谁呢。

杨十七　好啊，你输人不输嘴。

小兔儿　少废话，接着玩。

〔空战更加激烈。

〔大屏幕上，战火硝烟。〕

小兔儿　啊……看见了吧？我打下来了，是什么？

杨十七　是鹞式，英国鹞式。

小兔儿　那你还不脱。

〔杨十七亦毫不含糊地脱下外衣。〕

小兔儿　哈哈哈，是B－52轰炸机，我打下来的。

〔杨十七又爽快地脱掉一件衣服。〕

杨十七　啊，我打下了一架苏－35，快脱吧。

〔小兔儿又爽快地脱下衬裙，没想到她里面还穿着紧身连衣裤。〕

杨十七　（有点儿遗憾地）你怎么穿那么多层？

小兔儿　我这叫层层设防，你懂吗？

〔两个人又开始了激烈的战斗。

〔游戏厅里的空气紧张起来。

〔杨十七已经脱掉了背心，赤裸着上身。

〔这种紧张主要反映在富姐的脸上。她拉开了一段距离，站在了杨十七的身后，急切地盼望着小兔儿的胜局。

〔激烈的空战半天没有捷报，富姐有些沉不住气了。〕

富　姐　小兔儿，加油，快加油！

杨十七　啊，我打下来了，是美国的F－16，快脱吧。

〔小兔儿脱掉紧身衣裤，里面还有一条花短裤。

〔杨十七不满地看着她。〕

小兔儿　（得意地）怎么，又嫌我穿得多了？你要是再输就脱光了吧？里面穿裤衩没有？

杨十七　少废话，接着玩。

小兔儿　好，接着玩。

〔战火又弥漫了整个大屏幕，两个年轻人赌红了眼，互不相让。

〔富姐焦灼急切，替小兔儿加油使劲。〕

小兔儿　哇塞——又是一架幻影2000，法国的，快脱吧。

〔杨十七犹豫了。〕

小兔儿　怎么，你想要赖？

杨十七　你才要赖呢！

小兔儿　不要赖就脱呀！

杨十七　（鼓足勇气）脱就脱。

〔杨十七脱掉了长裤，只穿着一条三角裤衩。

〔富姐疯了似的扑上前去，扒开他的三角裤衩看了看，突然大叫起来：“子弹……子弹……”〕

杨十七　（跳着躲开，气怒地）你……你干什么？

富　姐　（失去理智地）子弹……子弹……

杨十七　什么子弹？

富　姐　孩子，你屁股上的子弹……

杨十七　你胡说什么？你疯了？

富　姐　我是说，子弹……不……不是子弹……是胎记……是子弹一样的胎记……你……孩子……我的孩子（欲扑过去搂抱）

杨十七　（躲避着）谁是你的孩子？

富　姐　孩子……你是我的孩子……我……我是你的妈妈……是你的亲妈妈……孩子……

杨十七　你别胡说，我没有妈妈，我妈妈死了！

富　姐　孩子，我是你的妈妈，你的亲妈妈，是我……我把你生下来的，你是我的孩子……

杨十七　我告诉你了，我没有妈妈，我妈妈死了！

富　姐　孩子，我是你的妈妈……是我生下了你……是我……是我把你……把你……

杨十七　你发什么疯？我不是你的孩子，你也不是我的妈妈。

富　姐　孩子，你听我说……你慢慢听我说……

杨十七　你不要说，我不听，我什么也不听……

富　姐　孩子……我的孩子……请你相信我，我就是你的妈妈，你的亲妈妈……

〔杨十七抱起自己的衣服，夺门而逃。〕

富　姐　孩子……我的孩子……

〔富姐扑倒在地。

〔周师傅上前搀扶着她。〕

富　姐　他走了……他不认我……他不认我这个妈妈……是的，我也没有资格当他的妈妈……可是，他是我的孩子……他真真的是我的孩子，我要他，我需要他，我要当他的妈妈，我要给他爱，我要爱他，爱我的孩子，我要做一个母亲，一个真正的母亲……一个女人，一个完整的女人，要做母亲，要做一次母亲……他不认我……不认我……他为什么不认我啊……我的孩子……

〔游戏厅里面死一般的寂静。

〔空战结束了，似乎一切都烟消云散了。

〔灯光渐暗。

〔小兔儿突然大叫起来："哈哈……我把贾宝玉扒光啦！"

〔灯暗。

〔剧终。〕

1999年11月23日于北京

·豫剧·

愚公移山

时间：远古时期

地点：王屋山下

人物：愚公　男

智叟　男

愚公妻　女

水娃　男　愚公幼子

山花　女　愚公的小孙女

京城男　男

山妮　女

京城郎　男　京城男遗腹子

山神　　男

夸娥氏长子　男

夸娥氏次子　男

愚公子女及孙子女

山民若干人

序　　幕

〔幕启：玄黄天地，洪荒宇宙，混沌一片。云雾中，不周山耸立擎天，巍峨险峻，威不可犯。

〔石破天惊，空中出现两个巨人在拼杀厮打，腾云驾雾，撼动山岳。

〔字幕：昔者，共工与颛顼争为帝。

〔共工手持巨斧，颛顼手持长戈。两个人拼力搏杀，刀光剑影，喊声震天。

〔一道纵向闪电，撕天裂地的霹雳，砸在共工的头顶上。共工顿时处于劣势，一边趔趄地后退，一边咆哮着："天不佑我……"

〔共工站稳脚跟，又向颛顼扑过来，两个人继续厮杀。

〔一道横向的闪电，又一声霹雳向共工砸过来。共工身子晃动着，又咆哮起来："神不助我……"

〔共工继续与颛顼搏斗，抡起巨斧，奋力搏击……

〔颛顼凭借不周山险要，巧妙躲避着共工的进攻，突然，共工挥着巨斧，却砍在山崖上，火光崩裂。共工怒号着："不周山阻挡我……"

〔颛顼又劈头冲杀过来，共工不甘失败，继续与之搏斗。

〔又一道交叉的闪电，将天地间照得通亮。霹雳又向共工袭来，霹雳闪电交织在一起，共工的身子晃动着，咆哮着："生民可懂我……"〕

共　工　（唱。腔调激越悲愤）

天不佑我，

神不助我，

不周山阻挡我，

生民可懂我，

我将奈若何？
天不佑我，我不敬天；
神不助我，我不畏神；
不周山阻挡我……
呀呀呀……
罢罢罢……
满腔英雄血，
一触碎山河！
〔共工腾身而起，将头撞向不周山。
〔瞬时，山崩地裂，天柱折，地维绝。天倾西北，满天星辰向西北仓皇逃窜，洪流汪洋向东南倾泻，地转天旋……
〔太行、王屋二山从天而降，形成了一个合围，扎根于冀州之南、河阳之北……〕

第一场　祈雨封神

〔太行王屋大旱，烈日炎炎，草木枯黄，满地尘烟弥漫。
〔遥遥相对的两个山头上，一男一女在唱着祈雨歌。歌声苍凉悲苦，感地撼天。〕

山民男　（唱）
天旱惨了，
树梢黄了，
播下的种子干爆了，
苦了山民了……
山民女　（唱）
天旱惨了，
草叶枯了，

满山的鲜花睡了，

苦了山民了……

男　女　（合唱）

天旱惨了，

牲口渴坏了，

山泉没水了，

苦了山民了……

〔山坡上设下祭坛，智叟率领着众山民祈雨。

〔智叟戴着柳条编织的草帽，水中挥舞着柳枝儿，挥着水满洒着，足之蹈之，手之舞之，口之唱之。

〔山民们也戴着柳条帽，在智叟的指挥下，时而舞唱之，时而跪拜之。

〔服装提示：山民穿兽皮，智叟穿麻衣，神仙穿绸缎。

〔祭坛上，跪着的是甘愿做“牺牲”的京城男，几天的祭拜，他已经筋疲力尽，披头散发，满脸灰尘。但是他依然在艰难地跪拜着……〕

智　叟　龙王爷啊，发发慈悲，救救众生吧……

众山民　龙王爷啊，发发慈悲，救救众生吧……

〔山妮端着瓦罐上来，苦苦地劝说着。〕

山　妮　京城男，你不行了，已经七天了，不吃不喝也不睡，你就是个石头人也折腾垮了。

〔京城男不理睬山妮，依然非常吃力地跪拜着。

〔京城男终于坚持不住，倒了下去……

〔山妮爬上祭坛，把他扶起来，端起碗来。〕

山　妮　京城男，你咋了？快，快喝点儿水吧。

京城男　不不不……不能喝……

山　妮　不喝水会渴死的。

京城男　喝了……就是对神灵不敬……

山　妮　哎呀，那……先吃口馍……

京城男　吃了……就是对神灵不忠……

智　叟　（唱）

转身看众山民跪拜的脊梁，

软塌塌弯曲曲卑贱哀凉。

俺智叟今日里祭坛把龙王拜，

明日里这祭坛变成神坛摆供烧香。

俺封神固然要天帝恩准，

没有这众山民顶礼膜拜俺也难把神坛上。

借求雨俺智叟要把人心收尽，

让他们心甘情愿服服帖帖成为俺鞭下的羔羊……

山　妮　智叟爷爷，快别拜了，京城男他……他……他不行了……

智　叟　山妮，你不要悲伤，京城男是为王屋山的人民牺牲的，他的死比王屋山还重。

山　妮　可他是俺家的顶梁柱，顶梁柱倒了，俺家咋办？

智　叟　为了大家牺牲小家，京城男会受到天帝封赏的。

山　妮　不不不……京城男不能死，他还年轻，我们的孩子还没出生……

〔水娃跑过来。〕

水　娃　山妮，快把京城男抱下来，不能让他死……

山　妮　京城男，他……不行了……

水　娃　（扑上祭坛）京城男……

〔突然，一声霹雳，惊天动地。

〔山民们都惊愕了，忽地跪下来：龙王下雨啦……

〔乌云翻滚，电闪雷鸣，暴雨倾泻……

〔众山民欢腾跳跃，疯狂呼叫……〕

智　叟　（高呼）感谢龙王……

众山民　（高呼）感谢龙王……

智　叟　（高呼）感谢乡亲……

众山民　（高呼）感谢智叟……

智　叟　（高呼）感谢京城男……

众山民　（高呼）感谢京城男……

山　妮　（惨痛地叫喊着）京城男……

〔祭坛上，京城男倒在山妮的怀里，水娃和众人慌手慌脚地上前救助……〕

山　妮　（声嘶力竭地）京城男……

〔众皆惊呼："京城男……"

〔静场，灯光暗转。

〔依然是在那个山坡上，祭坛变成了神坛。

〔智叟怀抱拂尘，得意扬扬又故作收敛。

〔众山民在神坛下载歌载舞，吹吹打打，庆贺着智叟被封神……〕

智　叟　（唱）

千民颂百鸟鸣树绿花鲜，
王屋山腾紫气设下神坛。
智叟俺天庭上有了神位，
从此后吃供奉享受青烟。

〔山坡下，山妮拖着沉重的身子往山上走着。

〔水娃从后面追上来。〕

水　娃　山妮，你去做啥？

山　妮　俺要跟智叟要个说法。

水　娃　你要啥说法？

山　妮　智叟他因为祈雨封了神，那京城男咋办？京城男可是为祈雨死的。

水　娃　要俺说，你找智叟也没用。他正忙着自己封神呢，咋能顾得上你？

山　妮　神仙不是讲慈悲吗？他就这么硬心肠？

水　娃　没有硬心肠，哪能当神仙？

山　妮　（唱）惨啊……

京城男啊京城男，

你睁开双眼看一看。

你跟着智叟搭出了命，

你的命却不值一文钱……

水　娃　（劝说着）山妮，你别这样，听俺娘说你怀了京城男的孩子，你这样会伤了胎气的。

山　妮　（唱）

俺不平啊俺冤枉啊，

俺要把这冤这恨告诉苍天。

苍天啊……

水　娃　山妮，别这样，快回去吧……

山　妮　（唱）

俺死了男人就塌了天，

俺要去找京城男……

水　娃　山妮，俺娘让俺把你带到俺家去，俺娘会照顾你的，会让你平平安安把京城男的孩子生下来的。

山　妮　（唱）

生下来也是苦命的娃，

没有爹就如同没有家……

水　娃　山妮，你别难过，俺娘说了，俺家就是你家，你家的娃就是俺家的娃……

〔山坡上，神坛前。

〔神坛下，智叟虔诚地焚香跪拜。

〔山神带着夸娥氏兄弟走来。〕

智　叟　（上前行礼）小神拜见山神老爷。

山　神　你现在还不是神呢。

智　叟　三天公示已到，没有人前来质疑，俺这神算是稳稳当当地当上了。

山　神　那也要等着天帝的圣旨下来才能算数。

智　叟　小神跪迎天帝降旨。

〔突然，愚公大步流星地走过来……〕

愚　公　等一下，智叟，你先别忙着当神。

智　叟　（愣了一下）愚公?

〔众山民惊愣之后，突然欣喜若狂，一起朝愚公拥来："愚公回来了，愚公回来……"

〔山民："愚公大叔，你可回来……"

〔水娃："娘，俺爹回来……"〕

愚　公　乡亲们，俺愚公回来了，俺有许多话要对乡亲们说，待俺先会会智叟……

水　娃　爹，您也要向智叟叩拜?

愚　公　俺要把他拉下神坛。

智　叟　愚公，你要咋样?

愚　公　俺要向你质疑。

智　叟　哈哈哈……愚公，你也太不自量力了吧?

愚　公　哈哈哈……智叟，你也太自以为是了吧?

智　叟　你能向俺质疑个啥?

愚　公　（唱）

是鬼你就别装人，
是人你就别装神。
屎壳郎你别装大蚕豆，
臊尿壶你别装聚宝盆。
愚公俺出山三年改变了愚和笨，
今天就要跟你较个真。

智　叟　告诉你愚公，俺这智神是山神禀报的，是天帝钦封的，你反对俺就是反对山神，反对山神就是反对天帝……

山　神　愚公，你愿意与智叟赛智斗智吗？

愚　公　俺愿意奉陪到底。

山　神　神坛改擂台，智叟，你现在是擂主，赛智斗智由你开始，你先出题。

智　叟　愚公，今天俺出十道题，你能答出五道来，俺就认输。

愚　公　请吧。

智　叟　（唱）

叫声愚公俺问你

天地之间何为一？

愚　公　（唱）

混沌为一法大道，

盘古巨斧开天地。

智　叟　（唱）

算是蒙对了第一题，

你再告诉俺何为二。

愚　公　（唱）

阴阳为二法天地，

万物变幻有开端。

智　叟　（唱）

你再说说何为三才。

愚　公　（唱）

三才乃是天地人。

智　叟　（唱）

何为四时你可知晓？

愚　公　（唱）

春夏秋冬永循环。

智　叟　（唱）

可知五行为何物？

愚　公　（唱）

金木水火再加土。

智　叟　（唱）

六畜是啥你快说出口。

愚　公　（唱）

牛羊猪马加鸡狗。

智　叟　（唱）

七窍到底是个啥？

愚　公　智叟，你说让俺答对五道题就算赢，可俺已经答了六道题了。

智　叟　哈哈，可见是七窍难倒了你。

愚　公　（唱）

双眼双耳双鼻孔，

再加鼻下一个口。

智　叟　那八卦呢？

愚　公　乾坎艮震巽离坤兑。

智　叟　九州呢？

愚　公　冀兖青徐扬荆豫梁雍。

智　叟　何为十……十……十……

愚　公　十什么？

智　叟　十……你说个十。

愚　公　要俺说，你就是十分无用，十足的装，实在可恶。

智　叟　你……你这是污蔑。

山　神　智叟，不是本神不帮你，你怎么连题都出不上来了？

愚　公　原本就是一知半解，装神弄鬼，连蒙带骗再加大忽悠。

山　神　愚公，这一局擂主没能赢，该你当擂主了，也出题考考智叟。

愚　公　他刚才考了俺九道题，俺只出一道题，答对就算他赢。

山　神　智叟，你看呢？你可占了大便宜了，人家愚公只考你一道题。

智　叟　俺就不信答不出他的题来。

愚　公　俺且问你，何为山？

智　叟　啥？你说啥？

愚　公　何为山？

智　叟　哈哈哈……这算啥题？

愚　公　这算个问题。

智　叟　山神老爷，他这算个题吗？

山　神　哦……既然人家问了，当然就算个题了。

智　叟　谁还不知道山是个啥？连两岁小儿都难不住。

愚　公　你就未必知道。

智　叟　山不是就在咱脚下吗？

愚　公　难道你头顶上的不是山？

智　叟　山不是就在咱眼前吗？

愚　公　难道你身后面没有山？

智　叟　那……你说山是个啥？

愚　公　那就让俺告诉你。（唱）

山是土，山是岩，
山是高峰和深渊。
山是生俺养俺的爹和娘，
山是佑俺护俺的地和天。
有了山咱才能耕田打猎度日月，
有了山咱才能生儿育女万代传。
山也是苦，山也是难，
山也是屏障和牢监。
山绊住俺双脚遮住俺眼，
山把咱与外面的世界全隔断。
你说山在你脚下，

却为啥费尽心机要登天？
你说山在你眼前，
却为啥不许人们走出山？
祖祖辈辈囚禁大山里，
大山也牢牢堆砌在咱心间。
这山像石头匣子将咱们扣，
却人人心里都有座山……

山　神　（像是突然发现了智叟）你怎么还在神坛上，快下来。

智　叟　下……来？

山　神　下来。

智　叟　我不是封神了吗？

山　神　（高呼）天帝有旨，智叟考核未能通过，取消封神……

智　叟　（悲凄地）天帝啊，您可不能抛弃我啊……

愚　公　乡亲们，你们说智叟该怎么办？

众山民　（齐声呼喊）滚下神坛……滚下神坛……滚下神坛……

智　叟　（站起来对着山民发火）你们咋这么没良心，刚刚你们敲锣打鼓把俺抬上神坛的……

一山民　请愚公上神坛……

众山民　请愚公上神坛……请愚公上神坛……请愚公上神坛……

愚　公　乡亲们，请听俺说。别让俺上神坛，俺不上神坛。俺是人，俺不是神，俺也不装神，今天不装，明天不装，永远不装神。

一山民　可是你穿着麻布衣。

愚　公　衣服是身外之物，要不，俺把麻衣脱掉，你们看俺是不是愚公？

一山民　可是你斗败了智叟。

山　神　（突然命令）夸娥氏兄弟。

夸娥氏　下官在。

山　神　将愚公绑起来，押往山神庙。

〔众皆惊愕。

〔夸娥氏向愚公扑过来，将其捆绑。〕

愚　公　山神老爷，俺愚公犯了啥罪？

山　神　三年前你偷越山关，违抗天帝谕旨，破坏了山规，现在将你捉拿归案。

水　娃　（急忙上前）山神老爷，俺爹刚刚斗败了智叟，大家都看见了……

山　神　能耐是能耐，罪过是罪过，一码说一码，带走……

第二场　愚公问天

〔山神庙。

〔愚公妻给愚公来送饭。

〔愚公在栅栏里昂首看天。老夫妻栅栏内外，共诉衷肠。〕

愚公妻　（唱）

三年里日也盼夜也盼盼你回乡，

未曾想家门没进却进了牢房。

愚　公　（唱）

见老妻一身瘦骨两鬓秋霜，

心生疼疼生愧浊泪两行。

愚公妻　（唱）

想当初嫁你时老夫少妻，

到如今都已是老迈模样。

愚　公　水娃呢？

愚公妻　京城男死了，水娃帮助山妮料理后事。

愚　公　（唱）

最可恨智叟他愚弄山民，

好端端的壮小伙儿不幸身亡。

〔山神带着夸娥氏二子走来。〕

山　神　愚公，这牢房里的滋味儿不好受吧？天帝说了，你只要认罪服管，就可以放你回家。

愚　公　俺不回家。

山　神　哦？坐牢还坐上瘾来了？新鲜。

愚　公　俺要见天帝。

山　神　啥？你要见天帝？你也太不自量力了，天帝是谁想见就能见的吗？

愚　公　天帝爷是由天下百姓供养着的，百姓有话，他理应垂听。

山　神　你想跟天帝说啥，我给你转达。

愚　公　俺要当面向天帝讲。

山　神　你还想跟天帝对话？

愚　公　俺要问天！

〔山顶上一团祥云飘忽而至，天帝蓦然现身，两个宫女打着团扇跟随其后。〕

天　帝　愚公，你有何话要跟朕讲？

〔愚公突见天帝，慌忙下跪。

〔山神及夸娥氏二子亦跪拜。〕

愚　公　小民愚公参拜天帝，吾帝万岁万岁万万岁。

天　帝　愚公，你不是要问天吗？有啥话你就问吧。

愚　公　（唱）

天帝爷莫怪俺唐突莽撞，

满腹话压抑得太久太长。

想当初共工祖争帝颛顼，

触不周惹下了千古祸殃。

遭惩处俺后辈囚禁王屋，

石头棺石头椁石头牢房。

苦熬煎苦挣扎八百余载，

俺不平俺不服俺要对天帝讲。

一问天帝讲慈悲众生平等，

祖先的失败为啥要由俺承当？

二问天帝生民的苦难你可知晓，

为天者不爱民你妄坐天堂。

三问天帝咱都是炎黄子孙，

同血脉亲骨肉奈何相戗？

天　帝　愚公，朕也问问你，你明明知道太行王屋封山锁关，为啥三年前偷越山关到外面流窜？

愚　公　俺偷越山关是真，可并没有在外面流窜。

天　帝　没有流窜你干啥去了？

愚　公　俺去寻找祖宗。

天　帝　啥？

愚　公　俺再说一遍，俺去寻找祖宗。

天　帝　一派胡言。

愚　公　句句是真。

天　帝　你寻找的是哪位祖宗？

愚　公　（唱）

俺寻找开天辟地的盘古爷，

俺寻找炼石补天的女娲娘。

俺寻找追日饮河的夸父祖，

俺寻找射下九日的羿君郎。

俺寻找衔石填海的精卫鸟，

俺寻找唱不尽的英雄长歌翻不完的惨烈篇章……

天　帝　你找他们做啥？

愚　公　俺有话要问祖宗！

天　帝　你问祖宗啥话？

愚　公　（唱）

俺要问盘古爷开天哪儿来的英智，
俺要问女娲娘补天哪儿来的胆量，
俺要问追日的夸父哪儿来的神力，
俺要问射日的羿君哪儿来的刚强，
俺要问填海的精卫哪儿来的坚韧，
俺要问众先祖的血脉在何处流淌在何处埋藏……

天　帝　你问这些做啥？

愚　公　俺要移山。

天　帝　移山？

愚　公　天帝啊，太行王屋山高路险，与世隔绝，十年九旱，水贵如油。山里人穷啊苦啊，年复一年地熬煎，日复一日地挣扎，年年日日祖祖辈辈苦巴苦业苦不堪言……

天　帝　你凭啥移山？

愚　公　一双手。

天　帝　你的一双手？

愚　公　是太行王屋人的手，几百双几千双无数双的手。

天　帝　看来你的胆子比你的祖先共工还要大。

愚　公　俺的胆子是逼出来的。

天　帝　好啊，那你就试试看。

愚　公　（急忙跪下）天帝圣明，愚公遵旨。

山　神　啥啥？啥就“旨”了？你遵啥旨？

愚　公　天帝不是降旨，让我试试看吗？

山　神　天帝只不过随口一说。

愚　公　天帝金口玉言，言出旨降。

山　神　你敢要弄天帝？

愚　公　您敢说天帝说话不算数？

山　神　你……好啊你愚公，你不愚啊！

〔天帝无奈，飘然遁去。〕

愚　公　哈哈哈……

第三场　聚室而谋

〔愚公家，一个圆柱体的泥土屋。

〔绿荫掩映，花木葱茏。

〔小院里夹着篱笆，放着石块、木墩及其他杂物。

〔墙上挂着谷物和兽皮。〕

水　娃　（跑上来）爹，您不是说今天要召集乡亲们前来议事吗？他们都来了……

愚　公　快快，把乡亲们都请进来……

〔众乡亲纷纷来到愚公的小院，热热闹闹，纷纷攘攘……

〔愚公妻及女儿、孙女端着陶碗请乡亲们喝水。

〔山妮挺着大肚子给乡亲们搬着木墩。

〔水娃跑上来，接过山妮手里的木墩。〕

水　娃　山妮，你别搬东西，小心伤了胎气。

山　花　水娃叔叔，你一个大小伙子，知道啥叫胎气？

水　娃　胎气就是山妮肚子里的孩子。

山　花　山妮姐，你看水娃叔叔多心疼你啊。

水　娃　咋说话呢？俺心疼山妮还不应该吗？

山　花　应该应该，看你把山妮姐心疼得脸都红了。

愚公妻　别斗嘴了，快招待乡亲们吧。

乡亲甲　愚公大叔，您再给我们讲讲山外面的事吧，我们都没听够。

乡亲乙　愚公大伯，您在神坛上讲山，把俺们都听傻了，这些俺咋没想到呢？您可真神。

乡亲丙　您咋又说神呀？愚公爷爷最反对人家说他是神了。

乡亲丁　真神不露相，没本事的人才装神弄鬼瞎忽悠呢……

愚　公　乡亲们，今天把乡亲们请来，愚公有话要说。

乡亲甲　愚公大叔，有什么事您吩咐，乡亲们听您的……

〔愚公妻及其子、其孙端出水来，请众乡亲喝水……〕

愚　公　乡亲们，请听我说……（唱）

俺愚公走出山眼界大开，
大山外天地间实在精彩。
山水清花柳绿千里沃野，
黄的稻白的麻金山银海。
城市里更让人眼花缭乱，
屋连排街成网店铺买卖。
唱大戏耍杂技喧嚣热闹，
美食香美景佳人往人来。
老人欢孩童笑春风满面，
官穿绸民穿麻多姿多彩。
人世间胜仙境更赛天堂，
俺本想率众人奔向山外……

众山民　是啊，快带俺出山吧。

愚　公　（唱）

天帝爷固守法条继续封山，
俺拼死一争也是万般无奈。

众山民　俺们咋办？

愚　公　移山。

众山民　移山？

愚　公　移山。（唱）

太行山王屋山叠嶂重峦，
山里面山外面两重地天。
山里面刀耕火种土屋茅草，

山外面青砖金瓦万顷良田。

山里面小聪明就想封神，

山外面读书写字知地知天。

为了让山里人不再愚昧，

为了把穷山苦水变良田。

众乡亲一条心毕力平险，

破山塞达汉阴直通豫南。

村民甲　愚公大叔，这山能搬吗？

村民乙　咋不能搬，愚公大叔想了三年，他自然有办法。

村民丙　愚公大叔，您说移山就移山，我们跟着您干……

愚公妻　愚公啊……俺这老婆子可要叨咕两句了。（唱）

这些天你总是疯疯癫癫，

昼也思夜也想还常犯梦魇。

俺知道你向来心高志壮，

可别忘你已经风烛残年。

魁父般小山丘尚难撼动，

这盈天的土石往哪里搬？

愚　公　老妻啊……（唱）

土石盈天不可怕，

隐土之北地盘大。

渤海之尾深难测，

太行王屋能装下。

俺虽耄耋身心壮，

这小小的山峰算个啥？

哈哈哈……

山　妮　（上前）愚公爷爷，俺山妮有话要说。

愚　公　好啊，我们大伙儿听听山妮的。

山　妮　（唱）

俺夫君京城男惨死在神坛，

突然间俺成了寡妇还有肚里的遗男。

愚公奶奶把俺接到她家，

全家人待俺如亲人一般。

听愚公爷讲山外俺心潮翻滚，

想夫君恨智叟更恨这大山。

若非是大山把咱阻隔在世外，

京城男绝不会如此愚顽。

俺山妮不图细米白面绫罗绸缎，

只图明事理辨是非明心亮眼。

更稀罕俺儿郎生下来看见新天地，

做一个知书达理能文能武聪慧勇敢大有作为的好儿男……

水　娃　山妮，这么说你赞成移山了？

山　妮　水娃叔叔，俺赞成移山。俺是个女人家，又带着身子，不能开山运石，也能为男人们送水烧饭洗洗涮涮。

水　娃　爹，孩儿有一事不明。

愚　公　你讲嘛。

水　娃　（唱）

爹明知山外面是繁华世界，

就应该率乡亲移民出山。

天下事莫难于搬山填海，

您为啥偏偏要舍易求难？

众山民　是啊。（合唱）

天下事莫难于搬山填海，

您为啥偏偏要舍易求难？

愚　公　好啊，这话问得好。水娃呀，你这话问到爹心窝儿里去了。乡亲们，大家还记得《济渎谣》吗？

众山民　记得，当然记得。

愚　公　那咱唱起来。

众山民　（唱）

自古神州有四渎，
河淮济江通海湖。
不周山倒泉眼堵，
济水断流济源枯。
若要济泉重喷涌，
移走太行和王屋。

愚　公　乡亲们，请听俺说。（唱）

有一个家园梦代代相传，
祖传爷爷传父父传儿男。
千年前咱家乡是一片沃土，
稻花香水草肥牛羊满山。
共工爷触不周泉塞水断，
山崖险水土薄举步维艰。
泉水压断梦未断，
梦里梦外魂魄牵。
梦想穷山能移走，
梦想清泉重见天。
梦想济水奔东海，
梦想重建美家园。
千年的梦想传到今，
为祖先为子孙咱要把重任担。
誓将美梦变成真，
咱不移山谁移山？

众山民　（唱）

誓将美梦变成真，
咱不移山谁移山？

〔山神带着夸娥氏走来。

〔智叟紧随其后。〕

智　叟　山神老爷，您听见了吧？愚公可要移山。

山　神　愚公，你疯了吗？这山你真的敢移？

愚　公　敢移。

山　神　这山是祖宗造的，你敢在祖宗的头上动土？

愚　公　祖宗造山为的是造福子孙，而今这山已经成了子孙的苦难。

山　神　你也太不自量力了，你不怕天帝惩罚你？

愚　公　天帝已经允许俺移山了，您亲耳听到的。

山　神　（气呼呼离去）哼，你等着瞧……

〔众皆愕然。

〔愚公举起镢头高喊："移山！"

〔众皆高呼："移山，移山，移山……"〕

第四场　移山不止

〔愚公带领众山民向太行王屋开战。

〔群情振奋，气势磅礴，惊天动地。

〔有的挥着镢头，有的抡着大锤开着山石；有的合力向山下推着石头；有的用扁担运载着土石……

〔众山民用绳索拉着一块巨大的石头，石头下面垫着滚木，石头在慢慢地移动，众山民弯腰拉石。

〔山坡上，山妮正在缝制着一件兽皮衣服，愚公妻烧着开水。

〔京城郎跑过来。〕

京城郎　妈妈妈妈，我掉了一颗牙……

山　妮　妈妈看看，是上面的还是下面的？

京城郎　上面的。

山　妮　上面的要扔在山涧里，下面的要扔到屋顶上。

京城郎　妈妈，俺咋会掉牙呢？

山　妮　这不叫掉牙，叫替牙。替了牙，小孩子就长成大孩子了。

京城郎　妈妈，俺长大了是吗？

山　妮　是啊，你已经六岁了。

愚公妻　这日子过得真快，一晃六年了。

山　妮　愚公爷爷带着乡亲们移山六年了，俺觉得，王屋山真矮了许多。

愚公妻　矮了许多也只削掉一个小小的山头，离把山移走还差得远呢。

〔水娃从山上走来，手里正在修理着一条桑木扁担。见到水娃，京城郎急忙跑过去。〕

京城郎　水娃爷爷，给俺看看。

水　娃　（唱，炫耀着新修的扁担）

桑木扁担两头翘，

太行王屋一担挑。

京城郎　水娃爷爷，你给俺也做一条扁担吧。

水　娃　你还没有扁担高，你要扁担做个啥？

京城郎　（唱）俺要跟你一起把山挑……（白）水娃爷爷，求求你了。

水　娃　不是说好了吗？你不许叫俺爷爷了。

京城郎　那俺叫你啥？

水　娃　你娘让你叫俺啥？

京城郎　俺娘让俺叫你叔。

水　娃　叫叔也不好。

京城郎　你让俺叫你啥？

水　娃　俺让你叫……叫俺爹……

京城郎　爹？可是……俺爹已经死了。

水　娃　你爹死了，你才需要有一个新爹。

京城郎　你想当俺的新爹？

水　娃　你不愿意？

京城郎　俺早就把你当作俺的新爹了，可是……

水　娃　可是个啥？

京城郎　俺娘说……

水　娃　你娘说啥？

京城郎　俺不告诉你。

水　娃　你个小坏蛋儿。

〔京城郎调皮地跑了。

〔水娃与京城郎追逐着、戏耍着……

〔山妮拿着一件缝好的兽皮衣走来……〕

山　妮　（唱）

桃儿红柳儿绿春光一片，
鸟儿鸣蛙儿唱花满山崖。
见水娃与京城郎亲如父子，
俺心里翻起了热浪花花儿。
水娃他对待俺情义深长，
愚公爷更待俺亲如一家。
京城郎出生后没见过爹爹的面，
可是他早把爹当成了水娃。
想到此心儿跳脸儿烧举步踌躇，
举步踌躇踌躇举步却拢不住绽放的心花……

〔愚公喊着号子。〕

愚　公　（喊唱）移山移山，齐心协力……

众山民　（合喊唱）移山移山，齐心协力……

愚　公　（喊唱）移山移山，毕力平险……

众山民　（合喊唱）移山移山，毕力平险……

愚　公　（喊唱）移山移山，达于汉阴……

众山民　（合喊唱）移山移山，达于汉阴……

愚　公　（喊唱）移山移山，直通豫南……

众山民　（合喊唱）移山移山，直通豫南……

〔愚公妻、山花及几个女人抬着瓦罐前来送水。

〔她们把瓦罐放在地上，拿出碗来舀水送给搬石头的男人们。〕

愚公妻　他爹，喝口水吧。

愚　公　我不渴，你先给别人喝吧。

愚公妻　先歇歇吧。

愚　公　我不累。

愚公妻　你不渴别人也不渴？你不累别人也不累？磨刀不误砍柴工，别把大伙儿累坏了。

愚　公　（直起腰，看了看气喘吁吁的众山民，喊着）歇歇了，喝水了……

〔众山民直起身，摇摇晃晃地喝着女人们送来的水。

〔愚公一边捶着腰，一边在大树底下坐下来，身子靠在大树上。

〔愚公妻端着一碗水过来，发现愚公已经睡着了。

〔愚公妻抬头看看天上火辣的太阳，撑起衣服，为愚公遮挡着阳光。〕

愚公妻　（唱）

遮烈日驱蝇虫守你身边，

乏极了累惨了才睡得香甜。

你离家三年俺日牵夜挂，

谁料想回家后又搬起了山。

俺知道你愚公不愚也不笨，

可毕竟年过九旬身薄力单。

乡亲们跟着你改天换地，

俺却是时刻为你把心担……

〔愚公突然醒了，倏忽而起，埋怨着老妻。〕

愚　公　啊？我睡着了，你怎么不把我叫醒？

愚公妻　你太累了，我想让你歇一会儿。

愚　公　（站起身）乡亲们都在舍命移山，俺怎么能偷懒？

〔愚公妻无可奈何，递给他一碗水。

〔愚公喝完水，站起身来。

〔愚公妻拉着愚公朝山洼处指了指。

〔山洼处的一棵胡桃树下，山妮为水娃试穿着兽皮衣服……〕

水　娃　（唱）

兽皮衣穿在身暖在心房，

一针针一线线情深意长。

山　妮　（抚摸着水娃的扁担，唱）

水娃男运山石长途跋涉，

见扁担不由俺牵挂心肠。

水　娃　山妮，俺要走了……

山　妮　俺知道……

水　娃　山妮，在家带好京城郎，等着俺……

山　妮　不，俺不等……

水　娃　山妮……

山　妮　俺要做你的女人……

水　娃　等俺回来……

山　妮　俺现在就要做你的女人……

水　娃　山妮……

山　妮　做了你的女人，你就是俺的男人了，你就是京城郎的爹了……

水　娃　（激动地）山妮，我的妮啊……

山　妮　水娃，我的男人啊……

〔两个人紧紧地拥抱在一起，倒在胡桃树下……

〔山下面，愚公和愚公妻急忙转过脸去……〕

愚公妻　他爹，山妮是个好女人，水娃他喜欢山妮……

愚　公　俺知道，等俺们运送山石回来，就给他们成亲。

愚公妻　俺在家给他们准备新房。

愚　公　山妮是个苦命的女人，咱一定不能亏待她。

愚公妻　俺要给她准备一场热热闹闹的婚礼……

〔水娃和山妮手牵着手跑下山……

〔京城郎背着一个小畚箕走来。〕

愚　公　（笑了）京城郎，你这是干啥？

京城郎　俺要跟水娃爹爹一起运送土石。

愚　公　小小的年纪，有志气。

京城郎　那您让俺去了？

愚　公　你不能去。

京城郎　为啥？

愚　公　反正这山三年五载也移不完，还是等你长大了再去吧。

京城郎　不行，俺要跟水娃爹爹一起去……

〔智叟挥动着衣袖，傲慢无比，嘲笑着走过来。〕

智　叟　哈哈哈……哈哈哈……

愚　公　智叟，你愿意笑就笑吧，权当是给俺加油了。

智　叟　俺笑是因为可笑。

愚　公　谁可笑？

智　叟　你们可笑。（唱）

稀奇稀奇真稀奇，

没听说人能把山移。

螳臂当车不自量，

蚍蜉撼树谈何易？

愚　公　（唱）

俺立志要移山志向不移，

冷嘲热讽闲言碎语任它耳旁吹。

常言道怕尿炕何不筛中睡，

听蝼蛄胡乱叫就别再种地。

智　叟　汝心不惠，唯有愚昧，被愚昧蒙住了双眼。

愚　公　汝心之固，固不可彻，纯粹是花岗岩的脑壳。

智　叟　以残年余力，曾不能毁山之一毛，如何运走如此多的土石？

愚　公　哈哈哈……智叟兄啊，你是真聪明呢还是假聪明呢？怎么连个寡妇孩子都不如呢？

智　叟　此话怎讲？

愚　公　请听俺慢慢道来。（唱）

切莫道俺残年已近百年身，
移大山靠的是持久恒心。
第一步权当是开头宣战，
从今后传世代永不停顿。
虽俺之死，有子焉存；
子又生孙，孙又生子；
子又有子，子又有孙；
子子孙孙瓜瓞连绵无穷匮，
一棵树能繁殖一片大森林。
你再看这两座太行王屋，
再高险再延年不增一寸。
子继父孙继子代代搏拼，
人增多山不长奈何不平？

众山民（齐唱）

人增多山不长奈何不平？

〔京城郎急忙迎上去，喊着：“娘，爷爷他们要走了……”〕

愚　公　乡亲们，装满畚箕，准备运送土石。

〔乡亲们担起自己的畚箕，畚箕上都装满了土石。

〔水娃的畚箕里的土石装得格外多，高出了畚箕。〕

愚　公　水娃，你不能装这么多，路途远，你会吃不消的。

水　娃　爹，您放心吧，我现在有用不完的劲儿。

〔山妮过来，帮助水娃挑起畚箕。〕

水　娃　（唱）

此一去经寒暑一年有余，

娇娇的妮亲亲的妮难舍难离。

山　妮　（唱）

运土石移大山根本大计，

一路上渴饮饥餐御寒添衣。

水　娃　俺……俺……俺俺俺俺……

山　妮　你咋啦？

水　娃　俺实在舍不得你啊……（唱）

妮送娃娃出山俺举步又停。

山　妮　（唱）

走一步心一揪俺心里生疼。

愚　公　（唱）

众乡亲跟随俺移山运土。

愚公妻　（唱）

家里事你放心俺谨慎精心。

水　娃　（唱）

等待俺回来后与你拜堂成亲。

山　妮　（唱）

一路上要多关照咱的老父亲。

〔愚公率领移山的队伍出了村。

〔山妮捂面而泣……

〔智叟悄悄地跟踪着，来到了村口，隐藏在一棵树的后面。

〔山神率夸娥氏二子上。

〔智叟急忙迎上去。〕

山　神　天帝有旨，愚公整天开石凿山，叮叮当当，扰乱了天庭的安宁，命令愚公立即停止移山。

智　叟　他们挑着山石，已经出山了。

山　神　快快，给我封山，把他们拦住。

夸娥氏　是……

〔风云骤起，山神率领着夸娥氏兄弟追赶上来。

〔愚公率众乡亲抢夺山路，夸娥氏围追堵截。

〔双方周旋，烟雾飞腾……

〔愚公惊呼："水娃，小心……"

〔轰隆隆山石崩裂，乱哄哄地暗天昏……〕

第五场　帝感其诚

〔寒暑易节，冬去春来。

〔花香鸟语，水绿山青。

〔有人高喊："移山的回来了……"

〔妇女们都从土屋里跑出来，拥上村口。

〔愚公率领着运送土石的队伍回来了，精神抖擞，英姿勃发。

〔妇女们端水送衣，亲热地嘘寒问暖。

〔山妮拉着京城郎跑过来。〕

山　妮　（对愚公）爹，水娃呢？

京城郎　爷爷，俺爹呢？

山　妮　爹，水娃咋没回来？

京城郎　爷爷，俺爹哪儿去了？

〔愚公把老妻拉向一边，低声说着……

〔山妮问身边一个村民："大哥，水娃呢？"

〔那个村民转过身。

〔山妮又问一个村民："大叔，水娃呢？"

〔那个山民也转过了身……

〔山妮紧紧地拉住一个男人："水娃呢？告诉俺，水娃呢？"〕

村　民　（哽咽地）水娃他……

山　妮　他咋了？

村　民　水娃他……他……俺们挑着土石出山，遇到了山神和夸娥氏的拦截……

山　妮　那咋样了？

村　民　水娃……他……他担的土石太多……跑不动……他……他……他掉在山涧里……

〔山妮呆愣愣地看着愚公。

〔突然，愚公妻一边捶打着愚公，一边哭天抢地号哭起来。〕

愚公妻　还俺儿子，还俺儿子，俺的天啊……

愚　公　（对着老妻）他娘，俺没能把水娃带回来……

愚公妻　（突然哇的一声大哭起来）水娃……水娃啊……（唱）

如霹雳似闪电地陷天塌，

魂已飞神已散心乱如麻。

这噩耗真让俺无法相信，

可眼前果真不见了俺水娃……

〔愚公把水娃的那条桑木扁担交给山妮。

〔山妮抚摸着扁担，呆了半天，终于爆发出来："水娃……我的男人啊……"〕

山　妮　（唱）

见扁担哭水娃俺要问问苍天，

苍天啊你给俺睁开双眼。

为啥灾祸都在女人头上降，

七年间你让我失去两个好儿男。

俺夫君为祈雨死在祭坛上，

俺男人又为移山掉进深渊。

京城男受愚昧跪着而亡，

水娃他好男儿立着归了天。
跪也是死，立也是亡，
是跪是立你让俺怎么办？
苍天啊，
你不帮共工共工将不周山触碎，
你不帮愚公愚公要移走太行王屋山，
你不帮苍生苍生也不把你敬，
天下无苍生你看你将是谁的天？

愚公妻　（与山妮互相搀扶，唱）
水娃啊俺的儿郎，
你匆匆而去都没能看一看你的亲娘。
你抛下老迈的爹娘也就罢了，
咋能辜负山妮这山一样的情深意长。
你结婚的新房娘已为你准备好，
新的床新的柜新的门窗。
不料想白发人送黑发人，
山妮她洞房未入又成了遗孀。
水娃啊俺的儿郎……

山　妮　（双手抚摸着桑木扁担，唱）
水娃啊俺亲亲的郎，
一年来日日盼来夜夜想。
盼着等你回来拜天地，
盼着等你当你的新娘。
未料想，俺婚装未穿穿孝衣，
洞房未进进灵堂……
水娃啊……

愚公妻　山妮啊，水娃对不起你啊……

山　妮　（突然坚强起来）不，俺还要穿婚装，俺还要入洞房……

愚公妻　山妮……你……你醒醒……你可要挺住啊！

山　妮　娘，您放心，俺没糊涂，俺就是要入洞房。

愚公妻　水娃没了，你跟谁入洞房？

山　妮　（举起桑木扁担）跟它！

愚　公　山妮，俺的孩子啊……

山　妮　娘，水娃他没死，水娃还在啊！（唱）

山妮俺原本是苦命的女人，
孤儿寡母度日月艰辛万分。
是愚公爷让俺有了家，
遇水娃更让俺二度青春。
多亏他出发前俺给了他女儿身，
俺早已经成了水娃的人。
今日里灵堂改洞房，
也是顺理成章天地缘分。
从此后俺就是您二老的儿媳，
京城郎就是您的小孙孙。
俺尽心尽孝为您老养老送终，
俺做一个堂堂正正水娃的女人……

愚　公　（唱）

听老妻与山妮沥胆剖肝，
俺愚公早已经肝肠寸断。
老来丧子人之绝患，
婚期丧夫更是大祸端。
若非是移山壮志强撑硬挺，
俺愚公这残年衰骨早倒在了山间。
山妮啊……
山妮你暂且节哀顺变，
俺愚公对天地发此誓言。

从此后你是俺女儿俺是你爹，

京城郎就同俺亲孙一般。

俺吃糠俺咽菜让你吃面，

俺穿单俺受寒你穿麻衫……

山民甲　山妮啊（唱）

众乡亲都把你当亲人待，

俺保证不让你孤孤单单……

众山民　（唱）

众乡亲都把你当亲人待，

俺保证不让你孤孤单单……

京城郎　（突然跪在愚公面前）爷爷……

愚　公　孩子，快起来。

京城郎　爹爹死了，俺要替爹爹移山……

愚　公　好样的，这才是水娃的儿子。乡亲们，看见了吧？倒下一个水娃，又站起了一个京城郎，俺们该咋办？

愚公妻　咋？你还要移山？

愚　公　要移山。

愚公妻　你要是再移山，俺就死给你看！

愚　公　你……

愚公妻　（声嘶力竭地）乡亲们啊，这山可不能再移了，出人命了，人命关天……

愚　公　你这是干啥？你说的是啥话呀？

愚公妻　七年了，整整七年了，这王屋山连一个小山头都没削掉，可你看看，男人不去打猎，田靠女人种，连糠菜都吃不上了……乡亲们啊，我们要过日子，要活命啊……

愚　公　乡亲们啊，我们日子要过，命要保，这山还是要移啊！

〔乡亲们都低下了头。〕

愚　公　咋了，你们这是咋了？

山　民　愚公大叔，大婶说得对，这山……咱先别移了……

愚　公　这移山是几辈子的大事，这刚刚七年，你们就要打退堂鼓？

山　民　愚公爷爷，俺婆娘也怀孕了……

愚　公　这么说，你不想再移山了？

山　民　俺娘不让俺去了……

愚　公　还有谁不想去了？

〔众人都低着头……〕

愚　公　俺问你们呢，还有谁不想去了？想跟我移山的往前站！

〔没有人站出来。

〔愚公沮丧地俯身在大树上。〕

愚公妻　（过来，轻轻地劝慰着）他爹，别犟了，你就顺了乡亲们吧。

愚　公　（无可奈何地挥了挥手）走吧，你们都走吧。

〔灯光见暗，乡亲们默默地离去了。

〔一轮弯月，几缕白云。

〔山村一片阒静。

〔愚公孤零零的身影。〕

愚　公　走了，都走了。散了，就这样散了吗？（唱）

月儿斜星儿稀寒霜几重，

泪已干汗已凉心里空空。

愚公俺立大志拼尽残年，

为子孙开创出锦绣前程。

为移山俺跟天帝发誓结怨，

为移山俺苦心说服众乡亲。

为移山俺全家上阵不畏难，

为移山俺牺牲了骨肉亲生。

到如今乡亲们为啥离俺而去，

只落得单枪匹马孤苦伶仃。

罢罢罢……罢了罢了……

俺老夫土埋到颈还能活几天，
为啥还拼死拼活拼老命？
为何不顺水推舟随大溜儿，
俺也要舒舒服服享乐残生……
哎呀……罢了罢了……
真的罢了……真的罢得了吗？
俺愚公乃共工祖光荣子孙，
共工祖乃天地间第一英雄。
共工祖战败了仍不服输，
身躯骨肉都化作险峻山峰。
难道俺遇艰险便退却缩头，
移山事咋可能废在途中？
〔愚公发现了地上的榔头，拿了起来。〕
愚　公　啊，榔头啊，你还在，你不离开俺吗？
〔愚公又发现了畚箕，拿了起来。〕
愚　公　啊，畚箕啊，你也在，你不抛弃俺吗？
〔愚公又发现了扁担，拿了起来。〕
愚　公　啊，扁担啊扁担，你愿意跟随俺吗？
(唱)
榔头在畚箕在扁担也在，
山地上还有俺愚公在。
愚公在就有那移山志气在，
志气在俺就能重新干起来……
〔愚公举起榔头，叮叮当当地开起山来。
〔阒静的夜间，山间的叮当声惊天动地。
〔突然，身后多出一个身影。
〔京城郎走来，他将两个装满石头的畚箕放好，用扁担挑起来，
摇摇晃晃地朝前走去……〕

愚　公　京城郎，你在干啥？

京城郎　俺要移山。

〔愚公上前，从京城郎的肩上拿下扁担。〕

愚　公　这是水娃的扁担。

京城郎　这是俺爹的扁担。

愚　公　水娃死了……

京城郎　俺爹死了，还有俺呢。俺要接过俺爹的扁担，跟着爷爷一起移山。

愚　公　（感动地）京城郎，俺的好孙子，爷爷……谢谢你。

〔几个年轻人来了，默默地搬起了石头。

〔愚公呆呆地看着他们，百感交集。

〔更多的山民来了，有的开石头，有的装畚箕，有的搬运。〕

愚　公　乡亲们啊，俺的好乡亲啊……

〔叮叮当当的声音重新响了起来。

〔京城郎用父亲的扁担，从山上往山下挑着石块。

〔移山工地上又响起了雄壮的劳动号子。〕

众山民　移山，移山……

愚　公　好，继续移山……

〔灯光渐暗，斗转星移，日复一日。

〔王屋山下，传来愚公依然率领着乡亲们移山的呼喊声。〕

愚　公　（喊唱）移山移山，齐心协力……

众山民　（合喊唱）移山移山，齐心协力……

愚　公　（喊唱）移山移山，毕力平险……

众山民　（合喊唱）移山移山，毕力平险……

愚　公　（喊唱）移山移山，达于汉阴……

众山民　（合喊唱）移山移山，达于汉阴……

愚　公　（喊唱）移山移山，直通豫南……

众山民　（合喊唱）移山移山，直通豫南……

〔愚公妻、山妮及村妇们给男人们送水送饭……〕

愚　公　乡亲们，歇歇了，喝水吃饭……

〔众乡亲放下工具，女人们端水送饭……〕

山　妮　（喊着）京城郎……

京城郎　妈妈，俺在这儿……

〔山妮给京城郎擦着汗。〕

山　妮　瞧瞧，出了这么多汗。

京城郎　男子汉大丈夫，出点儿汗算啥？

〔山妮突然发现儿子的肩头上被压出了血痕，惊讶地叫着：“哎呀，咋出血了？”〕

京城郎　男子汉大丈夫，流点儿血算啥？

山　妮　瞧你这倔巴劲儿，跟你水娃爹一个样。

京城郎　乡亲们都说俺爹是真正的男子汉，俺就是要像水娃爹一样。

〔山妮为儿子擦拭着肩上的血斑，百般心疼，百感交集。〕

山　妮　（唱）

见血痕不由娘心里发酸，

儿的肉儿的血娘的心肝。

苦命儿跟着娘苦上加苦，

苦水里泡出了争强的肝胆。

出娘胎没见过爹爹的面，

水娃他言传身教耳濡目染。

丧水娃俺几度痛不欲生，

娘身边又一个小小男子汉。

愚公爹爹移山峦他不甘落后，

开山石挑土石咬紧牙关。

幼嫩的小肩膀担起千斤重，

童稚的嫩嗓音喊声惊天。

见娇儿有出息娘喜又心疼，

京城郎……我的儿啊，

苦辣酸甜娘心里涛滚浪翻……

〔扁担畚箕舞。有男有女，男人舞动扁担，女人舞动畚箕。畚箕乃柳条编织，因女人所用，需小而精巧。合唱。〕

叩石垦壤兮畚箕运搬，

寒暑易节兮始一返焉。

锲而不舍兮协力同心，

愚公移山兮改地换天。

〔山神带着夸娥氏二子，站在高山，气急败坏，无可奈何。〕

山　神　如何是好，如何是好？他们这样搬下去，俺的江山真的难保了……

智　叟　山神老爷，您就眼睁睁地看着他们如此蛮干下去？

山　神　夸娥氏兄弟。

夸娥氏　下官在。

山　神　立刻驱散移山的山民，将愚公捆绑起来，注意尽量不要造成伤亡。

夸娥氏　是。

〔夸娥氏冲进移山的人群，用手中的兵器驱赶着山民，顿时大乱，人们奔逃呼号……

〔愚公高声喊着："乡亲们，快闪开，不要跟他们对抗……"

〔天空中突然响起一个震撼山峦的声音："山神不得莽撞……"

〔一朵祥云，天帝带领侍官飘然而至。

〔山神、智叟、愚公及众山民跪下参见："天帝万岁万岁万岁岁……"〕

天　帝　这里为何如此混乱？

愚　公　呈禀天帝，小民愚公遵从天帝谕旨，带领众山民移山，山神无辜前来弹压。

山　神　呈禀天帝，愚公破坏山规，扰乱天庭……

侍　官　山神及众山民听旨。

〔山神、智叟、愚公及众山民伏身翘首。〕

侍　官　愚公率众移山，不畏险阻，所图高远，其志可赞，其诚可感，其行可嘉。为万民计，为万代计，特命夸娥氏二子负太行王屋二山，一厝朔东，一厝雍南，以使冀之南，汉之阴，无垄断焉。钦此。

〔山下一片欢腾，愚公及众山民激动万分，山呼："天帝万岁……天帝万岁……"

〔在众人的欢呼声中，山神和智叟灰溜溜而去。

〔天翻地覆，云雾翻腾。

〔夸娥氏兄弟，一人背起太行，一人背起王屋，腾云而去……

〔突然，山呼海啸，地动山摇，一股山泉喷薄而出，直冲云端，又瀑布般地从天而降，汇成一条大河，滚滚滔滔奔流向东……〕

尾　声

〔舞台上出现了一片崭新的天地：千里沃野，秧苗翠绿。

〔济水河从远处的山上奔流而下，白帆如云。

〔众山民都穿上了麻布衣衫，五颜六色，鲜艳夺目。

〔山民们喜庆丰收，载歌载舞。众唱。〕

移太行搬王屋重见喷泉，

济水河翻金浪与黄河比肩。

贯豫鲁奔东海润泽万民，

树寻根水寻泉出自济源。

国泰民安兮中原乐土，

四海相通兮俺之家园……

〔山神和智叟沮丧地来到济水河边。〕

智　叟　山神老爷，夸娥氏兄弟咋没跟着您？

山　神　背走太行王屋有功，升官了，到泰山看守南天门去了。

智　叟　这太行王屋没了，您这山神……

山　神　天宫也改革了。

智　叟　改革？咋改法？

山　神　清廉能干的破格提拔，碌碌无为的降级使用，占着茅坑不屙屎的提前退休……

智　叟　这么说，您退休了？

山　神　告诉你啊，俺级别不变，待遇不变，你别拿俺不当回事。

智　叟　哦，好好好……祝贺您。

山　神　想当初俺山神对你不薄，俺现在无职无权了，你可不能像骆驼那东西一样，用着朝前，用不着朝后。

智　叟　不能够，俺智叟绝不是那眉眼高低趋炎附势的势利小人。

山　神　那好，俺今儿闲下来了，你陪我下两盘棋吧。

智　叟　哎呀，真不凑巧，愚公找俺有事呢。

山　神　你们俩能有啥事？

智　叟　俺们俩可是发小，一起光着屁股长大的，争是争，斗是斗，交情可越来越深。

〔愚公和众山民依然载歌载舞，智叟跑到了愚公面前。〕

智　叟　愚公老弟，几天不见，想死俺了。

愚　公　你咋到地上来了？

智　叟　俺也要接接地气。

愚　公　你不想被封神了？

智　叟　人间这么美妙，谁还想当神？

京城郎　（送给智叟一把镰刀）智叟爷爷，跟我们一起去收割水稻吧。

智　叟　好啊，从今以后，俺智叟要老老实实做个人。

〔智叟融入了人群，也跟众山民一起欢跳起来。〕

济水东流兮直奔大海，

四海相通兮我之家园。

国泰民安兮中原乐土，

愚公移山兮代代相传……

〔剧终。〕

2013 年 1 月 31 日　初稿

2014 年 10 月 1 日　改定

图书在版编目(CIP)数据

男人的救赎 / 王梓夫著. －－ 北京 : 中国文史出版社, 2021.3

(中国专业作家作品典藏文库·王梓夫卷)

ISBN 978－7－5205－2479－7

Ⅰ. ①男… Ⅱ. ①王… Ⅲ. ①剧本－作品综合集－中国－当代 Ⅳ. ①I230

中国版本图书馆 CIP 数据核字(2020)第 228867 号

责任编辑: 卢祥秋

出版发行: **中国文史出版社**
社　　址: 北京市海淀区西八里庄路 69 号院　邮编: 100142
电　　话: 010－81136606　81136602　81136603（发行部）
传　　真: 010－81136655
印　　装: 北京新华印刷有限公司
经　　销: 全国新华书店
开　　本: 720×1020　1/16
印　　张: 21.25　　　字数: 286 千字
版　　次: 2021 年 3 月第 1 版
印　　次: 2021 年 3 月第 1 次印刷
定　　价: 68.00 元